人文社科
高校学术研究论著丛刊

余韵袅袅：中国古典诗歌的发展与创作研究

张吉茹　刘静安　吕明凤　著

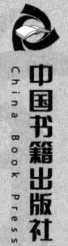

中国书籍出版社
China Book Press

图书在版编目(CIP)数据

余韵袅袅：中国古典诗歌的发展与创作研究 / 张吉茹，刘静安，吕明凤著. --北京：中国书籍出版社，2021.3

ISBN 978-7-5068-8387-0

Ⅰ.①余… Ⅱ.①张… ②刘… ③吕… Ⅲ.①古典诗歌—诗歌研究—中国 Ⅳ.①I207.22

中国版本图书馆 CIP 数据核字(2021)第 045876 号

余韵袅袅：中国古典诗歌的发展与创作研究

张吉茹　刘静安　吕明凤　著

丛书策划	谭　鹏　武　斌
责任印制	李国永
责任印制	孙马飞　马　芝
封面设计	东方美迪
出版发行	中国书籍出版社
地　　址	北京市丰台区三路居路 97 号(邮编：100073)
电　　话	(010)52257143(总编室)　　(010)52257140(发行部)
电子邮箱	eo@chinabp.com.cn
经　　销	全国新华书店
印　　厂	三河市德贤弘印务有限公司
开　　本	710 毫米×1000 毫米　1/16
字　　数	290 千字
印　　张	16.5
版　　次	2022 年 1 月第 1 版
印　　次	2022 年 1 月第 1 次印刷
书　　号	ISBN 978-7-5068-8387-0
定　　价	86.00 元

版权所有　翻印必究

目 录

第一章　先秦两汉时期诗歌的发展与创作研究 …………………… 1
　　第一节　原始歌谣与诗歌的产生 ………………………………… 1
　　第二节　《诗经》与楚辞的创作 ………………………………… 4
　　第三节　两汉乐府诗的创作 ……………………………………… 19
　　第四节　文人五言诗的发展 ……………………………………… 24

第二章　魏晋南北朝时期诗歌的发展与创作研究 …………………… 30
　　第一节　建安诗歌与正始诗歌的创作 …………………………… 30
　　第二节　太康诗歌与玄言诗歌的创作 …………………………… 45
　　第三节　田园隐逸诗与山水诗的创作 …………………………… 51
　　第四节　永明体和宫体诗的创作 ………………………………… 57

第三章　初唐时期诗歌的发展与创作研究 …………………………… 63
　　第一节　"上官体"诗歌与初唐四杰的诗歌创作 ……………… 63
　　第二节　五律的定型 ……………………………………………… 73
　　第三节　陈子昂的复古倾向 ……………………………………… 76
　　第四节　七言歌行 ………………………………………………… 79

第四章　盛唐时期诗歌的发展与创作研究 …………………………… 82
　　第一节　隐逸之风影响下的山水田园诗 ………………………… 82
　　第二节　边塞诗歌的兴起 ………………………………………… 88
　　第三节　诗仙李白的诗歌创作 …………………………………… 97
　　第四节　诗圣杜甫的诗歌创作 …………………………………… 103

第五章　中晚唐时期诗歌的发展与创作研究 ………………………… 110
　　第一节　冷落寂寞的大历诗风 …………………………………… 110
　　第二节　新乐府运动 ……………………………………………… 119
　　第三节　崇尚雄奇怪美的韩孟诗派及其主张 …………………… 130
　　第四节　意象诗派诗歌的创作 …………………………………… 141

· 1 ·

第六章　宋元时期诗歌的发展与创作研究 150
第一节　北宋时期诗歌的发展与创作研究 150
第二节　南宋时期诗歌的发展与创作研究 176
第三节　元代诗歌的发展与创作研究 187

第七章　明代诗歌的发展与创作研究 192
第一节　开国勋臣刘基的诗歌 192
第二节　不拘一格的"吴中四杰" 195
第三节　台阁体与茶陵派 201
第四节　前后七子的诗歌探索 208
第五节　以"性灵说"为内核的公安派 217
第六节　倡导幽深孤峭诗风的竟陵派 222

第八章　清代诗歌的发展与创作研究 225
第一节　清初遗民诗 225
第二节　江左诗的创作 230
第三节　王士禛的"神韵说"及以唐音为准的"格调说" 235
第四节　继承公安派遗志的"性灵说" 239
第五节　肌理诗的创作和同光体诗派的出现 242
第六节　清末爱国诗派的诗歌创作 246

参考文献 252

第一章　先秦两汉时期诗歌的发展与创作研究

先秦时期是指秦统一六国之前的时期,是中国古代诗歌最初产生的时间。这个时期出现的《诗经》和楚辞,共同构成了中国诗歌史的源头,奠定了中国诗歌的发展方向。两汉时期是中国古代社会政治的统一时期,诗歌得到了进一步的发展。两汉乐府诗作为一种新诗体,成为中国古代诗歌的新范本;而东汉文人诗的出现则更新了诗歌的样式,并对后世诗歌的发展和创新产生了深远的影响。

第一节　原始歌谣与诗歌的产生

我国的原始歌谣产生于我们祖先的生产劳动之中,是他们在进行生产劳动时歌唱的口头文学。人类出现以后,最基本的活动是为求生存而进行的劳动。远古时代,生产力水平极其低下,特别是在农业生产发明以前,为了获取食物,人们必须组织起来集体劳动。为了减轻疲劳,协调统一动作,他们总结经验,发现了犹如现代劳动号子的一种有节奏的声响。这种有节奏的声响就是诗歌韵律的滥觞。而在这种有节奏的声响中加入简短的语言,也就形成了最早的诗歌。关于这一点,古人有很好的叙述。

《淮南子·道应》云:

今夫举大木者,前呼"邪许(yéhǔ)",后亦应之,此举重劝力之歌也。

意思是现在有抬大木头的人,前边喊"嗨哟",后边也跟着喊,这就是抬重物时让大家一齐用力的歌声。

从现存的比较接近于原始形态的歌谣来看,歌谣的产生确实与劳动有很大关系。它们有的是对劳动生活的歌唱,如《吴越春秋·勾践阴谋外传》

里记载的一首《弹歌》：

　　断竹，续竹，飞土，逐宍。

关于它的时代，刘勰说："黄歌断竹，质之至也。"认为是黄帝时代的歌谣，这是没有什么根据的。但它所反映的劳动生活的内容说明它应是远古渔猎时代的歌谣，说的是制作弹弓以及装上土弹袭击禽兽的过程。

《礼记·郊特牲》载有一首据说是伊耆氏的《蜡（zhà）辞》：

　　土反其宅，水归其壑，昆虫毋作，草木归其泽。

这是一篇进行蜡祭①时的祝祷词，虽然不是直接描写劳动的，但也与劳动生产有关。人们祝祷土、水、昆虫和草木各回自己的位置。显然这种愿望是为了更有利于人类进行劳动生产。

另外，在大约编定于西周前期的《周易》中，也保存有一些比较接近原始歌谣形态的作品。如反映人们从事畜牧劳动的《归妹》上六爻辞：

　　女承筐，无实；士刲羊，无血。

描写男女二人在进行剪羊毛的劳动，短短两句，却形象鲜明，想象也很巧妙。

而甲骨卜辞的发现，更给我们提供了远古劳动歌谣的一手资料。如《卜辞通纂》三七五上的卜辞：

　　今日雨。其自西来雨？其自东来雨？其自北来雨？其自南来雨？

简单朴素的句式以及后四句的重复正是民间歌谣的特点，极似汉乐府诗《江南》。

鲁迅先生在《且介亭杂文·门外文谈》中论述诗歌的起源时也说：

　　人类是在未有文字之前，就有了创作的，可惜没有人记下，也没有法子记下。我们的祖先的原始人，原是连话也不会说的。为了共同劳作，必须发表意见，才渐渐的练出复杂的声音来，假如那时大家抬木头，都觉得吃力了，却想不到发表，其中有一个叫道"杭育杭育"，那么，这就是创作；大家也要佩服，应用的，这就等于出

---

① 古代的一种祭祀仪式。

第一章　先秦两汉时期诗歌的发展与创作研究

版;倘若用什么记号留存了下来,这就是文学;他当然就是作家,也是文学家,是"杭育杭育派"。

随着人类思维和语言能力的发展与提高,在这些呼声的间歇中添上有意义的词语,便形成了正式的诗歌。如传说夏禹时涂山氏女所唱的"候人兮猗"(《吕氏春秋·音初篇》),"兮猗"为表感叹的语气词,只"候人"二字有实义,可歌词便有了明确的意义;后来《诗经》的"于嗟麟兮""猗嗟昌兮"(见《麟之趾》《猗嗟》)等,都可以理解为原始歌谣形式的遗留。可见,当初无意义的劳动呼声一旦被有意义的词语所代替,或者与有意义的词语相结合,就是诗歌起源和形成的过程。

诗歌既然是如此产生和形成的,因而它最初只在口头流传,并常与原始的音乐、舞蹈结合在一起,后来有了文字,才逐渐有人把它记录下来。《吕氏春秋·古乐篇》说:

> 昔葛天氏之乐,三人操牛尾,投足以歌八阕:一曰载民,二曰玄鸟,三曰遂草木,四曰奋五谷,五曰敬天常,六曰达帝功,七曰依地德,八曰总禽兽之极。

《河图玉版》说:

> 古越俗祭防风神,奏防风古乐。截竹长三尺,吹之如嗥,三人被发而舞。

两书所介绍的古乐都有歌、有乐、有舞。葛天氏之乐歌还有八阕,每阕有中心内容,可以想见,一定有不少歌词,可惜没有传下来。

通过以上分析可以说明,我国诗歌文学的源头是远古的歌谣,远古的歌谣产生于远古人类的生产劳动,远古时代的歌谣比较广泛地反映了当时人类生活。这种密切关注社会现实生活的精神,正为我国后代的诗歌创作所继承,形成了我国古典诗歌创作正视社会现实的优良传统。

作为远古时期的文学形式,原始歌谣也具有一些原始文学的特点,具体如下:

第一,原始歌谣具有口头性和集体性。原始歌谣在人们的劳动中诞生,又在人们的口头代代相传,只是有了文字后,才将这些歌谣记录下来,因而,原始歌谣具有口头性。又因为原始歌谣是在集体劳动中起源和形成的,所以,我们可以认为原始歌谣具有集体性的特点。

第二,原始歌谣形式简单,具有很强的实用功利性。由于远古时期的文化发展水平不高,也就决定了原始歌谣不可能有很复杂的形式,又因为远古时期的社会生产力水平很低,人们大多以原始歌谣进行劳动内容的描绘,或者用于宗教祭祀,体现出很强的实用功利性。

第三,原始歌谣具有诗、乐、舞紧密结合的特点。原始歌谣最初只在口头流传,并常与原始的音乐、舞蹈结合在一起,后来有了文字,才逐渐有人把它记录下来,因而就具有了诗、乐、舞紧密结合的特点。

第二节 《诗经》与楚辞的创作

一、《诗经》

《诗经》是中国第一部诗歌总集,它收集了公元前11世纪到公元前6世纪的诗歌305篇,反映了从西周初年至春秋中叶五百多年的社会面貌。

(一)《诗经》的名称和结集

《诗经》原来只叫《诗》,或取其整数叫《诗三百》。后来,到了汉朝,儒家学派把《诗》尊奉为经典,才叫作《诗经》。

《诗经》分为风、雅、颂三部分。"风"是各地方的乐曲,也就是各地的民歌,共有十五国风,诗160篇,这些诗是《诗经》的精华。"雅"是西周统治者直接统治下的京城一带的乐曲,又分"大雅"和"小雅",共有诗105篇。其中"大雅"31篇,"小雅"74篇。"颂"是奴隶主贵族用于宗庙祭祀的乐歌,是为祖先、鬼神歌功颂德的,所以叫作"颂",分"周颂""鲁颂""商颂",共有诗40篇。其中"周颂"31篇,"鲁颂"4篇,"商颂"5篇。风、雅、颂后来和赋、比、兴合称为"诗六义"。"诗六义"的说法见于《毛诗序》,从文学的角度看,并没有什么意义。实际上,风、雅、颂是诗的三种体裁,而赋、比、兴则是诗的三种表现手法。

这么多的诗,散在不同的地区,作者的阶层又不同,加上创作时间之久,对于它们是怎样集结的很多人都有研究。《史记·孔子世家》中有所谓孔子"删诗"说,即《诗经》是由孔子删汰编辑而成的,这种说法不为后世多数学者认同。现在一般认为把这些作品结集成书的当是周代的乐官。至于这些诗歌如何到了乐官之手,则有所谓"采诗"说和"献诗"说。"采诗"说认为,国家组织那些"男年六十,女年五十无子者,官衣食之,使之民间求诗。乡移于邑,邑移于国,国以闻于天子"(《春秋公羊传》何休注),这是民歌的采集。而"献诗"则是周天子听政的需要,"天子听政,使公卿至于列士献诗"(《国语·周语上》),这是雅、颂里大多数作品的来源。采集来的诗和献上来的诗,再经过乐官们删汰、编辑配乐,把它们记录下来,就成了《诗经》。

汉代传习《诗三百篇》的有鲁、齐、韩、毛"四家诗",前面的"三家诗"先后亡佚,只有《毛诗》流传了下来,这就是我们今天看到的《诗经》。

(二)《诗经》的主要内容

《诗经》的内容非常丰富,是中国文学宝库中闪耀着灿烂光辉的明珠。《诗经》中的民歌,不但表达了劳动人民的思想感情和他们对社会生活的认识,同时也显示了劳动人民卓越的艺术创造才能,是中国最早的现实主义诗篇。《诗经》的内容,大致可分为以下四个方面:

1. 反映婚姻和歌唱爱情的诗歌

《诗经》中以婚姻和爱情为主题的诗歌比较多,这些诗篇,有的歌唱爱情的欢乐,表达了他们忠诚美好的感情。如《邶风·静女》:

> 静女其姝,
> 俟我于城隅。
> 爱而不见,
> 搔首踟蹰。
>
> 静女其娈,
> 贻我彤管。
> 彤管有炜,
> 说怿女美。
>
> 自牧归荑,
> 洵美且异。
> 匪女之为美,
> 美人之贻。

这是一首描写一对青年男女相约幽会的情诗,歌唱了他们天真甜蜜的爱情。

有的是以浓郁的哀伤情调,描述了沉痛的婚恋悲剧,反映了当时女性作为男性附庸、毫无社会地位的现实,揭示了女性的悲惨命运,倾诉了女主人公内心的哀怨,是感人至深的悲歌,也有很强的艺术感染力。如《卫风·氓》:

氓之蚩蚩,抱布贸丝。匪来贸丝,来即我谋。送子涉淇,至于顿丘。匪我愆期,子无良媒。将子无怒,秋以为期。

　　乘彼垝垣,以望复关。不见复关,泣涕涟涟。既见复关,载笑载言。尔卜尔筮,体无咎言。以尔车来,以我贿迁。

　　桑之未落,其叶沃若。于嗟鸠兮!无食桑葚。于嗟女兮,无与士耽!士之耽兮,犹可说也;女之耽兮,不可说也。

　　桑之落矣,其黄而陨。自我徂尔,三岁食贫。淇水汤汤,渐车帷裳。女也不爽,士贰其行。

　　士也罔极,二三其德。三岁为妇,靡室劳矣。夙兴夜寐,靡有朝矣。言既遂矣,至于暴矣。兄弟不知,咥其笑矣。静言思之,躬自悼矣。

　　及尔偕老,老使我怨。淇则有岸,隰则有泮。总角之宴,言笑晏晏,信誓旦旦,不思其反。反是不思,亦已焉哉!

　　女子辛辛苦苦持家,与丈夫共度贫苦的日子,而家境刚好起来,丈夫就另有新欢,自己则被扫地出门。当婚姻关系的维系权完全掌握在男性手中时,注定了已婚妇女在家庭中的卑下地位,和随时可能被休弃的可悲命运。这类诗唱出了遭遇不幸的女性的无奈和痛苦。

　　有的诗反映了社会习惯势力和逐渐形成的礼教对爱情的束缚和摧残,给妇女造成了许多痛苦和矛盾。如《鄘风·柏舟》：

　　泛彼柏舟,
　　在彼中河。
　　髧彼两髦,
　　实维我仪。
　　之死矢靡它。
　　母也天只!
　　不谅人只!

　　这首诗描写了一个女子至死不变心,歌颂了忠贞不渝的爱情。"之死矢靡它"是多么坚定有力的声音,它表现了古代妇女热烈追求自由婚姻的强烈愿望。

2. 反映阶级压迫和阶级斗争的诗歌

　　从西周到春秋时代,奴隶制逐渐崩溃,社会发生了很大变动,各诸侯国之间不断发生兼并战争,奴隶们的生活更加痛苦,这激起了他们的反抗和斗

第一章 先秦两汉时期诗歌的发展与创作研究

争。这种阶级压迫和斗争,在《诗经》中有充分的反映。如《豳风·七月》,它详细地描写了周代早期的农业生产情况,反映了劳动人民的生活处境。从诗中可以看到,奴隶们一年到头,从事着繁重的劳动,可是吃的却是野果和野菜。

> 七月食瓜,
> 八月断壶,
> 九月叔苴,
> 采荼薪樗,
> 食我农夫。

住的是破烂不堪、四面漏风、不能防寒的房子。

> 穹窒熏鼠,
> 塞向墐户,
> 嗟我妇子,
> 曰为改岁,
> 入此室处。

而奴隶主住的是高大宽敞的房子,吃的是稻米、酒肉,穿的是漂亮的衣裳。最不幸的是妇女,她们不仅给奴隶主干各种苦活,而且还要受到侮辱和摧残。

> 七月流火,
> 九月授衣。
> 春日载阳,
> 有鸣仓庚。
> 女执懿筐,
> 遵彼微行,
> 爰求柔桑。
> 春日迟迟,
> 采蘩祁祁。
> 女心伤悲,
> 殆及公子同归。

这首诗是当时奴隶生活的真实写照,通过奴隶和奴隶主生活的鲜明对比,歌颂了劳动人民的勤劳善良,揭露了统治者的荒淫无度。

哪里有压迫,哪里就有反抗。奴隶们并没有屈服于奴隶主的暴力,他们经常用消极怠工、破坏工具、逃亡起义等方式进行斗争。如《魏风·硕鼠》：

　　硕鼠硕鼠，
　　无食我黍！
　　三岁贯女，
　　莫我肯顾。
　　逝将去女，
　　适彼乐土。
　　乐土乐土，
　　爰得我所。

　　劳动人民把剥削者比作贪婪的大老鼠，表达了他们对统治者的严厉谴责和无比愤恨。诗中热情地歌颂了美好的乐土，表现了劳动人民为争取美好生活而斗争的精神。

　　有些诗还表现了劳动人民的逐渐觉醒，点燃了阶级仇恨的火焰，如《魏风·伐檀》：

　　坎坎伐檀兮，
　　寘之河之干兮，
　　河水清且涟猗。
　　不稼不穑，
　　胡取禾三百廛兮？
　　不狩不猎，
　　胡瞻尔庭有县貆兮？
　　彼君子兮，
　　不素餐兮！

　　这首诗是在河边砍伐木材的奴隶们唱的歌，表达了他们对剥削者不劳而获的强烈不满，提出了严正的责问和抗议。

3. 政治讽刺诗

　　《诗经》中的政治讽刺诗可分为两种：一种是"国风"中的民歌讽刺诗[①]；一种是"大雅""小雅"中的贵族讽喻诗[②]。

---

　　① 讽刺诗是用讽刺嘲笑的笔法，描写社会生活中消极的或落后的事物、丑恶的现象等，目的是为了达到贬斥、否定的效果。
　　② 讽喻诗是用说故事的方式，委婉曲折地说明事物的道理，达到指责和劝告的目的。

第一章 先秦两汉时期诗歌的发展与创作研究

民歌讽刺诗是劳动人民手中的战斗武器,它辛辣有力地揭露了统治阶级的丑恶本质,表现了劳动人民英勇机智、不畏强暴的斗争精神。如《鄘风·墙有茨》:

> 墙有茨,不可扫也。
> 中冓之言,不可道也。
> 所可道也,言之丑也。
> 墙有茨,不可襄也。
> 中冓之言,不可详也。
> 所可详也,言之长也。
> 墙有茨,不可束也。
> 中冓之言,不可读也。
> 所可读也,言之辱也。

这首诗是一首卫国百姓讽刺贵族统治者淫乱无耻的诗,诗人采用重章的形式,反复揭露宫室中发生的诸多丑事,层层递进,加强讽刺的力度。而且语带调侃、幽默,比直露叙说的讽刺更加尖锐。

贵族讽喻诗,是贵族士大夫的作品。这些士大夫虽然属于统治阶级,但他们也同样受到压抑和损害,目睹政治的腐败和黑暗,所以也写出了许多感时伤世的作品。如《小雅·十月之交》:

> 十月之交,朔月辛卯。日有食之,亦孔之丑。彼月而微,此日而微;今此下民,亦孔之哀。
>
> 日月告凶,不用其行。四国无政,不用其良。彼月而食,则维其常;此日而食,于何不臧。
>
> 烨烨震电,不宁不令。百川沸腾,山冢崒崩。高岸为谷,深谷为陵。哀矜之人,胡憯莫惩?
>
> 皇父卿士,番维司徒。家伯维宰,仲允膳夫。棸子内史,蹶维趣马。楀维师氏,艳妻煽方处。
>
> 抑此皇父,岂曰不时?胡为我作,不即我谋?彻我墙屋,田卒污莱。曰予不戕,礼则然矣。
>
> 皇父孔圣,作都于向。择三有事,亶侯多藏。不慭遗一老,俾守我王。择有车马,以居徂向。
>
> 黾勉从事,不敢告劳。无罪无辜,谗口嚣嚣。下民之孽,匪降自天。噂沓背憎,职竞由人。
>
> 悠悠我里,亦孔之痗。四方有羡,我独居忧。民莫不逸,我独

不敢休。天命不彻,我不敢效我友自逸。

这是一首反对统治者的诗。诗人认为自然的灾异是由一批残暴的执政者和天子的"艳妻"做坏事造成的,因此,对这些人给予严正的斥责。

4. 颂诗

颂诗,大多是歌功颂德之作,但是也有一定的历史意义和文学价值,如《大雅·生民》的前三章:

> 厥初生民,时维姜嫄。生民如何?克禋克祀,以弗无子。履帝武敏歆,攸介攸止。载震载夙,载生载育,时维后稷。
> 诞弥厥月,先生如达。不坼不副,无菑无害。以赫厥灵,上帝不宁。不康禋祀,居然生子。
> 诞寘之隘巷,牛羊腓字之。诞寘之平林,会伐平林。诞寘之寒冰,鸟覆翼之。鸟乃去矣,后稷呱矣。实覃实訏,厥声载路。

这三章用一个神话故事来叙述后稷的出生过程,这种感天而生的神话故事说明了当时周族还处于知其母而不知其父的母系氏族社会。

(三)《诗经》的艺术成就

《诗经》是中国文学的光辉起点,它在中国文学发展史上占有崇高的地位,主要成就包括以下几个方面:

1. 伟大的现实主义精神

《诗经》的创作方法是现实主义的,特别是那些优秀的民歌,真实而生动地描写了古代奴隶社会的生活面貌,反映了奴隶在政治上受压迫、在经济上受剥削的情况,以及他们的反抗和斗争,揭露了奴隶主不劳而获、贪得无厌、荒淫无耻的丑恶本质。《豳风·七月》《魏风·伐檀》《魏风·硕鼠》《鄘风·墙有茨》等都从不同角度反映了社会的黑暗,揭露了统治者的荒淫无耻。

《诗经》民歌中的现实主义更体现在它创造了众多的人物形象,这些人物形象来源于生活,但又不是现实生活中人物的机械描摹,而各有各的个性,各有各的情态。例如,《召南·行露》里不畏强暴的姑娘的性格是坚强的,《郑风·将仲子》中的姑娘是胆怯软弱的。《诗经》民歌中人物形象描写的现实主义还表现在诗人们不是孤立地描写人物,而是把人物放在一定的历史条件和背景中来表现,使人物具有典型性。例如《郑风·将仲子》中那位胆怯而又软弱的姑娘,不仅形象真实可信,而且也具有一定的典型性。

2. 赋比兴手法的运用

诗有"六义",即风、雅、颂、赋、比、兴。风、雅、颂是按诗的音乐性质分的,赋、比、兴是按诗的修辞方法分的。赋、比、兴的基本含义,据宋代著名学者朱熹说:"赋者,敷陈其事而直言之也。""比者,以彼物比此物也。""兴者,先言他物以引起所咏之词也。"所谓"赋",就是陈述、铺叙的意思,直接说出所要表现的事物。雅诗、颂诗多用这种方法。"比"就是比喻、打比方,用容易理解的事物比喻不容易理解的事物,如《硕鼠》把剥削者比作大老鼠,形象地揭露了他们寄生虫的本质。"兴"就是先用一两句话描写其他事物,作为诗歌的开头,用来引出下面的歌词,它可以引起下文或起象征作用。如《关雎》的开头:"关关雎鸠,在河之洲。窈窕淑女,君子好逑。"前两句就是兴。赋、比、兴手法是劳动人民的智慧结晶,目的是为了加强作品的形象性、战斗性和感情色彩。

3. 语言丰富多彩、生动形象、凝练有力

第一,《诗经》的语言以四言为主,但又多变化,中间杂有二、三、五、六、七、八言等诗句。如《静女》一诗,以四言为主,其中也有五言句子。再如《伐檀》等诗,就有四、五、六、七、八言诗句,变化自由,运用得非常灵活。

第二,《诗经》中有些诗歌还运用重章叠句的形式。重章,就是一首诗中某一章重复出现,有的重复全章,有的重复首章,有的重复尾章。如《芣苢》:

采采芣苢,
薄言采之。
采采芣苢,
薄言有之。

采采芣苢,
薄言掇之。
采采芣苢,
薄言捋之。

采采芣苢,
薄言袺之。
采采芣苢,
薄言襭之。

全诗分三章,共十二句,只换了六个动词:采、有、掇、捋、袺、襭,以表示妇女们采集芣苢的进展情况。

叠句,就是一个诗句在诗中反复出现。如《静女》中的"静女其姝""静女其娈",等等。

有些诗还大量运用叠字、双声、叠韵。叠字就是两个字相同,如"坎坎""采采"等;双声就是两个字的声母相同,如"参差""辗转"等;叠韵就是两个字的韵母相同,如"窈窕"等。重章叠句和叠字、双声、叠韵的运用,不但起着便于记忆和朗诵的作用,而且增加了诗的节奏感和音乐美,加强了诗歌的表现力。

第三,《诗经》中有些诗歌,特别是民歌,还采取群歌互答的形式。如《芣苢》就是一群劳动妇女在采集芣苢时用对答、合唱的形式所唱的歌。

4. 叙事诗的萌芽

《诗经》中多数是抒情诗,而且其抒情的技巧非常成熟,相比之下,叙事诗却比较少,但是《诗经》民歌中也有一些初具规模的叙事诗,可以说是叙事诗的萌芽。《诗经》民歌中的一些作品的叙事性多表现在一个片断场面的描写上,通过一个场面、一件事情的叙述来表现人物的性格。如《东门之枌》云:

> 东门之枌,宛丘之栩。
> 子仲之子,婆娑其下。
> 榖旦于差,南方之原。
> 不绩其麻,市也婆娑。
> 榖旦于逝,越以鬷迈。
> 视尔如荍,贻我握椒。

这实际上说了他们获得爱情的过程:相识于"东门之枌",相会于"南方之原",定情于"贻我握椒"之日。

5. 抒情诗的成熟

《诗经》民歌中的绝大部分都属于我国文学中的早期抒情诗,很多作品都是作者直接抒发强烈的思想感情。例如《魏风·硕鼠》三章,感情有三次变化,一次比一次强烈。《诗经》民歌的抒情技巧有时表现得婉转隐约、含蓄蕴藉。《周南·卷耳》的构思极为巧妙曲折,把思妇怀夫和征夫忆妇的双重内容集于一篇。

(四)《诗经》的深远影响

《诗经》对后世的深远影响主要表现在以下几方面:

第一,《诗经》对后世文学影响最大的是其现实主义精神和现实主义创作手法。历代"饥者歌其食,劳者歌其事"(何休《春秋公羊传解诂》)的民歌,忧时伤政的文人讽喻诗,都继承和体现了这种精神。后世创作中倡导的"风雅",实际上也就是倡导《诗经》的现实主义精神。两汉乐府诗"感于哀乐,缘事而发"(《汉书·艺文志》),与《诗经》有一脉相通之处。建安时期描写"世积乱离,风衰俗怨"(《文心雕龙·明诗》)被誉为"汉魏风骨"的作品,秉承的正是"风雅"传统。唐代,从陈子昂、杜甫到白居易倡导的新乐府运动,批判了"风雅不作"的绮靡文风,"别裁伪体亲风雅"(杜甫《戏为六绝句》)、"惟歌生民病"(白居易《寄唐生》),都以恢复"风雅"为号召,是《诗经》现实主义精神的进一步发扬。

第二,《诗经》奠定了中国诗歌以抒情为主的传统,影响了中国诗歌的发展方向,诗歌也成为中国古典文学的主要样式。《诗经》纯真自然的艺术风格,丰富多彩的语言艺术,为后世诗歌提供了借鉴。

第三,《诗经》中的比兴手法,也给后人的诗歌创作带来很大的启发。在触物感发、借物言情、塑造鲜明的艺术形象、构成情景交融的境界方面留下了大量宝贵的经验,这对于我国古典诗歌形成重风神、重韵味、讲含蓄的艺术风格起了重大作用。另外,《诗经》在诗歌体裁、语言艺术等方面,也对后世的诗歌创作产生了深远的影响。

二、楚辞

"楚辞"有两个意义:一是战国时代以屈原为代表的楚国人创作的诗歌,它是《诗经》以后的一种新诗体;二是包括屈原等许多作家作品在内的一部古代诗歌总集的名字,叫《楚辞》。无论哪种意义,楚辞永远和屈原的名字连在一起。楚辞形式自由,句子散文化,有浓厚的楚国地方特色。如果说《诗经》是现实主义文学的源头,那么楚辞就是浪漫主义文学的源头。

(一)屈原的生平

屈原(约前340—前278),名平,字原。战国时代楚国人。他出身于楚国贵族家庭,是楚国的王族。屈原生活的时代,正是"战国七雄"斗争比较激烈的战国末期。其中,最强大的、能够称霸的只有楚国和秦国。屈原早年曾任楚怀王的左徒。左徒仅次于令尹(相当于宰相),是一个帮助楚王治国家、掌管内政和外交的重要职务。怀王经常和他商量国家大事,叫他起草重要文件和接待各国来的外宾,很信任他。屈原是一个有远大理想和政治抱负的人,他对内改革内政,主张"举贤授能",对外主张联齐抗秦。但是,楚怀王是一个昏庸无能的人,在他的周围又都是一些守旧势力和亲秦派的人物,屈原遭到他们的诽谤和陷害。楚怀王听信了谗言,疏远了屈原,把屈原降职为"三闾大夫"。"三闾大夫"是管理王族事务、主持宗庙祭祀、兼管王族子弟教育的闲差事。怀王末年,由于军事上和外交上接连失败,才又起用了屈原。后来,楚怀王上了秦国的当,被诱骗到秦国软禁了三年,最后死在秦国。怀王死后,顷襄王继位,以其弟子兰为令尹,对秦完全采取妥协投降政策,把屈原看成眼中钉、肉中刺,又把屈原放逐到江南(长江以南)。屈原在流放中,看到祖国的危机和人民的灾难,精神上极为痛苦,经常徘徊于江滨泽畔,写下了许多不朽的诗篇。公元前278年,秦将白起攻破楚国的首都郢。屈原看到国破家亡,人民流离失所,心情万分悲痛,投汨罗江而死。他死的这天,正是阴历五月五日。相传楚国人民在屈原投江后就划着龙舟去搭救屈原,还包粽子投进江里,希望蛟龙和鱼鳖不要吃屈原的身体。据说每年的这天,人们都会划龙舟、包粽子来纪念屈原,后来就形成了中国的一个传统节日——端午节。屈原的作品,据《汉书·艺文志》记载有《屈原赋》二十五篇,其书久佚,现在所见屈原作品,都出自汉代刘向编辑的《楚辞》一书。

(二)屈原的作品

屈原的作品流传下来的有《离骚》《九歌》《九章》等二十多篇,其中《离骚》是他的代表作品。

1.《离骚》

《离骚》是中国古代诗歌中最长的一首抒情诗,是一篇光辉灿烂的浪漫主义杰作。全诗共三百七十三句,二千四百九十字。《离骚》作于顷襄王时,是屈原被流放到江南以后写的。"离骚"一词,是楚国的方言,意思是"离别的忧愁"。在这首诗中,诗人的崇高理想和炽热感情是交织在一起的,显示了诗人为崇高理想而献身祖国的斗争精神,同时也显示了他热爱进步、憎恶黑暗的高尚品格。通过诗人战斗的历程和悲剧的结局,反映了楚国当时进步与反动两种势力的激烈斗争,暴露了楚国政治的腐败和黑暗。

全诗分两大部分。第一部分是诗人对历史的回顾,叙述了家世、出身、理想以及辅佐楚王进行政治改革的决心:

帝高阳之苗裔兮,朕皇考曰伯庸。

第一章 先秦两汉时期诗歌的发展与创作研究

摄提贞于孟陬兮,惟庚寅吾以降。
皇览揆余初度兮,肇锡余以嘉名。
名余曰正则兮,字余曰灵均。
纷吾既有此内美兮,又重之以修能。
扈江离与辟芷兮,纫秋兰以为佩。
汩余若将不及兮,恐年岁之不吾与。
朝搴阰之木兰兮,夕揽洲之宿莽。
日月忽其不淹兮,春与秋其代序。
惟草木之零落兮,恐美人之迟暮。
不抚壮而弃秽兮,何不改乎此度?
乘骐骥以驰骋兮,来吾道夫先路!
昔三后之纯粹兮,固众芳之所在。
杂申椒与菌桂兮,岂惟纫夫蕙茞!
彼尧、舜之耿介兮,既遵道而得路。
何桀纣之昌披兮,夫惟捷径以窘步。
惟夫党人之偷乐兮,路幽昧以险隘。
岂余身之惮殃兮,恐皇舆之败绩。
忽奔走以先后兮,及前王之踵武。
荃不查余之中情兮,反信谗而齌怒。
余固知謇謇之为患兮,忍而不能舍也。
指九天以为正兮,夫惟灵修之故也。
曰黄昏以为期兮,羌中道而改路。
初既与余成言兮,后悔遁而有他。
余既不难夫离别兮,伤灵修之数化。
余既滋兰之九畹兮,又树蕙之百亩。
畦留夷与揭车兮,杂杜衡与芳芷。
冀枝叶之峻茂兮,愿俟时乎吾将刈。
虽萎绝其亦何伤兮,哀众芳之芜秽。
众皆竞进以贪婪兮,凭不厌乎求索。
羌内恕己以量人兮,各兴心而嫉妒。
忽驰骛以追逐兮,非余心之所急。
老冉冉其将至兮,恐修名之不立。
朝饮木兰之坠露兮,夕餐秋菊之落英。
苟余情其信姱以练要兮,长顑颔亦何伤。
擥木根以结茞兮,贯薜荔之落蕊。

矫菌桂以纫蕙兮，索胡绳之纚纚。
謇吾法夫前修兮，非世俗之所服。
虽不周于今之人兮，愿依彭咸之遗则。
长太息以掩涕兮，哀民生之多艰。
余虽好修姱以鞿羁兮，謇朝谇而夕替。
既替余以蕙纕兮，又申之以揽茝。
亦余心之所善兮，虽九死其犹未悔。
怨灵修之浩荡兮，终不察夫民心。
众女嫉余之蛾眉兮，谣诼谓余以善淫。
固时俗之工巧兮，偭规矩而改错。
背绳墨以追曲兮，竞周容以为度。
忳郁邑余侘傺兮，吾独穷困乎此时也。
宁溘死以流亡兮，余不忍为此态也。
鸷鸟之不群兮，自前世而固然。
何方圜之能周兮，夫孰异道而相安？
屈心而抑志兮，忍尤而攘诟。
伏清白以死直兮，固前圣之所厚。
悔相道之不察兮，延伫乎吾将反。
回朕车以复路兮，及行迷之未远。
步余马于兰皋兮，驰椒丘且焉止息。
进不入以离尤兮，退将复修吾初服。
制芰荷以为衣兮，集芙蓉以为裳。
不吾知其亦已兮，苟余情其信芳。
高余冠之岌岌兮，长余佩之陆离。
芳与泽其杂糅兮，唯昭质其犹未亏。
忽反顾以游目兮，将往观乎四荒。
佩缤纷其繁饰兮，芳菲菲其弥章。
民生各有所乐兮，余独好修以为常。
虽体解吾犹未变兮，岂余心之可惩。

第二部分是写诗人对未来道路的探索，他在诗中写道：

路曼曼其修远兮，
吾将上下而求索。

首先，女嬃劝他要随大流儿，放弃斗争。但是，诗人通过向重华（舜）叙

第一章　先秦两汉时期诗歌的发展与创作研究

说自己的想法,分析了古往今来兴亡的历史,证明逃避现实、不去斗争是不对的。于是他又升上天去,敲打天帝的大门,可是,没有人理他,这象征楚王听不进他的话。在没有别的办法的情况下,诗人只好找灵氛①甲占卜、巫咸②降神了。灵氛劝他到别的国家去施展自己的抱负,实现自己的理想;巫咸则劝他还是留在楚国,等待时机。是去是留,诗人产生了矛盾:如果离开了楚国,那么就违背了自己的爱国主义理想,而如果不离开,他又不忍心看到国家衰败,人民流离失所。最后,屈原用结束自己生命的方式表达了自己对祖国深沉的热爱。他在诗的结尾写道:

　　既莫足与为美政兮,
　　吾将从彭咸之所居!

彭咸是商朝大夫,因直谏不听,投水自杀。屈原追随彭咸,以死来表明自己的理想,表现了崇高的爱国主义思想和不屈不挠的斗争精神。

2.《九歌》

《九歌》是一部组诗,包括《东皇太一》《云中君》《湘君》《湘夫人》《大司命》《少司命》《东君》《河伯》《山鬼》《国殇》和《礼魂》十一首诗。

《东皇太一》作为组诗的开头,是迎神曲,是祭祀伏羲的祭歌。《云中君》是祭云神的。云中君是云神,云神名叫丰隆。云雨和农业生产有很大关系,云神降临时,人们无限欢喜;云神离开时,人们思慕怀念。《湘君》和《湘夫人》是祭爱神的。《湘君》这首诗写的是湘夫人对湘君的思慕之词。《湘夫人》这首诗写的是湘君对湘夫人的思慕之词。《大司命》和《少司命》是祭命运之神。大司命是主管整个人类生死命运的男神,少司命是主管儿童命运的女神。《东君》是祭太阳神的。这首诗表达了人们对太阳神的崇拜和热爱。《河伯》是祭河神的,河伯是黄河之神。男巫扮作河伯,与女巫对唱,他们随河伯漫游昆仑山和龙宫水界,最后恋恋不舍地送别河伯。《山鬼》是祭山神的,山鬼即巫山女神,全诗都是山鬼的独唱,介绍自己的衣饰、美丽,诉说自己的苦况和对爱情的忠贞。《国殇》是祭鬼的。国殇是指为国牺牲的年轻将士。诗中描写了战士英勇杀敌的战争场面,以及对死者的哀悼。《礼魂》是送神曲,作为组诗的结尾。这首诗是各项祭礼完成后,集合众巫,综合性的大合奏、大合唱、集体舞蹈。

这十一首诗歌,开头和结尾两篇是叙述祭礼的仪式和过程的,其余九篇

---

① 巫者的名字,巫者是以占卜为职业的人。
② 巫者的名字。

是九支祭歌。大部分写成了优美的抒情恋歌，诗人把这些神都人格化了，写出了他们之间的爱恋和思慕，以及悲欢离合的感情。

3.《九章》

《九章》是包括九篇诗歌的总题，主要是屈原两次放逐中的经历、处境和苦闷悲愤心情的反映，表现了诗人对祖国的无限热爱和对小人的无比痛恨。九篇诗歌是《惜诵》《涉江》《哀郢》《抽思》《怀沙》《思美人》《惜往日》《橘颂》和《悲回风》。下面仅对屈原的早期作品《橘颂》进行简要分析：

后皇嘉树，橘徕服兮。
受命不迁，生南国兮。
深固难徙，更壹志兮。
绿叶素荣，纷其可喜兮。
曾枝剡棘，圆果抟兮。
青黄杂糅，文章烂兮。
精色内白，类任道兮。
纷缊宜修，姱而不丑兮。
嗟尔幼志，有以异兮。
独立不迁，岂不可喜兮。
深固难徙，廓其无求兮。
苏世独立，横而不流兮。
闭心自慎，终不失过兮。
秉德无私，参天地兮。
愿岁并谢，与长友兮。
淑离不淫，梗其有理兮。
年岁虽少，可师长兮。
行比伯夷，置以为像兮。

这首诗对橘树进行了赞美，赞美橘树"受命不迁"①"深固难徙"②，赞美橘子"精色内白"③"纷缊宜修"④，用来象征高尚洁白的品格，表现了诗人热爱乡土的感情和节操。

① 接受天地之命，不可迁移。
② 根深蒂固，很难迁移。
③ 指橘的外皮色泽鲜明，内瓤洁白。
④ 指橘的香味浓厚而美好。

（三）屈原的地位和影响

屈原是中国文学史上第一位伟大诗人。屈原及其作品的出现造就了我国诗歌史上个人独立创作的新时代。屈原以一种全新的文学体裁——楚辞体，写出了不朽的篇章，其作品是诗人全部生命、痛苦、激情的写照，打上了鲜明的个性化的烙印，展示了一个具有鲜明个性的抒情形象。

楚辞继《诗经》之后以充满想象和幻想的浪漫主义创作方法，为中国文学开辟出了一条新的道路。屈原的作品和《诗经》一起成为文学史上最早出现的并峙双峰，"风"和"骚"成为我国古代对诗歌的两个最高标准。后世个性强烈、情感纵恣的诗人都受到屈原创作的影响。

屈原还发展了《诗经》的比兴手法。《诗经》中用以比、兴的材料还都是日常生活中的事物，屈原突破了这些日常材料，为比、兴引进了虬龙鸾凤、桂棹兰泄、荷衣芰裳、天帝神女等虚拟事物。屈原笔下的比兴材料都与俊洁超俗的感情、人格和理想结合起来，从而使物更具有象征意味，使情有更具体的附着和寄托。这种"寄情于物""托物以讽"的表现手法，对后世创作有极大影响。

在句式上，楚辞打破了《诗经》整齐规整的四言体，代之以可长可短、参差错落，更自由灵活的句式，明显增强了诗歌语言的容量和表现力。楚辞体本身虽并未定型，却是一次诗体的解放，为新的诗歌形式创造了条件。

在我国诗歌发展中，真正意义上诗歌标题的出现始于楚辞。《诗经》中作品本无标题，仅以首句或首句中的一两个字来标示，如《七月》《采薇》《东山》等。到楚辞，则出现了能概括全篇主题思想的标题，如《离骚》《天问》《橘颂》等。以屈原的创作为标志，开始了个人创作，因此，把创作时的立意作为作品的标题也就是自然而然的事，这一进步反映了诗歌由群众性民间集体创作到作家作品的出现这一变化。

第三节　两汉乐府诗的创作

"乐府"本来是汉武帝时开始设立的专门掌管音乐的政府机关，它的任务是制订乐谱、训练乐工和收集诗歌。后来，人们把乐府机关所收集的诗歌叫作"乐府"。这样，"乐府"就由原来的政府机关变成了一种带有音乐性的诗体名称。

一、汉乐府诗的思想内容

汉乐府在数量上远少于《诗经》,但在思想内容上却与《国风》一脉相通,广泛地反映了汉代劳动人民的生活状况和思想感情,真实地记载了汉代的社会现实。概括来说,汉乐府诗的思想内容主要包括以下几方面:

(一)对统治者腐朽丑恶的揭露和对人民反抗的歌颂

乐府诗中有不少作品是对统治者腐朽丑恶的揭露和对人民反抗的歌颂,如《陌上桑》:

> 日出东南隅,照我秦氏楼。秦氏有好女,自名为罗敷。罗敷喜蚕桑,采桑城南隅。青丝为笼系,桂枝为笼钩。头上倭堕髻,耳中明月珠。缃绮为下裙,紫绮为上襦。行者见罗敷,下担捋髭须。少年见罗敷,脱帽著帩头。耕者忘其犁,锄者忘其锄。来归相怨怒,但坐观罗敷。
>
> 使君从南来,五马立踟蹰。使君遣吏往,问是谁家姝?"秦氏有好女,自名为罗敷。""罗敷年几何?""二十尚不足,十五颇有余。"使君谢罗敷:"宁可共载不?"罗敷前致辞:"使君一何愚!使君自有妇,罗敷自有夫。"
>
> "东方千余骑,夫婿居上头。何用识夫婿?白马从骊驹;
> 青丝系马尾,黄金络马头;腰中鹿卢剑,可值千万余。
> 十五府小吏,二十朝大夫,三十侍中郎,四十专城居。
> 为人洁白皙,鬑鬑颇有须。盈盈公府步,冉冉府中趋。
> 坐中数千人,皆言夫婿殊。"

这部作品从另一个角度揭露了统治阶级的荒淫无耻。内容写采桑女罗敷严词拒绝使君的调戏,揭露了后者丑恶的嘴脸。诗既从正面描摹罗敷服饰容颜之美丽,也从侧面烘托她的俏丽动人。罗敷美丽、机智、刚强、忠贞,是我国劳动妇女的典型形象。统治阶级不仅荒淫无耻,而且凶狠残暴。

再如《东门行》:

> 出东门,不顾归。
> 来入门,怅欲悲。
> 盎中无斗米储,还视架上无悬衣。
> 拔剑东门去,舍中儿母牵衣啼:

第一章 先秦两汉时期诗歌的发展与创作研究

"他家但愿富贵,贱妾与君共哺糜。

上用仓浪天故,下当用此黄口儿。今非!"

"咄!行!吾去为迟!白发时下难久居。"

这首诗写一个城市贫民被生活逼得走投无路,"拔剑东门去",打算去干非法的事。这件事令人激动,也令人深思。它反映了在残酷的阶级剥削下,劳动人民只有斗争才有生路。

(二)反映了战争和徭役给人民带来的苦难和不幸

乐府诗中也有一些诗歌是反映了战争和徭役给人们带来了深刻的痛苦,如《十五从军征》:

十五从军征,八十始得归。

道逢乡里人:家中有阿谁?

遥看是君家,松柏冢累累。

兔从狗窦入,雉从梁上飞。

中庭生旅谷,井上生旅葵。

舂谷持作饭,采葵持作羹。

羹饭一时熟,不知饴阿谁!

出门东向看,泪落沾我衣。

这是一首叙事诗,诗中主人公从十五岁应征从军,直到八十岁才回到家乡,几乎是终身服役。他回到家乡后,才知道亲属已经死尽,家园成了废墟,这位老战士也就成了无家可归的人了。这首诗不但反映了人民被统治者奴役的痛苦,也反映了战争给人民带来的灾难。

(三)对爱情和婚姻的描写

汉乐府诗中直接描写男女恋爱和幸福婚姻的作品不多,其内容一是表示对爱情和婚姻的坚定态度,二是表现弃妇的哀怨。

1. 直接描写男女恋爱

直接描写男女恋爱的作品如《上邪》:

上邪!我欲与君相知,长命无绝衰。

山无陵,江水为竭,冬雷震震,夏雨雪,天地合,乃敢与君绝。

诗当是女子对爱人的自誓之辞,语言奔放,感情炽热,极富感染力。

又如《有所思》：

> 有所思，乃在大海南。
> 何用问遗君，双珠玳瑁簪。
> 用玉绍缭之。
> 闻君有他心，拉杂摧烧之。
> 摧烧之，当风扬其灰！
> 从今以往，勿复相思，相思与君绝！
> 鸡鸣狗吠，兄嫂当知之。
> 妃呼狶！
> 秋风肃肃晨风飔，
> 东方须臾高知之！

《有所思》写女主人公欲以"双珠玳瑁簪"寄赠给爱人，但当她听说"所思"已有"他心"，就把这礼物折断、烧毁，"当风扬其灰"，表示决绝之心。后文又写她回忆当初定情的情景，表现了她温柔多情的一面。这样，女主人公的形象真可谓呼之欲出了。

2. 表现弃妇的哀怨

汉乐府诗中的弃妇诗多表现女子的哀怨。如《上山采蘼芜》：

> 上山采蘼芜，下山逢故夫。
> 长跪问故夫，新人复何如？
> 新人虽言好，未若故人姝。
> 颜色类相似，手爪不相如。
> 新人从门入，故人从阁去。
> 新人工织缣，故人工织素。
> 织缣日一匹，织素五丈余。
> 将缣来比素，新人不如故。

诗只选取了夫妻离异后邂逅相逢的一个场面，把丰富的悲剧内容蕴含在故夫思旧的简单事件中。

二、汉乐府诗的艺术成就

汉乐府诗具有较高的艺术成就，概括来说，主要包括以下几方面：

第一章 先秦两汉时期诗歌的发展与创作研究

(一)继承和发扬了《诗经》民歌的现实主义精神

像《诗经》一样,汉乐府诗也忠实地记录了汉代社会的现实。它具有"感于哀乐,缘事而发"的特点,生活气息浓厚,所反映内容涉及社会生活的各种矛盾。如《孤儿行》是被兄嫂役使折磨的孤儿的血泪控诉:"愿欲寄尺书,将与地下父母,兄嫂难与久居!"

(二)标志着我国古典诗歌叙事的成熟

在《诗经》中我们虽然已可看到某些具有叙事成分的作品,如《国风》中的《氓》《谷风》等,但还是通过作品主人公的倾诉来表达的,仍是抒情形式,还缺乏完整的人物和情节,而在汉乐府诗中则已出现了由第三者叙述故事的作品,出现了有一定性格的人物形象和比较完整的情节,大大加强了人物对话或独白的运用,以及对人物的心理描写和细节刻画。汉乐府诗的故事性、戏剧性,比之《诗经》中那些作品都大大地加强了。因此,在我国文学史上,汉乐府诗标志着叙事诗的一个新的、更趋成熟的发展阶段。如《东门行》中妻子与丈夫的对话,很好地表现了妻子的善良忍耐和丈夫的悲愤决绝。令人如闻其声,如见其人。汉乐府诗在体制上多为短篇,因此在叙事中往往选取生活中的典型片断,在较少的篇幅中表现社会现实。后世许多叙事性诗篇以歌、行命名,也是对乐府民歌传统的继承。

(三)善于刻画各种人物形象

无论是《上山采蘼芜》中的"故夫"和"故妇",还是《十五从军征》中的回乡老兵,亦或是《孔雀东南飞》中的刘兰芝和焦仲卿,无不形象生动,性格鲜明。刘兰芝甚至已经成为我国文学人物画廊中的典型人物了。

(四)语言句式形式自由多样

汉乐府诗有三言、四言、五言、六言以及杂言种种,其中最常用的是新兴的杂言和五言诗,长短随意,整散不拘。

1. 杂言体

杂言,《诗经》中虽已经有了,但为数既少,变化也不大,到汉乐府诗才有了很大的发展,一篇之中,句式、字数不一,有整有散,由一二字到八九字乃至十字的句式都有,灵活多变。丰富多样的形式有助于复杂的思想内容的表达。乐府的杂言体到建安以后产生巨大的影响,如曹丕的《陌上桑》、陈琳《饮马长城窟行》等都是杂言;到鲍照等诗人更是有意识地运用杂言体,李白则将杂言体自由酣畅的妙处发挥到了极致,如《蜀道难》《将进酒》《战城南》等都源于汉乐府。

2. 五言体

汉乐府诗还新创了五言体,形式十分整齐,如《江南》《陌上桑》等就是整齐的五言。《孔雀东南飞》是汉末五言诗的巨制。其题材,是对历代传说、故事丰富、发展的结果。五言体的影响比杂言体更大。在汉乐府诗与文人创作中孕育成熟的五言诗,到汉末建安时期出现了"五言腾踊"的局面,自此,五言遂取代了《诗经》的四言。

第四节　文人五言诗的发展

一、五言诗的起源

关于五言诗的起源,历来有过几种不同的说法。

(一)认为五言诗起源于枚乘

刘勰在《文心雕龙·明诗》中说:"古诗佳丽,或称枚叔,其《孤竹》一篇,则傅毅之辞,比采而推,两汉之作乎?"刘勰的观点只是猜想,而徐陵直接推认为是枚乘所作,在他的《玉台新咏》中将《西北有高楼》等九首古诗题为枚乘《杂诗》。这种说法没有确凿的根据,大多数人认为五言诗起于枚乘是不成立的。

(二)认为五言诗起于李陵、苏武

钟嵘的《诗品》说:"逮汉李陵,始着五言之目。"于是后人就以苏李赠答诗为五言诗的始祖。从现存的苏李赠答诗来看,一方面这些诗的形式和情调有很大差别,不像是一人同一时期所作,另一方面诗歌内容也与当时情形不符,因而大多数人认为现存苏李赠答诗文可能是伪作。

(三)认为五言诗始于卓文君

《西京杂记》云:"相如将聘茂陵人女为妾,卓文君作《白头吟》以自绝,相如乃止。"但未见其录。至宋末黄鹤注杜诗,始据《西京杂记》的记载,把《宋书》著录的《白头吟》定为卓文君所作。明冯惟讷编《诗纪》,亦根据黄鹤的附

第一章 先秦两汉时期诗歌的发展与创作研究

会,将《白头吟》归属于《卓文君》,后来冯舒在《诗纪匡谬》中辨明了这一错误,在西汉时期,文人不可能有这样的五言诗。

(四)认为五言诗起源于班婕妤

《文选》收有班婕妤的《怨歌行》,《诗品》亦于上品李陵之后列汉班婕妤诗,但是李善注引歌录,称之为古辞,刘勰亦谓见疑后代,恐为后人代拟的。

关于五言诗的起源,以上说法都屡遭质疑。其实,五言诗的出现经过了一个相当漫长的发展过程。零散的五言诗句可以远溯到《诗经》,在《诗经》的个别章节之中已经夹杂着较多的五言句了,例如《召南·行露》。在楚辞中,也有不少五言诗句。及至西汉初期,非常接近五言诗形式的作品开始出现了,其中最早的当属汉高祖戚夫人的《春歌》:

> 子为王,母为虏。
> 终日舂薄暮,常与死为伍。
> 相离三千里,当谁使告汝。

这首诗除了开头两句,都是五言诗句。

从现存的资料来看,汉武帝至成帝年间开始出现了通篇五言的民歌俗谚,如《汉书·贡禹传》所记载汉武帝时期的一首谣谚:

> 何以孝弟为?财多而光荣。
> 何以礼义为?史书而仕宦。
> 何以谨慎为?勇猛而临官。

这些民歌俗谚尽管在艺术上还十分稚拙粗陋,但在体制上则已然基本定型了。可见,五言诗在民间早已经趋向成熟,不过,五言诗在西汉始终没有成为通行的文学样式,这是因为当时一般文人还没有充分发掘出这一诗体的优越之处,因而也没有形成写作风气。

进入东汉以后,五言的民歌俗谚迅速增多,其中的民歌还大量地被采入乐府,东汉乐府中五言诗已经占有主要地位,并在内容上更加丰富,在艺术上日臻完美。本来民歌就具有新鲜生动的艺术魅力,再加上乐府的配乐和润色,更使得这些民间五言诗广泛流传。此时,文人开始对旧的四言体和楚辞体感到厌倦,在乐府民歌的巨大影响下,文人五言诗开始出现,并由此掀开了中国古典诗歌新的一页。

二、文人五言诗的最高成就——《古诗十九首》

(一)《古诗十九首》的名称

《古诗十九首》的名称,最早见于萧统的《文选》。在两晋南北朝时代,人们把汉魏时代流传下来的一些无主名的古代诗歌称为"古诗"。萧统编《文选》时,从中选择了十九首,编在一起,题为《古诗十九首》。

(二)《古诗十九首》的作者和创作时代

《古诗十九首》的作者和创作时代旧时说法很多。现在一般认为《古诗十九首》作于东汉末年的桓、灵之时。无论是从诗的内容还是从诗的发展进程上看,这种说法都是比较正确的。

(三)《古诗十九首》的思想内容

《古诗十九首》的思想内容主要包括以下几方面:

1. 表现了下层人背井离乡,求官不得,仕途失意

《古诗十九首》的作者是中下层文人,这就决定了其思想内容是反映这些中下层文人的生活和感情的。东汉末年中下层知识分子为了仕进,必须告妻别子,背井离乡、获取名望。而桓帝、灵帝时,政治极端腐败,外戚、宦官交替把持政权,卖官鬻爵的现象很严重,正直的知识分子失去了进身之路。《古诗十九首》正是这些背井离乡、游学游宦的知识分子的苦闷痛苦的悲歌,反映的是他们漂泊他乡、仕进无路的生活和思想感情。例如:《青青陵上柏》:

> 青青陵上柏,磊磊涧中石。
> 人生天地间,忽如远行客。
> 斗酒相娱乐,聊厚不为薄。
> 驱车策驽马,游戏宛与洛。
> 洛中何郁郁,冠带自相索。
> 长衢罗夹巷,王侯多第宅。
> 两宫遥相望,双阙百余尺。
> 极宴娱心意,戚戚何所迫?

作者游戏宛洛,意在仕进。然而他发现这个宫殿巍峨、甲第连云、权贵们朋比为奸苟且度日的都城,并非属于他的世界。在诗人貌似冷峻的态度之中,蕴含有失去人生归宿感的迷惘,有从政理想破灭的愤懑。

2. 表达了离别相思的痛苦

这些文人身在异乡,更渴求有爱情、家庭的温暖,以慰藉孤独而屈辱的心灵。于是,写离别相思的痛苦便成了《古诗十九首》的一大主题。《涉江采芙蓉》就是写失意的游子怀念妻子的愁苦之情的:

> 涉江采芙蓉,兰泽多芳草。
> 采之欲遗谁？所思在远道。
> 还顾望旧乡,长路漫浩浩。
> 同心而离居,忧伤以终老。

古代诗歌中"寄内""怀内"诗不可胜数,而写得这样缠绵悱恻,情感真挚的,却并不多见。

又如《迢迢牵牛星》:

> 迢迢牵牛星,皎皎河汉女。
> 纤纤擢素手,札札弄机杼。
> 终日不成章,泣涕零如雨;
> 河汉清且浅,相去复几许!
> 盈盈一水间,脉脉不得语。

这首诗中以织女牛郎的传说,形象地表现了夫妻之间不可逾越的空间距离,并非新意,但机声札札,不成纹理,却写尽思妇借助单调往复的劳作排遣百无聊赖的愁苦。

(四)《古诗十九首》的艺术成就

《古诗十九首》的艺术成就主要表现在以下几方面:

1. 委婉曲折的表达方式

这种委婉的表达方式能造成言有尽而意无穷的艺术效果。例如《迢迢牵牛星》,虽然是抒思妇游子的相思之情,却用牵牛、织女比喻游子、思妇。诗由现实写入梦境,极尽曲折,委婉含蓄,余味无穷。

2. 特别擅于塑造人物形象

《古诗十九首》中塑造的人物形象极为鲜明。有时只简略的几笔,人物

却栩栩如生。如《迢迢牵牛星》中的织女,我们仿佛看到了一个美丽少妇含情脉脉地隔河相望的情景。再如《青青河畔草》:

> 青青河畔草,郁郁园中柳。
> 盈盈楼上女,皎皎当窗牖。
> 娥娥红粉妆,纤纤出素手。
> 昔为倡家女,今为荡子妇。
> 荡子行不归,空床难独守。

"盈盈"四句极力写出这个女子的容颜之美和她所处的浓春烟景的环境。画龙点睛之笔是"空床难独守",把人物的身份、感情心境描写得淋漓尽致。

3. 善于通过某种生活情节抒写作者的内心活动,使之带有叙事意味

比如《西北有高楼》:

> 西北有高楼,上与浮云齐。
> 交疏结绮窗,阿阁三重阶。
> 上有弦歌声,音响一何悲!
> 谁能为此曲?无乃杞梁妻!
> 清商随风发,中曲正徘徊。
> 一弹再三叹,慷慨有余哀。
> 不惜歌者苦,但伤知音稀。
> 愿为双鸿鹄,奋翅起高飞。

这首诗带有明显的叙事意味。诗人怀才不遇,失意彷徨之时,偶然听到高楼飘来乐曲之声,然后诗人不禁驻足,细细品味曲中的慷慨悲哀之意。通过对高楼听曲这一具体事件的描述,诗人流露出对歌者难遇知音的同情,并且也表达出自己希望和歌者能够比翼齐飞。

4. 明白晓畅,丰富精炼的语言特色

一方面,《古诗十九首》语言自然,风格清新,用最为明白晓畅的语言道尽最诚挚的情感,如"出郭门直视,但见丘与坟"(《去者日以疏》),"回风动地起,秋草萋已绿"(《东城高且长》)等,但是,从另一方面说,《古诗十九首》又是文人之作,在语言的运用上还是显示出高超的技巧,表现出丰富而又精炼的语言特色,这些经过提炼的语言准确而又形象,感情浓烈而又含蓄蕴藉,

第一章　先秦两汉时期诗歌的发展与创作研究

比如"生年不满百,常怀千岁忧"(《生年不满百》),"亮无晨风翼,焉能凌风飞"(《凛凛岁云暮》)等。另外,许多诗篇中还巧妙地运用了叠字词,如"青青河畔草,郁郁园中柳。盈盈楼上女,皎皎当窗牖。娥娥红粉妆,纤纤出素手。"(《青青河畔草》)这些叠字的运用使语言更加生动活泼,增加了语言的节奏美和韵律美。

5. 许多诗篇继承了《诗经》的比兴手法

其中的很多诗篇能够巧妙地起兴发端,善用比喻,使诗篇含蓄蕴藉,委曲婉转,余味深长。《古诗十九首》中的比喻很巧妙,能够形象贴切地表现出诗中所要抒发的思想感情,比如《冉冉孤生竹》:

> 冉冉孤生竹,结根泰山阿。
> 与君为新婚,兔丝附女萝。
> 兔丝生有时,夫妇会有宜。
> 千里远结婚,悠悠隔山陂。
> 思君令人老,轩车来何迟!
> 伤彼蕙兰花,含英扬光辉。
> 过时而不采,将随秋草萎。
> 君亮执高节,贱妾亦何为!

诗中先以竹结根山阿,比喻妇人托身于君子,已很贴切。接着又用"兔丝附女萝"比喻新婚夫妇感情的缠绵,更深入了一层。然后写"兔丝生有时,夫妇会有宜",以兔丝的及时而生比喻夫妇相会应该及时相会。后文又写蕙兰花含苞待放与过时不采的怨艾,借此比喻女主人公对婚迟的怨情,这些比喻都形象地表达出主人公细腻曲折的感情。

总体来说,《古诗十九首》是我国文学史上第一批文人创作的、具有高度艺术成就的五言诗,它的出现标志着我国五言诗的成熟。从此,五言诗体正式进入诗坛,并且逐渐占据了统治地位。直到唐代,它仍然与七言诗一起,成为我国古典诗歌的两种主要的诗歌形式。

第二章 魏晋南北朝时期诗歌的发展与创作研究

魏晋南北朝时期指的是从汉献帝建安元年(196)开始,历经三国、两晋、南北朝,直至隋文帝统一中国(589)。在这近四百年间,我国古典诗歌得到了快速的发展。这一时期,诗歌的创作主要有建安诗歌与正始诗歌、太康诗歌与玄言诗歌、田园隐逸诗与山水诗以及永明体诗与宫体诗。

第一节 建安诗歌与正始诗歌的创作

一、建安诗歌

三国时代,文学方面最有成就的是魏。早在东汉献帝建安时期,曹操就已掌握了大权,曹氏父子又都爱好文学,广招文士,任用贤才,在他们周围聚集了许多作家,他们继承了《诗经》和汉代乐府民歌的现实主义传统,掀起了诗歌创作高潮。文学史上把这一时期的文学称作"建安文学"。建安文学在中国文学史上占有很重要的地位。这个时期,五言诗已兴盛起来,七言诗也奠定了基础。这时的文学特点是强调现实主义,反对形式主义,作品内容充实,语言刚健有力,形成了著名的"建安风骨"。主要作家有"三曹"(曹操、曹丕、曹植)、"七子"(王粲、孔融、陈琳、徐干、阮瑀、应场、刘桢)和蔡琰(蔡文姬)等。

(一)三曹的诗歌

"三曹"即曹操、曹丕、曹植三父子,他们倡导和带头创作了建安诗歌,在很大程度上促进了建安诗歌的繁荣。

第二章　魏晋南北朝时期诗歌的发展与创作研究

1. 曹操的诗歌

曹操(155—220),字孟德,小字阿瞒,沛国谯(今安徽亳县)人。祖父曹腾是个宦官,父亲曹嵩是曹腾的养子。曹操20岁举孝廉进入仕途,先后任洛阳北部尉、顿丘令、济南相、典军校尉等职。黄巾起义时他参与镇压。董卓乱起时他加入讨卓联军。后来收编黄巾,壮大了力量。建安元年(196),他迎献帝迁都许昌,从此他"挟天子以令诸侯",成为北方的实际统治者。建安十三年(208)进位丞相,后封为魏公,进号魏王。死后尊为武帝。

曹操是汉末杰出的政治家和军事家,他"外定武功,内兴文学",又是建安文学新局面的开拓者。他爱好文学,尤其长于诗歌,就是在戎马倥偬的军旅生活中,也常寄兴风雅,在这种特殊环境中的吟咏,自然更能反映社会风貌,体现诗人的真实感情。

曹操的诗歌存留至今的只有二十多首,数量虽然少,却能显示其独特成就,体现一代诗风。就其内容来说,这些诗歌大致可以归纳为以下三类:

第一类是反映汉末社会动乱和民生疾苦的诗。如《蒿里行》:

> 关东有义士,兴兵讨群凶。
> 初期会盟津,乃心在咸阳。
> 军合力不齐,踌躇而雁行。
> 势利使人争,嗣还自相戕。
> 淮南弟称号,刻玺于北方。
> 铠甲生虮虱,万姓以死亡。
> 白骨露于野,千里无鸡鸣。
> 生民百遗一,念之断人肠。

这首诗如实地描写了关东义军起兵讨伐董卓继而相互争斗的历史事件。曹操以高度概括的诗笔,对这段复杂的历史事件进行了浓缩,揭示了讨伐董卓战役失败的原因,揭露和评判了义军将领各怀私心、争权夺利、畏缩不前的丑态,表达了对长期遭受战乱痛苦的百姓的深深关怀和同情,也体现了他作为政治家渴望能救民于水火的胸怀和抱负。

第二类是表现作者理想、怀抱和积极进取精神的。如《短歌行》:

> 对酒当歌,人生几何! 譬如朝露,去日苦多。
> 慨当以慷,忧思难忘。何以解忧? 惟有杜康。
> 青青子衿,悠悠我心。但为君故,沉吟至今。
> 呦呦鹿名,食野之苹。我有嘉宾,鼓瑟吹笙。

> 明明如月,何时可掇?忧从中来,不可断绝。
> 越陌度阡,枉用相存。契阔谈䜩,心念旧恩。
> 月明星稀,乌鹊南飞。绕树三匝,何枝可依?
> 山不厌高,海不厌深,周公吐哺,天下归心。

这是一篇用于饮宴的歌辞,诗歌充满深沉的忧郁,表现了诗人当时创业的艰难和实现理想的急切愿望。由于诗人的博大胸怀和高远志向,即使是在深沉的忧郁中也激荡着一股慷慨激昂的感情。这种感情随着心潮起伏,几经回旋,终于得到全部抒发。因而就全诗看,仍显得"有风云之气",能给人一种积极奋发的印象。同时,全诗声音铿锵,换韵自由,袭用《诗经》原句,不着痕迹,体现了诗人高超的艺术功力。

第三类诗歌是游仙诗,如《气出唱》《精列》《陌上桑》《秋胡行》等,篇幅占了他现存诗歌的三分之一。曹操本不信天命鬼神,秦皇、汉武在功成之后,都求仙访道,幻想长生不老,曹操在事业取得一定成功之后,或有这种想法,亦未可知。

总体来说,曹操的诗歌在艺术上的显著特色,一是质朴自然,语言不事雕琢,形式比较自由。二是比较直率地敞露了他这位乱世英雄兼诗人的复杂的生命感悟和人生体验,形成一种悲凉沉雄的风格。

2. 曹丕的诗歌

曹丕(187—226),字子桓,是曹操次子,曹植同母兄。曹操死后不久废汉自立,建魏国,史称魏文帝。曹丕的诗歌创作成就不如曹操和曹植,但七言的《燕歌行二首》感情委婉、风格秀丽,是我国文学史上现存最早的文人创作的七言诗。如《燕歌行》其一:

> 秋风萧瑟天气凉,草木摇落露为霜,群燕辞归雁南翔。
> 念君客游思断肠,慊慊思归恋故乡,何为淹留寄他方?
> 贱妾茕茕守空房,忧来思君不敢忘,不觉泪下沾衣裳。
> 援琴鸣弦发清商,短歌微吟不能长,明月皎皎照我床。
> 星汉西流夜未央,牵牛织女遥相望,尔独何辜限河梁?

在这首诗中,诗人描写了一妇人在不眠的秋夜思念在远方的丈夫,营造出一片悲凉凄清的气氛,细腻委婉地表现出了思妇的缠绵悱恻的相思之情。另外,这首诗的语言浅显、清丽,很能代表曹丕诗的一般风格。

曹丕对文学史的贡献不仅在于他的诗歌创作,重要的还表现在他是建安文坛的实际领导者,对繁荣建安文学起了重大作用。另外,他的《典论·论

第二章　魏晋南北朝时期诗歌的发展与创作研究

文》是我国古代最早的一篇文学理论和文学批评专论,对后世文学理论和文学批评有重要影响。

3. 曹植的诗歌

曹植(192—232),字子建,曹操第四子,曹丕同母弟。曹植的一生有前后两个截然不同的时期,其分界线在建安二十五年(220)。在此之前,他是曹操的爱子,过的是公子王孙的优越生活。曹操死后,他受到曹丕的迫害,几遭杀身,名为王侯,实则囚徒。

曹植诗现存近百首,描写社会现实的诗虽不多,却真实深刻地反映了建安时代的社会面貌。如《送应氏二首》其一:

> 步登北邙阪,遥望洛阳山。
> 洛阳何寂寞,宫室尽烧焚。
> 垣墙皆顿擗,荆棘上参天。
> 不见旧耆老,但睹新少年。
> 侧足无行径,荒畴不复田。
> 游子久不归,不识陌与阡。
> 中野何萧条,千里无人烟。
> 念我平常居,气结不能言。

诗中具体描写了诗人所看到的洛阳的残破景象。从城市的破坏、田园的荒废以及人民的死亡,描绘了一幅悲惨的大动乱后的社会情境,可以说是对曹操的《蒿里行》的更具体有力的补充。此诗是因送应场而出行,就所见之景进行描写,可以看出其与好友离别时的时事艰难。因而,下首诗在叙写离别中产生了世事茫茫之感,"清时难屡得,嘉会不可常,天地无终极,人命若朝霜"。

曹植有不少诗是写朋友、兄弟之情的,如《野田黄雀行》:

> 高树多悲风,海水扬其波。
> 利剑不在掌,结交何须多?
> 不见篱间雀,见鹞自投罗?
> 罗家见雀喜,少年见雀悲。
> 拔剑捎罗网,黄雀得飞飞。
> 飞飞摩苍天,来下谢少年。

曹植的亲近之人在曹丕登基后,受到了严重的迫害。诗中以黄雀象征受害者,以鹞和罗家象征迫害者,以拔剑捎罗网、解救黄雀的少年象征有能力解救陷者,寄寓了诗人无力营救朋友的悲哀与愤怒。

又如《赠白马王彪》:

谒帝承明庐,逝将归旧疆。
清晨发皇邑,日夕过首阳。
伊洛广且深,欲济川无梁。
泛舟越洪涛,怨彼东路长。
顾瞻恋城阙,引领情内伤。
太谷何寥廓,山树郁苍苍。
霖雨泥我涂,流潦浩纵横。
中逵绝无轨,改辙登高冈。
修坂造云日,我马玄以黄。
玄黄犹能进,我思郁以纡。
郁纡将何念?亲爱在离居。
本图相与偕,中更不克俱。
鸱枭鸣衡轭,豺狼当路衢。
苍蝇间白黑,谗巧反亲疏。
欲还绝无蹊,揽辔止踟蹰。
……
心悲动我神,弃置莫复陈。
丈夫志四海,万里犹比邻。
恩爱苟不亏,在远分日亲。
何必同衾帱,然后展殷勤。
忧思成疾疢,无乃儿女仁。
仓卒骨肉情,能不怀苦辛?
苦辛何虑思?天命信可疑。
虚无求列仙,松子久吾欺。
变故在斯须,百年谁能持?
离别永无会,执手将何时?
王其爱玉体,俱享黄发期。
收泪即长路,援笔从此辞。

在这首诗中,诗人满怀被压抑的悲愤,控诉了曹丕政权的凶残,对任城王曹彰之死表示深情的哀悼,并对即将分别的白马王曹彪表达了深厚的骨肉之情。

第二章 魏晋南北朝时期诗歌的发展与创作研究

曹植也写有不少关涉男女爱情的诗。如《美女篇》：

美女妖且闲，采桑歧路间。
柔条纷冉冉，叶落何翩翩。
攘袖见素手，皓腕约金环。
头上金爵钗，腰佩翠琅玕。
明珠交玉体，珊瑚间木难。
罗衣何飘飘，轻裾随风还。
顾盼遗光彩，长啸气若兰。
行徒用息驾，休者以忘餐。
借问女安居，乃在城南端。
青楼临大路，高门结重关。
容华耀朝日，谁不希令颜？
媒氏何所营？玉帛不时安。
佳人慕高义，求贤良独难。
众人徒嗷嗷，安知彼所观？
盛年处房室，中夜起长叹。

这首诗写美女盛年不嫁，好像是写婚姻问题，但可能有寓意，以美女求嫁无媒比喻自己报国无路。

曹植的诗中有许多是诗人自抒其志向的作品。早期，诗人有建功立业的远大志向，希望"戮力上国，流惠下民，建永世之业，流金石之功"（《与杨德祖书》）。如《白马篇》：

白马饰金羁，连翩西北驰。
借问谁家子？幽并游侠儿。
少小去乡邑，扬声沙漠垂。
宿昔秉良弓，楛矢何参差。
控弦破左的，右发摧月支。
仰手接飞猱，俯身散马蹄。
狡捷过猴猿，勇剽若豹螭。
边城多警急，虏骑数迁移。
羽檄从北来，厉马登高堤。
长驱蹈匈奴，左顾凌鲜卑。
弃身锋刃端，性命安可怀？
父母且不顾，何言子与妻！

名在壮士籍,不得中顾私。
捐躯赴国难,视死忽如归。

这首诗歌颂幽并的"游侠儿""捐躯赴国难,视死忽如归",寄托着自己的理想。后期同样是表现自己志向理想的作品,但乐观豪迈的情绪已荡然无存,流露出壮志难酬的哀怨情调和悲愤难平的心情。

曹植诗成就杰出,前人评为"骨气奇高"和"词采华茂"(钟嵘《诗品》)。他的诗继承汉乐府,但变汉乐府的以叙事为主为以抒情为主;变汉乐府民歌的语言朴素平易为"词采华茂";他是第一个大力写作五言诗的诗人,为五言诗的艺术与形式的发展打下了坚实的基础。他在诗歌创作上的杰出成就使他在后世文人的心目中具有崇高的地位。

(二)建安七子的诗歌

建安七子即建安时代的七个作家,他们是孔融、陈琳、王粲、徐干、阮瑀、应玚、刘桢。这七个作家当中,除孔融之外,其他六人都是曹操的僚属。他们的诗歌描写了社会动乱的现实,反映了军阀混战给人民带来的苦难,歌唱了他们要求统一祖国的理想。

1. 孔融

孔融(153—208),字文举,鲁国(今山东曲阜)人,为建安七子之首。孔融与曹操是朋友,但最终因与曹操的政治态度不同而被杀。孔融的诗现存七首,具有一种雄杰兀傲之气,如《杂诗》其二:

远送新行客,岁暮乃来归。
入门望爱子,妻妾向人悲。
闻子不可见,日已潜光辉。
孤坟在西北,常念君来迟。
褰裳上墟丘,但见蒿与薇。
白骨归黄泉,肌体乘尘飞。
生时不识父,死后知我谁。
孤魂游穷暮,飘摇安所依。
人生图嗣息,尔死我念追。
俯仰内伤心,不觉泪沾衣。
人生自有命,但恨生日希。

在这首诗中,诗人用白描的手法描写了丧子之痛,塑造了一个至哀无声

第二章　魏晋南北朝时期诗歌的发展与创作研究

的慈父的形象,情致哀婉,真挚感人。同时,诗人通过丧子的悲痛,写出了冥冥人生的宿怨,但也潜流着一种坚韧不拔的人性生存张力。

2. 陈琳

陈琳(？—217),字孔章,广陵射阳(今江苏宝应)人,以章表书记闻名,但也能诗,如他的《饮马长城窟行》就是一篇优秀的作品:

> 饮马长城窟,水寒伤马骨。
> 往谓长城吏,慎莫稽留太原卒!
> 官作自有程,举筑谐汝声。
> 男儿宁当格斗死,何能怫郁筑长城!
> 长城何连连,连连三千里。
> 边城多健少,内舍多寡妇。
> 作书与内舍,便嫁莫留住。
> 善侍新姑嫜,时时念我故夫子。
> 报书往边地,君今出语一何鄙!
> 身在祸难中,何为稽留他家子?
> 生男慎莫举,生女哺用脯。
> 君独不见长城下,死人骸骨相撑拄!
> 结发行事君,慊慊心意关。
> 明知边地苦,贱妾何能久自全?

这是一首典型的叙事诗,诗中假借秦代筑长城之事,深刻地揭示了繁重的徭役给人民带来的灾难和痛苦,很有现实意义。诗歌的感情深挚,语言也十分质朴,格调苍劲而悲凉,很接近乐府民歌的风格。

3. 王粲

王粲(177—217),字仲宣,山阳高平(今山东邹县西南)人。其曾祖为汉太尉,祖父为汉司空,他少有异才,西京扰乱,避难荆州,依附刘表,不被重用,后归顺曹操。

王粲由于其世家的身世及生当乱世的遭遇,因而作品多感时伤世,其代表作为《七哀诗》三首,其中,第一首最为著名:

> 西京乱无象,豺虎方遘患。
> 复弃中国去,委身适荆蛮。
> 亲戚对我悲,朋友相追攀。

出门无所见,白骨蔽平原。
　　路有饥妇人,抱子弃草间。
　　顾闻号泣声,挥涕独不还。
　　未知身死处,何能两相完?
　　驱马弃之去,不忍听此言。
　　南登霸陵岸,回首望长安。
　　悟彼下泉人,喟然伤心肝。

　　《七哀诗》写长安劫乱、诗人南下、避乱荆州时的所见所闻。通过"白骨蔽平原"的大时代状况和饥妇子的典型特写画面,深刻揭示了军阀混战给百姓带来的深重灾难,是历史的真实缩影。
　　王粲在当时还以辞赋著称。《登楼赋》作于他滞留荆州登当阳城楼所写,是当时脍炙人口的抒情小赋。赋中写异乡风物之美,抒发"虽信美而非吾土兮,曾何足以少留"的去国怀乡之情,同时也表达了时光流逝、壮志未酬的沉痛。

4. 徐干

　　徐干(171—218),字伟长,北海郡(今山东昌乐附近)人。徐干今存四首五言诗,多为情诗,其中,《室思诗》较为有名:

　　人靡不有初,想君能终之。
　　别来历年岁,旧恩何可期!
　　重新而忘故,君子所犹讥。
　　寄身虽在远,岂忘君须臾!
　　相厚不为薄,想君时见思。

　　在这首诗中,描写的是思妇忧愁苦闷的心绪,诗中的感情哀怨缠绵,文辞凄厉深婉。实际上,诗人在这首诗中通过比兴的手法,假托男女爱情来表达自己对于将君臣或朋友关系建立在道义关系的基础上的愿望。

5. 阮瑀

　　阮瑀(?—212),字元瑜,陈留尉氏(今河南开封)人,以章表书记闻名,但也能诗,《驾出北郭门行》就是一首有着浓郁的民歌特色的反映现实之作:

　　驾出北郭门,马樊不肯驰。
　　下车步踟蹰,仰折枯杨枝。

第二章 魏晋南北朝时期诗歌的发展与创作研究

> 顾闻丘林中,啾啾有悲啼。
> 借问啼者出,何为乃如斯?
> 亲母舍我殁,后母憎孤儿。
> 饥寒无衣食,举动鞭捶施。
> 骨消肌肉尽,体若枯树皮。
> 藏我空室中,父还不能知。
> 上冢察故处,存亡永别离。
> 亲母何可见,泪下声正嘶。
> 弃我于此间,穷厄岂有赀!
> 传告后代人,以此为明规。

这首诗与汉乐府民歌《孤儿行》类似,写的是孤儿遭受后母虐待的情状,情至酸楚,从侧面反映了汉末世风日下的社会现实。

6. 应玚

应玚(？—217),字德琏,东汉南顿县(今项城)人。应玚的诗今存六首,"诗量既不多,质亦平平无可观"[①]。其中,《别诗》二首写得较为出色,如其二:

> 浩浩长河水,九折东北流。
> 晨夜赴沧海,海水亦何抽。
> 远适万里道,归来未有由。
> 临河累太息,五内怀伤忧。

这首诗是诗人临终前所作,可以说是一首绝命诗。在这首诗中,诗人通过写"水"来抒情,感叹自己的身世飘零,流露出对美好人生的无限眷恋,以及对家乡故土的真切思念。虽然这首诗的内容较为单纯,诗风自然平淡,但却是诗人真情实感的自然吐露,故感情纯真动人。

7. 刘桢

刘桢(？—217),字公干,东平(今山东东平宁阳)人,东汉著名文学家,"建安七子"之一。以五言诗著称,所作五言诗,风格遒劲,语言质朴。刘桢性格豪迈,狂放不羁。他的诗一如其人,钟嵘《诗品》对其诗有"仗气爱奇,动多振绝。贞骨凌霜,高风跨俗"的评价。刘桢的诗流传下来的不多,最为人称道的是《赠从弟》三首,如其二:

[①] 胡国瑞. 魏晋南北朝文学史[M]. 上海:上海文艺出版社,2004:28.

> 亭亭山上松,瑟瑟谷中风。
> 风声一何盛,松枝一何劲。
> 冰霜正惨凄,终岁常端正。
> 岂不罹凝寒? 松柏有本性。

这首诗中主要描写了松树不畏风寒、傲然挺立的本性,写得气壮韵高,颇有"挺立自持""高风跨俗"的气概。

(三)蔡琰的诗歌

蔡琰(177—?),字文姬,蔡邕女,博学多才,又通音律,一生坎坷。夫亡无子,回母家寡居。在董卓之乱中,为乱兵所掳,嫁给左贤王,陷于南匈奴12年,生有二子。后被曹操赎回,嫁董祀。目前流传下来题为蔡琰的作品共3篇:五言《悲愤诗》、楚辞体《悲愤诗》和《胡笳十八拍》。关于这几首诗的真伪问题一直有较大争议。其中楚辞体《悲愤诗》后人多以为伪作,五言《悲愤诗》一般定为蔡琰所作,《胡笳十八拍》则尚无定论。五言《悲愤诗》是篇幅达540字的长篇叙事诗,如第二部分:

> 边荒与华异,人俗少义理。
> 处所多霜雪,胡风春夏起。
> 翩翩吹我衣,肃肃入我耳。
> 感时念父母,哀叹无穷已。
> 有客从外来,闻之常欢喜。
> 迎问其消息,辄复非乡里。
> 邂逅徼时愿,骨肉来迎己。
> 己得自解免,当复弃儿子。
> 天属缀人心,念别无会期。
> 存亡永乖隔,不忍与之辞。
> 儿前抱我颈,问"母欲何之?
> 人言母当去,岂复有还时?
> 阿母常仁恻,今何更不慈?
> 我尚未成人,奈何不顾思?"
> 见此崩五内,恍惚生狂痴。
> 号泣手抚摩,当发复回疑。
> 兼有同时辈,相送告离别。
> 慕我独得归,哀叫声摧裂。

第二章 魏晋南北朝时期诗歌的发展与创作研究

马为立踟蹰,车为不转辙。
观者皆嘘唏,行路亦呜咽。

这首诗生动描写了诗人在汉末动乱中的悲惨遭遇,表达了滞留匈奴期间对亲人的思念,以及回到故乡再嫁新人后,"流离成鄙贱,常恐复捐废"的隐忧,既是蔡琰个人不幸的写照,也是乱离之年妇女悲惨命运的缩影。这首诗笔调深曲,善摹情景,使场景、人物历历在目。《悲愤诗》在我国现实主义诗歌发展史上有重要地位,它叙事中常有抒情,是对汉乐府叙事诗的发展,也影响后世叙事诗的艺术风格。

二、正始诗歌

曹魏后期,政局混乱。正始年间,掌握了军政大权的司马氏展开了与魏王室之间充满血腥的权力斗争。政治的黑暗与恐怖之中,文人生活在如临深渊、如履薄冰的危机下。大量文人被杀,活着的人或放浪形骸,以保全自己,或曲折为文,以发泄不满。玄学在此背景下兴起。玄学的兴起对当时的文学创作产生了一定的影响。名教[①]写自然的关系是玄学论争的一个重要命题。嵇康和阮籍愤激于司马氏以名教为杀人武器,便对名教及名教的理论基础——六经持强烈的否定态度。他们渴求皈依自然,发现自我,脱去名教加于他们身上的镣铐,在相当程度上获得了自然心性的解放。思想学术方面的特征也体现在当时的文学创作中,使正始文学呈现出深刻的哲理思考和尖锐的人生悲哀。正始文学的代表作家是"竹林七贤",即阮籍、嵇康、山涛、刘伶、阮咸、向秀、王戎。"七贤"中以阮籍、嵇康的文学成就最高。

(一)阮籍的诗歌

阮籍(210—263),字嗣宗,陈留尉氏(今河南尉氏县)人。阮籍为人不拘礼俗,旷达不羁。他博览群籍,尤好老、庄。相继为司马懿从事中郎、司马师从事中郎、司马昭步兵校尉等职,世称"阮步兵"。阮籍身为司马氏僚属,虽不满于司马氏的作为,却不能公开反对,相反,还必须敷衍司马氏的拉拢,甚至用醉酒佯狂的举止来回避矛盾。因此,他的内心世界是非常痛苦、矛盾的。《咏怀》诗八十二首即是他思想的集中反映。

《咏怀诗》充满了孤独苦闷的情绪,其一是这八十二首作的总纲:

---

① 以名为教,即以长官君臣之义为教。

夜中不能寐,起坐弹鸣琴。
薄帷鉴明月,清风吹我襟。
孤鸿号外野,翔鸟鸣北林。
徘徊将何见?忧思独伤心。

这首诗刻画了一位充满了彷徨、孤独、绝望情绪的深夜不寐的抒情主人公形象,其内心难以排解的悲哀、忧思笼罩着整个组诗,是整个组诗的基调。

《咏怀诗》有的通过描写花草树木由繁华变为憔悴,来比喻世事的反复无常,如其三:

嘉树下成蹊,东园桃与李。
秋风吹飞藿,零落从此始。
繁华有憔悴,堂上生荆杞
驱马舍之去,去上西山趾。
一身不自保,何况恋妻子!
凝霜被野草,岁暮亦云已。

在这首诗中,诗人通过对事物由盛转衰的描写,感叹世事的变幻莫测,繁华终会憔悴,归于寂灭,同时也表达了难以把握自己命运的无奈。

有的通过对鸟兽虫鱼的描写,表现自身命运的无奈的,如其十七:

独坐空堂上,谁可与欢者?
出门临永路,不见行车马。
登高望九州,悠悠分旷野。
孤鸟西北飞,离兽东南下。
日暮思亲友,晤言用自写。

诗中描写的情形是独坐无人,出门也无人,登高亦无人,能够见到的只有孤鸟、禽兽,此时,无主之情满溢于纸上。诗人在这样的局面中,感到了壮志、理想都已成为泡影。

有的是以追求美女失败来比喻自己理想的无法实现,如其十九:

西方有佳人,皎若白日光。
被服纤罗衣,左右佩双璜。
修容耀姿美,顺风振微芳。
登高眺所思,举袂当朝阳。

第二章 魏晋南北朝时期诗歌的发展与创作研究

寄颜云霄间,挥袖凌虚翔。
飘飖恍惚中,流眄顾我傍。
悦怿未交接,晤言用感伤。

在这首诗中,诗人刻画了一位自己理想中的佳人,并借助佳人来表达自己的理想。同时,通过写自己心虽悦之而无由交接,深刻地表现了自己的理想无法实现的痛苦。

有些直接描写了他在恐怖的政局中的不安与恐惧,如其三十三:

一日复一夕,一夕复一朝。
颜色改平常,精神自损消。
胸中怀汤火,变化故相招。
万事无穷极,知谋苦不饶。
但恐须臾间,魂气随风飘。
终身履薄冰,谁知我心焦。

在这首诗中,诗人描写了自己生存体验的恐慌,他深感容貌有朝夕之改,一个人的智慧难以对付世事的残酷,故人生是茫然地向无穷远航漂泊的过程。这种忧生惧死的情感伴随着人的一生,使他一生都无法得到解脱。

还有一些是抒发自己的壮志的,如其三十九:

壮士何慷慨,志欲威八荒。
驱车远行役,受命念自忘。
良弓挟乌号,明甲有精光。
临难不顾生,身死魂飞扬。
岂为全躯士?效命争战场。
忠为百世荣,义使令名彰。
垂声谢后世,气节故有常。

在这首诗中,诗人通过对壮士驱车远行、受命自忘、义无反顾的精神的热情歌颂,抒发了自己的理想和壮志。

还有一些诗批评了曹魏政权的荒淫、腐朽和虚伪,也影射了其必定会走向灭亡的命运,如其六十七:

洪生资制度,被服正有常。
尊卑设次序,事物齐纪纲。

容饰整颜色,磬折执圭璋。
　　堂上置玄酒,室中盛稻粱。
　　外厉贞素谈,户内灭芬芳。
　　放口从衷出,复说道义方。
　　委曲周旋仪,姿态愁我肠。

在这首诗中,诗人将曹魏统治者那种外一套、内一套的虚伪和丑态描写得淋漓尽致,同时也暗示了虚伪、腐朽的统治者终将走向灭亡。

(二)嵇康的诗歌

嵇康(224—263),字叔夜,谯郡铚(今安徽宿州)人。他是魏国宗室的姻亲,娶曹氏女为妻,曾为魏中散大夫,因是司马氏的政敌而遭杀害。

嵇康诗文皆擅长,现存诗五十多首,代表作是《赠秀才从军》十八首和《幽愤诗》。

嵇康的四言诗成就较高,《赠兄秀才从军》十八首是其代表作,如第九章:

　　良马既闲,丽服有晖。
　　左揽繁弱,右接忘归。
　　风驰电逝,蹑景追飞。
　　凌厉中原,顾盼生姿。

再如第十四章:

　　息徒兰圃,秣马华山。
　　流磻平皋,垂纶长川。
　　目送归鸿,手挥五弦。
　　俯仰自得,游心太玄。
　　嘉彼钓叟,得鱼忘筌。
　　郢人逝矣,谁与尽言。

这组诗的内容是嵇康想象其兄嵇喜从军后的生活,但表现的却是诗人宅心玄远的人生情趣,以及洒脱悠然的高超境界。

《幽愤诗》是嵇康在蒙冤入狱后所作,可视为其绝命诗。诗中自述平生的遭遇和理想抱负,抒发自己无端受冤的愤慨,也表达了自己对自由生活的向往。

第二章　魏晋南北朝时期诗歌的发展与创作研究

第二节　太康诗歌与玄言诗歌的创作

一、太康诗歌

公元265年,司马炎以晋代魏。太康年间(280—289),社会出现短暂的稳定和繁荣,史称"太康之治"。在这一时期,门阀士族制度正式确立,中国文学开始向士族化阶段过渡。

太康诗歌指的是太康年间以"三张"(张华、张载、张协,一说是张载、张协、张亢兄弟)、"二陆"(陆机、陆云兄弟)、"两潘"(潘岳、潘尼)、"一左"(左思)为代表的诗人创作的诗歌。在这些诗人中,创作成就最高的当属陆机、潘岳和左思。

(一)陆机的诗歌

陆机(261—303),字士衡,吴郡吴县(今上海松江,或云今江苏苏州)人。晋灭吴后,与弟陆云(字士龙)入洛阳。后在司马氏集团争夺政权的斗争中遭谗被害。

陆机现存诗歌一百多首,超过同时期的各个作家。包括乐府、拟《古诗十九首》、赠答、酬唱、赐宴、纪游、自抒胸臆等。他的乐府诗,十之八九系拟作,加上拟《古诗十九首》,可以说拟古之作在他的诗中占了一半以上的比重。其中只有少量作品比较有真情实感,如《门有车马客行》:

> 门有车马客,驾言发故乡。
> 念君久不归,濡迹涉江湘。
> 投袂赴门涂,揽衣不及裳。
> 拊膺携客泣,掩泪叙温凉。
> 借问邦族间,恻怆论存亡。
> 亲友多零落,旧齿皆凋丧。
> 市朝互迁易,城阙或丘荒。
> 坟垄日月多,松柏郁茫茫。
> 天道信崇替,人生安得长。
> 慷慨惟平生,俯仰独悲伤。

这首诗写出了作者对故乡的怀念之情和对吴亡之后邦族亲友零落衰亡的慨叹。

拟《古诗十九首》也有少数成功之作,如《拟明月何皎皎》:

安寝北堂上,明月入我牖。
照之有余辉,揽之不盈手。
凉风绕曲房,寒蝉鸣高柳。
踟蹰感节物,我行永已久。
游宦会无成,离思难常守。

陆机的一些自抒胸臆之作是写得较好的。如《赴洛道中作》的第二首:

远游越山川,山川修且广。
振策陟崇丘,安辔遵平莽。
夕息抱影寐,朝徂衔思往。
顿辔倚嵩岩,侧听悲风响。
清露坠素辉,明月一何朗。
抚枕不能寐,振衣独长想。

这里写了自己离别亲人乡土的痛苦和孤独,也写了踏上仕途之后随之而来的迷茫感与危机感,此情此景,确实颇能动人。

(二)潘岳的诗歌

潘岳(247—300),诗人、辞赋家,字安仁,荥阳中牟(今属河南)人。与陆机齐名,时称"潘陆"。性趋势利,与石崇等谄事权贵贾谧,却矫情作《闲居赋》,以示高志。后在政治纷乱中被人诬陷杀害。

潘岳有一些诗能反映社会现实,如四言诗《关中诗》其七:

哀此黎元,无罪无辜。
肝脑涂地,白骨交衢。
夫行妻寡,父出子孤。
俾我晋民,化为狄俘。

虽然是奉诏而作,但并非一味歌功颂德,而是也揭露了战乱给人民带来"肝脑涂地,白骨交衢"的灾难。

五言诗中《悼亡诗》三首最为著名。

《悼亡诗》叙述的是丧妻之悲,低徊哀婉,真切动人,颇为后人所称道。

第二章 魏晋南北朝时期诗歌的发展与创作研究

如其一：

> 荏苒冬春谢，寒暑忽流易。
> 之子归穷泉，重壤永幽隔。
> 私怀谁克从，淹留亦何益。
> 僶俛恭朝命，回心反初役。
> 望庐思其人，入室想所历。
> 帏屏无髣髴，翰墨有馀迹。
> 流芳未及歇，遗挂犹在壁。
> 怅恍如或存，回惶忡惊惕。
> 如彼翰林鸟，双栖一朝只。
> 如彼游川鱼，比目中路析。
> 春风缘隙来，晨霤承檐滴。
> 寝息何时忘，沈忧日盈积。
> 庶几有时衰，庄缶犹可击。

在这首诗中，诗人刻画了恍惚中以为亡妻尚存的刹那感觉，表达了物在人亡的悲戚和对亡妻深沉而持久的想念。这几首诗也对后代描写丧妻之痛的诗词产生了深刻的影响。

虽然潘岳的有些诗篇写得真切感人，具有一定的意义，但潘岳的诗总的来说仍然存在着用语过繁之弊，而缺少含蓄不尽之妙。

（三）左思的诗歌

左思(250—305)，字太冲，临淄（今属山东）人。博学能文。他出身寒门，妹左棻以文才被召入武帝内宫，于是移家京师。曾任秘书郎。惠帝时依附权贵贾谧。贾谧被诛，于是退隐，专攻典籍。

左思在洛阳期间，以 10 年心力，撰成《三都赋》。《三都赋》设西蜀公子、吴王孙、魏国公子为蜀、吴、魏三国代言人，各夸耀其都城的富有。后《三都赋》名声大噪，豪贵之家争相传写，有"洛阳纸贵"的美誉。

左思虽以《三都赋》名震京都，但该赋仍属传统的京都赋，辞繁而典富，未脱汉大赋窠臼。真正奠定其文学史地位的，是其《咏史》八首。这组诗，名为"咏史"，实为抒写自己的怀抱，表达了诗人对因出身寒门而不得重用的不满，如其中第二首：

> 郁郁涧底松，离离山上苗。
> 以彼径寸茎，荫此百尺条。

世胄蹑高位，英俊沉下僚。
地势使之然，由来非一朝。
金张藉旧业，七叶珥汉貂。
冯公岂不伟，白首不见招。

在这首诗中，诗人通过对涧底松和山上苗由于地势不同而产生的现象的描写，说明了世胄占据着高位，而寒士只能屈沉下僚的不合理现象，后面更以历史上的事实揭示出传统的封建等级制度的罪恶。但诗人不仅看到了自己所受到的压抑，更难能可贵的是，也能够从历史和现实的高度，客观地纵观古今，指出在封建等级制度和门阀制度之下，人才受到压抑的普遍性。愤激之余，左思也表达了对豪门的蔑视，如其中第六首：

荆轲饮燕市，酒酣气益震。
哀歌和渐离，谓若傍无人。
虽无壮士节，与世亦殊伦。
高眄邈四海，豪右何足陈！
贵者虽自贵，视之若埃尘；
贱者虽自贱，重之若千钧。

颂扬了荆轲、高渐离等卑贱者慷慨激昂、睥睨四海的气度，洋溢着诗人自负和自傲的精神。

又如最后一首：

习习笼中鸟，举翮触四隅。
落落穷巷士，抱影守空庐。
出门无通路，枳棘塞中涂。
计策弃不收，块若枯池鱼。
外望无寸禄，内顾无斗储。
亲戚还相蔑，朋友日夜疏。
苏秦北游说，李斯西上书。
俯仰生荣华，咄嗟复凋枯。
饮河期满腹，贵足不愿余。
巢林栖一枝，可为达士模。

在这首诗中，诗人刻画了一个孤独困窘的贫士形象，并由此激起复杂的情绪。在这种难于忍受的绝境里，想要效苏秦、李斯走向非凡的人生道路，但俗世荣华隐藏着危险，所以诗人只能以古代高士的人生观来自勉。由此，

第二章 魏晋南北朝时期诗歌的发展与创作研究

我们看出诗人对不合理现实的愤嫉和绝望。

总的来说,《咏史》诗中涉及的历史人物,或失路英雄、寂寥文人,或谋臣策士、游侠刺客,无不隐括着诗人心目中的理想人格,具有傲岸的风范。无论是写志向抱负、失望愤慨还是高蹈遗世、安贫乐道,都表现出雄健的气势。其简劲的语言,豪壮的风格,批判性的思想,是与贵族文化氛围相抵触的。

二、玄言诗歌

西晋经过太康、元康的短暂繁荣和安定之后,即因八王之乱而开始分崩离析。至怀帝永嘉年间(307—313),更因北方少数民族的入侵而陷于纷争割据的局面。此后北方长期被少数民族先后建立的十六国所统治,晋室则南迁,在江南建立偏安的政权,史称东晋,历一百零二年(317—419)才被刘宋取代。从永嘉起至东晋灭亡这一百余年间是所谓"玄言诗"占统治地位的时期。钟嵘《诗品序》曰:"永嘉时贵黄老,稍尚虚谈,于时篇什,理过其辞,淡乎寡味。"说的即是玄言诗的兴起及其基本特点。孙绰、许询等是玄言诗的代表作家。

(一)孙绰的诗歌

孙绰(320—377),字兴公,太原中都(今山西平遥南)人。祖孙楚,惠帝时任冯翊太守。后孙绰与兄孙统过江,居于会稽。初任著作郎,袭爵长乐侯。历任尚书郎、廷尉卿、著作郎等职。

孙绰的诗充满了玄理道义,形式呆板,枯淡乏味。《答许询》就是明显的一例,如其一:

> 仰观大造,俯览时物。
> 机过患生,吉凶相拂。
> 智以利昏,识由情屈。
> 野有寒枯,朝有炎郁。
> 失则震惊,得必充诎。

在这首诗中,涉及了哲学家们常会讨论到的吉凶、智识、情利、得失等话题,有着相当浓厚的老庄思想,枯淡乏味。

孙绰也善于从山水景物的描写中阐发玄理,抒写逍遥自得的精神情怀,如《秋日》:

萧瑟仲秋月,飂戾风云高。
山居感时变,远客兴长谣。
疏林积凉风,虚岫结凝霄。
湛露洒庭林,密叶辞荣条。
抚菌悲先落,攀松羡后凋。
垂纶在林野,交情远市朝。
澹然古怀心,濠上岂伊遥。

诗中描写的是仲秋时分万木萧条的景物,表达了诗人的人生感慨。

(二)许询的诗歌

许询(生卒年不详),字玄度,高阳(今河北蠡县南)人。有才藻,善属文,终身不仕,好游山水,常与谢安等人游宴、吟咏,曾参与兰亭雅会。他善析玄理,是当时清谈家的领袖之一。

许询极善写诗,现存许询的诗文并不多,《竹扇诗》和《答庾僧渊诗》是比较著名的两首:

竹扇诗
良工眇芳林,妙思触物骋。
篾疑秋蝉翼,团取望舒景。

答庾僧渊诗
茫茫混成始,豁矣四天朗。
三辰还须弥,百亿同一像。
灵和陶氤氲,会之有妙常。
大慈济群生,冥感如影响。
蔚蔚沙弥众,粲粲万心仰。
谁不欣大乘,兆定于玄襄。
三法虽成林,居士亦有党。
不见虬与龙,洒鳞凌霄上。
冲心超远寄,浪怀邈独往。
众妙常所晞,维摩余所赏。
苟未体善权,与子同佛仿。
悠悠诚满域,所遗在废想。

以上两首诗是许询仅存不多的作品,极具研究价值,从以上两首诗中可以看出其诗充满玄理道义,形式呆板。

第二章　魏晋南北朝时期诗歌的发展与创作研究

第三节　田园隐逸诗与山水诗的创作

一、田园隐逸诗

晋代文学最突出的成就是诗歌,从西晋末年开始,诗歌走向了形式主义道路,不仅追求辞藻的华美和对偶的工整,而且产生了许多枯燥无味、谈禅说理的玄言诗。直到陶渊明开创了歌咏田园生活的田园隐逸诗,才扭转了这种诗风,给晋代文坛带来了现实主义的气氛。晋代文学比较繁荣,产生了许多著名的作家和作品,其中最著名的作家是陶渊明。

(一)陶渊明的生平

陶渊明(365—427),字元亮(一说名潜,字渊明),号靖节,自称五柳先生,浔阳柴桑(今江西省九江西南)人。他的祖父和父亲做过太守、县令等官,到了他青年时代,家境已经没落。29岁出任江州祭酒,不久辞官回家。此后又做过几次小官,每次时间都很短。41岁任彭泽令,在官只80天就辞职了,并写了著名的《归去来辞》,表达归隐的决心。从此隐居躬耕,过了20年的田园生活。友人私谥为"靖节",世称"靖节先生"。陶渊明的隐居,是对当时腐败的官场生活的鄙视和对黑暗现实的厌恶,这种不肯与统治阶级同流合污的高尚品格,是有进步意义的。

(二)陶渊明的诗歌

陶渊明的诗现存一百二十多首,大部分是描写农村景象和农村生活的作品。他的著名作品有《归园田居》《咏荆轲》《读山海经》和《桃花源记并诗》等。他在《归园田居》第一首诗中写出了优美的田园风光和摆脱官场束缚的乐趣:

　　少无适俗韵,性本爱丘山。
　　误落尘网中,一去三十年。
　　羁鸟恋旧林,池鱼思故渊。
　　开荒南野际,守拙归园田。
　　方宅十余亩,草屋八九间。
　　榆柳荫后檐,桃李罗堂前。
　　暧暧远人村,依依墟里烟。

狗吠深巷中,鸡鸣桑树颠。
户庭无尘杂,虚室有余闲。
久在樊笼里,复得返自然。

在这首诗中,他把统治阶级的官场生活斥为"尘网"①;把做官看成是"羁鸟"②"池鱼",不得自由;把归居田园说成是冲出"樊笼",重返"自然",表现了他对当时黑暗社会和丑恶现实的鄙视。

第三首诗写他亲自参加农业劳动的快乐心情。诗中写道:

种豆南山下,草盛豆苗稀。
晨兴理荒秽,带月荷锄归。
道狭草木长,夕露沾我衣。
衣沾不足惜,但使愿无违。

陶渊明的田园隐逸诗中还有一些描写了农村的凋敝以及自己生活的穷困,如《归园田居》其四:

久去山泽游,浪莽林野娱。
试携子侄辈,披榛步荒墟。
徘徊丘垄间,依依昔人居。
井灶有遗处,桑竹残朽株。
借问采薪者,此人皆焉如。
薪者向我言,死没无复余。
一世弃朝市,此语真不虚。
人生似幻化,终当归空无。

诗中的荒墟、遗处、残朽株等词,刻画出了当时农村的状况。透过这首诗歌,我们就可以隐约地看到农村在战乱和灾害之中的面貌。

《咏荆轲》一诗中,他热情地歌颂了荆轲不惜牺牲自己的生命而勇于除暴的壮烈精神和果敢行为:

燕丹善养士,志在报强嬴。
招集百夫良,岁暮得荆卿。

---

① 尘网:尘世的罗网,指做官生活。尘:尘世,人世间。网:捕捉鱼鸟的工具。古人认为官场中充满了虚伪和欺诈,就像布下了捕捉鱼鸟的罗网一样。
② 被关在笼子里的鸟。

第二章 魏晋南北朝时期诗歌的发展与创作研究

> 君子死知己,提剑出燕京;
> 素骥鸣广陌,慷慨送我行。
> 雄发指危冠,猛气冲长缨。
> 饮饯易水上,四座列群英。
> 渐离击悲筑,宋意唱高声。
> 萧萧哀风逝,淡淡寒波生。
> 商音更流涕,羽奏壮士惊。
> 心知去不归,且有后世名。
> 登车何时顾,飞盖入秦庭。
> 凌厉越万里,逶迤过千城。
> 图穷事自至,豪主正怔营。
> 惜哉剑术疏,奇功遂不成。
> 其人虽已没,千载有馀情。

在《读山海经》诗中写道:

> 精卫衔微木,将以填沧海。
> 刑天舞干戚,猛志固常在。
> 同物既无虑,化去不复悔。
> 徒设在昔心,良辰讵可待。

诗人热情洋溢地歌颂了神话故事中的精卫和刑天虽死而不屈服的精神,实际上就是诗人自己不屈意志的表现。

陶渊明最有影响的作品是《桃花源记并诗》,这是他晚年的作品。"桃花源"是一些"避秦时乱"的人,在没有人迹的地方开辟出来的一个乐园。在那里,人人都从事劳动,人人都享受收获的幸福和快乐,没有剥削,没有压迫。这个乐园,其实是诗人向往的理想社会,反映了诗人希望建立一个这样的社会,使人民通过自己的劳动,创造和平幸福的新生活。这种愿望在当时虽然是一个不可能实现的幻想,但它却启发人们认识封建社会的黑暗,鼓舞人们为反抗不合理的社会现实而斗争。

陶渊明是中国文学史上不朽的诗人,他为中国古代诗歌开辟了一个新的境地。陶渊明对后代作家产生了很大影响,这种影响主要表现在两个方面:

第一,他蔑视权贵、不愿与世俗同流合污的气节给后代作家树立了榜样。他们对黑暗现实不满时,总是从陶渊明的诗歌中汲取力量。

第二,陶渊明的乐天知命、安分守己、逃避现实的消极思想,对后代作家也产生过不良影响。

二、山水诗

东晋灭亡以后,中国历史进入了南北朝时期。南朝是宋、齐、梁、陈四个朝代频繁更替;北朝是北魏、北齐、北周等朝代相更替,形成南北分裂的局面。这一时期的文学,主要掌握在帝王和贵族的手里,他们的生活、思想、艺术趣味都限制了作家的创作。齐、梁以后,形式主义的诗风统治着整个诗坛。梁简文帝又大力提倡描写色情和宫廷生活的"宫体诗",使诗风更加衰弱和堕落。谢灵运的山水诗是这一时期最主要的文学成就。下面就对谢灵运的诗歌进行简要阐述。

(一)谢灵运的生平

谢灵运(385—433),祖籍陈郡阳夏(今河南太康),晋室南渡后世居会稽(今浙江绍兴)。他是谢玄之孙,18岁袭爵为康乐公,人称"谢康乐"。他出生后不久便被寄养在钱塘杜家,一直到15岁,故小名"客儿",后世又称之为"谢客"。谢灵运出身于高门士族,青年时代接受过良好的教育,很有才名,亦热衷于政治。宋朝建立后,实行抑制士族的政策,将谢灵运的封爵降为康乐侯,他内心非常不满。永初三年(422),他出为永嘉(今浙江温州)太守,于是"肆意遨游,遍历诸县,动逾旬朔,民间听讼,不复关怀。所至辄为诗咏,以致其意焉"。后他辞官隐居始宁(今浙江上虞),并常常出入深山幽谷之间,探奇揽胜,出游时从者动辄数百人。元嘉八年(431),宋文帝派他担任临川内史,因被人弹劾谋反,流放广州。元嘉八年,他在广州被杀。

(二)谢灵运的诗歌

谢灵运热衷功名而又志不获逞,备感特权地位受到威胁,也畏惧上层权力斗争的残酷性,因此徘徊于朝野之间,寄情自然山水以排遣苦闷,发泄不满,获得心灵的慰藉,并成为扭转玄言诗风,开创山水诗派的第一个诗人。《登池上楼》是谢灵运的名作:

> 潜虬媚幽姿,飞鸿响远音。
> 薄霄愧云浮,栖川怍渊沉。
> 进德智所拙,退耕力不任。
> 徇禄反穷海,卧疴对空林。
> 衾枕昧节候,褰开暂窥临。

第二章 魏晋南北朝时期诗歌的发展与创作研究

　　倾耳聆波澜，举目眺岖嵚。
　　初景革绪风，新阳改故阴。
　　池塘生春草，园柳变鸣禽。
　　祁祁伤豳歌，萋萋感楚吟。
　　索居易永久，离群难处心。
　　持操岂独古，无闷征在今。

　　这首诗通过大病初愈，登池上楼观赏春景的新鲜感受，表达了仕途不得志的不满情绪，抒发了决心退隐的情志。但与陶渊明相比，谢诗所谈之理往往游离于景物之外，也与诗人所流露的感情有一定的距离。

　　《石壁精舍还湖中作》写自石壁精舍至湖中一天游赏的乐趣，典型地反映了谢灵运诗歌体制上纪行、写景、说理的特征：

　　昏旦变气候，山水含清晖。
　　清晖能娱人，游子憺忘归。
　　出谷日尚早，入舟阳已微。
　　林壑敛暝色，云霞收夕霏。
　　芰荷迭映蔚，蒲稗相因依。
　　披拂趋南径，愉悦偃东扉。
　　虑澹物自轻，意惬理无违。
　　寄言摄生客，试用此道推。

　　《入彭蠡湖口》中对自然景物的观察和体验十分细致，刻画也是相当的精妙，描摹动态的"回合""崩奔"以及月下哀狖的悲鸣之声、"绿野秀"和"白云屯"那鲜丽的色彩搭配，给人深刻的印象。

　　客游倦水宿，风潮难具论。
　　洲岛骤回合，圻岸屡崩奔。
　　乘月听哀狖，浥露馥芳荪。
　　春晚绿野秀，岩高白云屯。
　　千念集日夜，万感盈朝昏。
　　攀崖照石镜，牵叶入松门。
　　三江事多往，九派理空存。
　　灵物郄珍怪，异人秘精魂。
　　金膏灭明光，水碧辍流温。
　　徒作千里曲，弦绝念弥敦。

《于南山往北山经湖中瞻眺》对于山水景物的描摹更加细致入微,开阔的洲渚、茂密的松林、蜿蜒的蹊径、淙淙的流水、嫩绿的初篁、鲜紫的新蒲、自娱的群鸟,都描写得细致生动。而且,诗中所描写的景物确是清新自然的,诗人的刻画描摹之功也是不可小觑的:

> 朝旦发阳崖,景落憩阴峰。
> 舍舟眺迥渚,停策倚茂松。
> 侧径既窈窕,环洲亦玲珑。
> 倪视乔木杪,仰聆大壑灇。
> 石横水分流,林密蹊绝踪。
> 解作竟何感,升长皆丰容。
> 初篁苞绿箨,新蒲含紫茸。
> 海鸥戏春岸,天鸡弄和风。
> 抚化心无厌,览物眷弥重。
> 不惜去人远,但恨莫与同。
> 孤游非情叹,赏废理谁通?

谢灵运的山水诗,大部分为他任永嘉太守以后所写。这些诗以富丽精工的语言,描绘了永嘉、会稽、彭蠡湖等地的自然景色。如《从斤竹涧越岭溪行》:

> 猿鸣诚知曙,谷幽光未显。
> 岩下云方合,花上露犹泫。
> 逶迤傍隈隩,迢递陟陉岘。
> 过涧既厉急,登栈亦陵缅。
> 川渚屡径复,乘流玩回转。
> 苹萍泛沉深,菰蒲冒清浅。
> 企石挹飞泉,攀林摘叶卷。
> 想见山阿人,薜萝若在眼。
> 握兰勤徒结,折麻心莫展。
> 情用赏为美,事昧竟谁辨?
> 观此遗物虑,一悟得所遣。

这首诗写诗人于黎明沿溪而行,观云赏露,过涧登栈,一路赏玩所见景物。整首诗层次清晰,精工密丽,但用字繁复深涩,使他的诗有一种隔膜感。

第二章　魏晋南北朝时期诗歌的发展与创作研究

总体来说,谢灵运开辟了南朝诗歌崇尚声色的新局面,改变了东晋以来的玄言诗风,给人面目一新之感。虽然谢灵运笔下的山水,往往只是一些客观存在的风光,从诗中体验不到诗人感情与外物之间的水乳交融,而且,诗中所表达的哲理也往往游离于胜境之外,影响了作品的感染力,也造成他的诗堆砌辞藻有句无篇、结构单调的缺点。但就将自然山水纳入审美视野,使其成为独立的审美对象,推动山水诗的发展方面,谢灵运与陶渊明共同做出了贡献。

第四节　永明体和宫体诗的创作

一、永明体诗

永明体诗指的是在南齐武帝永明年间以聚集于竟陵王萧子良左右的"竟陵八友"(沈约、谢朓、王融、萧衍、萧琛、范云、任昉、陆倕)为代表的格律诗人创作的诗歌。永明体诗的代表诗人,历来认为是沈约、谢朓、王融三人。除了这三人外,范云、丘迟等人也都写过不少的好诗,诗风接近于沈约和谢朓。梁、陈时的阴铿和何逊,也继承和发展了永明体的诗风,其诗清丽隽永,讲求声韵,格调与意境已接近唐人五言律、绝。在这里,我们主要对沈约、谢朓、王融的诗歌创作进行简要分析。

(一)沈约的诗歌

沈约(441—513),字休文,吴兴武康(今属浙江)人。他历仕宋、齐、梁三朝。梁时封建昌县侯,官至尚书令,领太子少傅,谥曰隐,故后世称"沈隐侯"。有《沈隐侯集》辑本二卷,收入《汉魏六朝百三家集》中。

沈约在诗歌理论上的主要贡献是倡导声律说,对一代诗风和文风有深刻的影响,并为隋唐以后律诗的形成开拓了道路。

沈约论诗文,亦颇注意内容,强调继承风骚和建安时期的"以情纬文,以文被质"(沈约《宋书·谢灵运传论》)的传统,但他同魏晋以来的许多文人一样,都不注意文学的讽喻和教化的功能,加之他长期为地方大僚掌书记,后又长期在宫廷任职,与民众少接触,所以其诗多为抒发个人的情愫和朋友之情,此外则为写景、咏物与应诏、应制之作,缺乏深刻的社会内容,然其抒情之作亦颇有佳篇,如《别范安成》:

> 生平少年日,分手易前期。
> 及尔同衰暮,非复别离时。
> 勿言一樽酒,明日难重持。
> 梦中不识路,何以慰相思。

这首诗中对朋友的不舍之情,溢于言表。钟嵘《诗品》称其诗"长于清怨",当指此类诗而言。

沈约的悼亡怀旧之诗,"清怨"的色彩尤其突出,如《悼亡诗》:

> 去秋三五月,今秋还照梁。
> 今春兰蕙草,来春复吐芳。
> 悲哉人道异,一谢永销亡。
> 帘屏既毁撤,帷席更施张。
> 游尘掩虚座,孤帐覆空床。
> 万事无不尽,徒令存者伤。

这首诗的前半部分以大自然的永恒来反衬人生易逝及其一去不返的悲哀,后半部分将凄凉的环境与悲伤的情感融为一处,情状交现,悲怆靡加。

沈约也写有一些山水诗,这样的诗作虽然不多,但也同样具有清新之气,其中还透着一种感伤哀怨的情调。如《登玄畅楼》:

> 危峰带北阜,高顶出南岑。
> 中有陵风榭,回望川之阴。
> 岸险每增减,湍平互浅深。
> 水流本三派,台高乃四临。
> 上有离群客,客有慕归心。
> 落晖映长浦,焕景烛中浔。
> 云生岭乍黑,日下溪半阴。
> 信美非吾土,何事不抽簪?

这首诗的写景清新而又自然流畅,尤其是对景物变化的捕捉和描摹,使得诗歌的境界有了一种动态之势。但诗人通过登高临眺的所见来烘托"离群客"这一孤独的形象,使眼前之景和"归心"融为一处。

值得特别指出的是,沈约的《岁暮悠衰草》等诗作,将五言诗句、《楚辞·九歌》的"兮"字句、六言赋体句糅合在一起,句法多样而灵活变化,形成一种亦诗亦骚亦赋的特殊新体,表现出在诗歌体式方面的创新精神。

第二章 魏晋南北朝时期诗歌的发展与创作研究

(二)谢朓的诗歌

谢朓(464—499),字玄晖,东晋谢氏家族后裔,因曾任宣城太守,世称"谢宣城"。明帝时任中书郎,官至尚书吏部郎。明帝死,东昏侯立。始安王萧遥光密谋自立,谢朓被始安王诬陷,下狱而死。

谢朓的诗歌,虽有模仿谢灵运的痕迹,但较少繁芜词汇和玄言成分,而能够以情观景,由景入情,诗风更清新流丽。如《暂使下都夜发新林至京邑赠西府同僚》:

> 大江流日夜,客心悲未央。
> 徒念关山近,终知返路长。
> 秋河曙耿耿,寒渚夜苍苍。
> 引领见京室,宫雉正相望。
> 金波丽鳷鹊,玉绳低建章。
> 驱车鼎门外,思见昭丘阳。
> 驰晖不可接,何况隔两乡?
> 风云有鸟路,江汉限无梁。
> 常恐鹰隼击,时菊委严霜。
> 寄言蔚罗者,寥廓已高翔。

谢朓当时在荆州任随王萧子隆"文学"(官名),深得赏识,但因遭谗言而被齐武帝召还京城。这首诗就写于还京途中,发端有力,加上比兴手法的运用,情景交融,深沉地抒发了忧谗畏讥的心情。

谢朓积极地参与了永明体的创作,因为他在进行诗歌创作时总是重视平仄四声的永明声律的运用,所以他的诗的音调和谐流畅,读起来琅琅上口,悦耳铿锵。如《游东田》:

> 戚戚苦无惊,携手共行乐。
> 寻云陟累榭,随山望菌阁。
> 远树暧阡阡,生烟纷漠漠。
> 鱼戏新荷动,鸟散馀花落。
> 不对芳春酒,还望青山郭。

这首诗情景相生,充满诗情画意,使人心驰神往。另外,这首诗语言晓畅清新且富于思致,音韵铿锵且富于变化,特别是"戚戚""阡阡""漠漠"等双音词的运用,使得诗歌的形象性以及音韵美进一步增强。诗中充满动态美的山水景色与流动的音声之美融合在一起,使画面更加自然清丽、秀美细腻,给人身临其境之感。

谢朓的永明体诗中也有一些短诗十分出色,很值得注意。如《王孙游》:"绿草蔓如丝,杂树红英发。无论君不归,君归芳已歇。"《同王主簿有所思》:"佳期期未归,望望下鸣机。徘徊东陌上,月出行人稀。"《玉阶怨》:"夕殿下珠帘,流萤飞复息。长夜缝罗衣,思君此何极!"等。这些小诗均写的是思妇之情,不仅语言清新含蓄,音调和谐,还颇有南朝民歌的气息,耐人寻味。同时,这些小诗也开了唐人绝句的先河,影响了后来五言绝句的形成与发展。

(三)王融的诗歌

王融(468—494),字元长,琅邪临沂(今属山东)人。他的诗"构思含蓄而有韵致,写景细腻而清丽自然,语言华美而平易流畅,在某种程度上表现出与谢朓相近似的风格"[①]。如《临高台》:

> 游人欲骋望,积步上高台。
> 井莲当夏吐,窗桂逐秋开。
> 花飞低不入,鸟散远时来。
> 还看云栋影,含月共徘徊。

这首诗的写景细腻清新,造语精巧清新,还表现出了一种含婉不露的情韵。

又如《同沈右率诸公赋鼓吹曲二首》其一《巫山高》:

> 想象巫山高,薄暮阳台曲。
> 烟霞乍舒卷,蘅芳时断续。
> 彼美如可期,寤言纷在瞩。
> 怃然坐相思,秋风下庭绿。

在这首诗中,诗人将想象中巫山烟霞的舒卷变幻、缥缈芳香的时断时续,同自己惆怅的相思之情自然妙合,给读者留下无尽的遐想。

二、宫体诗

宫体诗指的是以梁简文帝萧纲为首倡导的,包括庾肩吾、陈后主(陈叔

---

① 袁行霈.中国文学史(第二册)[M].北京:高等教育出版社,2010:106.

第二章　魏晋南北朝时期诗歌的发展与创作研究

宝)、庾信、徐陵、徐摛以及刘孝威等宫廷文人以及梁元帝萧绎等创作的以宫廷生活为主要内容、风格轻艳的诗歌。宫体诗主要是南朝君主和贵族声色娱乐生活的反映,题材以咏物、艳情居多,非常狭小,在情调上伤于轻艳,在风格上则比较柔靡缓弱。宫体诗人的视野也仅仅是在宫墙范围之内,尤其是集中到了女人身上,对宫女的形体容颜、服装首饰、梳妆打扮、行走坐卧等都着力进行了描写。下面主要对萧纲、庾肩吾、庾信的宫体诗创作进行简要分析。

(一)萧纲的诗歌

萧纲(503—551),字世缵,梁武帝第三子,因长兄萧统早夭,被立为太子,并继位为帝,后为侯景所害。今传有《梁简文集》辑本,在《七十二家集》及《汉魏六朝百三家集》中。从现存二百多首诗来看,他对主观感情和所写人、物都刻意描绘,但大多内容单薄,情韵不足。他所作艳情诗,也多比较含蓄,故其《乌栖曲》中"芙蓉作船丝作维""浮云似帐月成钩"两首甚至为颇有道学气的王夫之所激赏,称之有"远思远韵""不人情事自高"(《古诗选》)。但他确有一部分艳诗写得比较"放荡",如《咏内人昼眠》《倡妇怨情》《咏舞》《美人晨妆》等,至于个别诗如《娈童诗》之类,则不只是放荡,而是表现封建文人腐朽的生活情趣,如《咏内人昼眠》:

北窗聊就枕,南檐日未斜。
攀钩落绮障,插捩举琵琶。
梦笑开娇靥,眠鬟压落花。
簟文生玉腕,香汗浸红纱。
夫婿恒相伴,莫误是倡家。

这首诗写女性的睡态,文辞艳靡,描绘精致,体现了某些宫体诗的特点。宫体诗为后人所诟病,正是指这类诗而言。

(二)庾肩吾的诗歌

庾肩吾(487—551),字子慎,一作慎之,南阳新野(今属河南省)人,著名的宫廷诗人,他现存的诗歌多为应制、奉和、侍宴、谢启一类的应酬之作,但他在诗歌的形式上讲求对仗,注重声律,比其他宫体诗人要求更为严格。如《南苑看人还》:

春花竞玉颜,俱折复俱攀。
细腰宜窄衣,长钗巧挟鬟。

洛桥初度烛,青门欲上关。
中人应有望,上客莫前还。

这首诗也是一首典型的宫体诗,描写的也是与女性有关的内容,且十分注重辞藻、对偶与声律。

又如《岁尽应令》:

岁序已云殚,春心不自安。
聊开柏叶酒,试奠五辛盘。
金薄图神燕,朱泥却鬼丸。
梅花应可折,倩为雪中看。

这首诗从格律看,已是一首完整的五律,对后世律诗的形成有着重要的影响。明朝的胡应麟在《诗薮》中称此诗"风神秀相,洞合唐规",王夫之在《古诗品选》中推此诗为"近体之宗枋"。

(三)陈后主的诗歌

陈后主即陈叔宝(553—604),名叔宝,字元秀,吴兴长城(今浙江长兴)人,南朝陈最后一代皇帝。公元582—589年在位,在位时曾大建宫室,生活奢侈,日与妃嫔、文臣游宴,制作艳词。隋军南下时,自恃长江天险,不以为然。祯明三年(589),隋军入建康,陈叔宝被俘。后在洛阳城病死。

陈后主虽然不是一个称职的皇帝,但他在文学的创作上却很有造诣。他的诗作流传的并不多,以《玉树后庭花》流传的最为广泛:

丽宇芳林对高阁,新装艳质本倾城。
映户凝娇乍不进,出帷含态笑相迎。
妖姬脸似花含露,玉树流光照后庭。
花开花落不长久,落红满地归寂中。

这首诗的描写生动传神,景与人相互映衬,意象美不胜收,在一定程度上代表了宫体诗的最高水平。

总体来说,宫体诗的格调不高,但它却是诗歌发展史中必不可少的一环,有一定的历史必然性和意义。如宫体诗人对人体美进行了集中描绘和表现,使审美对象的领域得以拓展,深深影响后代文学,尤其是宋词;宫体诗人在对美的细腻感受以及精微表现方面超越了前人,并启迪了来者。另外,宫体诗人进一步发展了格律和对偶等诗歌的形式,使其进一步圆熟,在很大程度上促进了古体转向近体。

第三章 初唐时期诗歌的发展与创作研究

初唐是指唐代从开国至唐玄宗开元初年(713)的历史时期。这一时期,诗歌刚开始沿袭了齐梁余习,以"上官体"诗歌为代表,他们在形式上重视声律、用典,所写内容也大多是一些歌功颂德的应制之作。唐高宗时,"初唐四杰"开始反对雕饰华艳的宫廷诗诗风,他们的诗歌在内容和思想感情上逐渐转向对江山塞漠和个人性灵的抒写,给唐诗带来了新气息。之后,五律定型,七言歌行也得到了发展,陈子昂更为彻底地批判齐梁诗风,大力提倡建安风骨,明确提出以复古为革新的文学主张,为唐诗的健康发展开辟了道路。

第一节 "上官体"诗歌与初唐四杰的诗歌创作

一、"上官体"诗歌

唐高宗龙朔年间,以上官仪为代表的宫廷诗人以应制颂圣、艳情唱酬为题材进行诗歌创作,内容空泛,重视诗的形式技巧,追求诗的声辞之美,由此发展出"以绮错婉媚为本"的"上官体"。上官体诗歌巧妙地避开了华丽辞藻堆砌的凝滞呆板,运用了风花雪月等自然风物的"影带"效果,以敏锐的审美感受能力,体悟人间百态的变化,注意景物的色彩料理及其之间的合理配合,追求诗的声辞之美,重视诗的形式技巧,形成了"绮错婉媚"的风格。下面就对"上官体"诗歌的代表诗人上官仪的诗歌进行简要分析。

(一)上官仪的生平

上官仪(608—664),字游韶,陕州(今河南陕县)人。贞观初进士及第,召授弘文馆直学士;高宗朝官至三品西台侍郎,地位很高且名噪一时。后因起草废后诏书而被武则天痛恨,被许敬宗诬陷,下狱而死。

(二)上官仪的诗歌

《新唐书·艺文志》著录上官仪有集三十卷,已佚。《全唐诗》存诗二十首,编为一卷。他在太宗时曾任弘文馆学士及起居郎,得到赏识。高宗时,为秘书少监,更受宠幸,宫中每有宴会,他都得以参加并应诏赋诗。他的诗大多为宴会时所作,故绮错婉媚、华丽精工。如《早春桂林殿应诏》:

> 步辇出披香,清歌临太液。
> 晓树流莺满,春堤芳草积。
> 风光翻露文,雪华上空碧。
> 花蝶来未已,山光暖将夕。

这是一首典型的应制唱和诗,细细描绘了桂林殿早春的优美景色,清新自然。首联两句巧妙点题,颔联和颈联使用工整、宽泛的对句进行结构性展开,通过疏朗新奇的意象,描绘了宫宛美丽的初春景色。尾联写暖暖的夕阳映照着满目的青山,身旁萦绕着翩翩的彩蝶,诗人通过含蓄蕴藉的手法将日暮之景融于想象之中,一种安逸闲适开朗的心境跃然而出。全诗描写出了早春的生机,明洁的风物为御苑营造出了美好的氛围,达到了应制和颂美的宫廷要求。

又如《奉和山夜临秋》:

> 殿帐清炎气,辇道含秋阴。
> 凄风移汉筑,流水入虞琴。
> 云飞送断雁,月上净疏林。
> 滴沥露枝响,空濛烟壑深。

这首诗虽然是奉和之作,不过诗人却是有意要摆脱掇拾辞藻的陈规旧习,细致体察景物,通过物色的动态变化,写出婉转的情思,营造出了情隐于内而秀发于外的意境。全诗既无华丽辞藻,也无生涩典故,语言通俗易懂,清新雅致,生动流丽,少斧凿雕琢之痕迹,似从诗人心中、笔底自然流淌而出,对后世的山水诗影响颇大。

高宗龙朔二年(662),上官仪迁西台侍郎同东西台三品,由于高居相位,他"绮错婉媚"的诗歌广为流传,时人称之为"上官体",并纷纷仿效,致使初唐诗坛在相当长的时期内应制诗泛滥。不过,上官仪在写这种诗的同时,也归纳了一些六朝以来诗中运用对仗的写作技巧,提出所谓"六对""八对"的修辞方法,对提高对仗技巧、推动律诗成熟起了一定作用。

第三章 初唐时期诗歌的发展与创作研究

二、初唐四杰的诗歌

唐朝初期,从唐高宗到武则天初年,在文坛上出现了四位杰出的作家,他们是王勃、杨炯、卢照邻和骆宾王。他们当时以文章齐名天下,被称为"初唐四杰"。他们的共同特点是富有文学艺术才华但仕途坎坷,从未进入政治高层。

(一)王勃的诗歌

王勃(649—676),字子安,绛州龙门(今山西省河津市)人。他在"四杰"当中是最有名的。他擅长文学,是一个很有才华的青年诗人。可是,他在政治上并不得意,曾做过几任小官,因写文章得罪了皇帝,被贬为虢州参军。他的父亲也因此被贬为交趾(今越南北部)令。后来他去交趾探父,乘船渡海,溺水而死。

他的一生虽然很短,但生活经历却很丰富,写了许多诗和散文,可惜现存的作品并不多。王勃十分反对绮靡文风,他在《上吏部裴侍郎启》中说:

> 自微言既绝,斯文不振,屈、宋导浇源于前,枚、马张淫风于后,谈人主者以宫室苑囿为雄。叙名流者以沈酗骄奢为达。故魏文用之而中国衰,宋武贵之而江东乱,虽沈、谢争骛,适先兆齐、梁之危,徐、庾并驰,不能免陈、周之祸。

王勃认为自屈、宋直至建安、齐梁文学中的所谓"浇源""淫风",不仅全然是一脉相承的关系,而且是成为导致国家危亡的祸源。受这种看法的影响,王勃将创作的视角由宫廷转向了丰富的社会与广袤的江山中,他的诗清新质朴,具有自己的独特风格,感情充沛,刚健朴实,摆脱了齐梁诗的浮艳雕琢的恶习,显露了唐诗的独特风貌。特别是写离别和怀乡之作较有特色。如他的名篇《送杜少府之任蜀州》:

> 城阙辅三秦,风烟望五津。
> 与君离别意,同是宦游人。
> 海内存知己,天涯若比邻。
> 无为在歧路,儿女共沾巾。

这是一首送别之作,表达了诗人对朋友的真挚感情和开阔胸怀,是一首被人们传诵的名作。本来与朋友分别,心情是悲伤的,但他却用"海内存知已,天涯若比邻"这样开朗壮阔的诗句,把离别之情一笔带过,变悲凉为豪迈,表现了他不平凡的胸怀。

再如《山中》:

> 长江悲已滞,万里念将归。
> 况属高风晚,山山黄叶飞。

这是一首思念家乡的诗,全诗只有二十个字,就把自己的思乡感情和深秋悲凉景象表现了出来。王勃曾到蜀中游历了一年多,这首诗就是他旅游蜀中时的作品。他远离家乡,时间又长,思念家乡的心情也就更迫切了,即使是日夜奔腾不息的长江,也嫌它流得太慢了,何况又是秋风四起、落叶纷飞的时节。这首诗,短短四句,写得朴素自然,情景交融。

王勃的五言诗中体现出了他与众不同的取材视角,这些诗同时也是他内心情怀的体现,例如《咏风》:

> 肃肃凉风生,加我林壑清。
> 驱烟寻涧户,卷雾出山楹。
> 去来固无迹,动息如有情。
> 日落山水静,为君起松声。

在这首诗中,作者对风的这种平等普济的美德进行了吟咏。该诗通过拟人的手法,生动地描写了夏日凉风的行迹及人们的感受。

王勃还创作了很多的乐府诗,如《采莲曲》:

> 采莲归,绿水芙蓉衣。
> 秋风起浪凫雁飞。
> 桂棹兰桡下长浦,罗裙玉腕轻摇橹。
> 叶屿花潭极望平,江讴越吹相思苦。
> 相思苦,佳期不可驻。
> 塞外征夫犹未还,江南采莲今已暮。
> 今已暮,采莲花。
> 渠今那必尽娼家。
> 官道城南把桑叶,何如江上采莲花。
> 莲花复莲花,花叶何稠叠。
> 叶翠本羞眉,花红强如颊。
> 佳人不在兹,怅望别离时。
> 牵花怜共蒂,折藕爱连丝。

第三章 初唐时期诗歌的发展与创作研究

> 故情无处所,新物从华滋。
> 不惜西津交佩解,还羞北海雁书迟。
> 采莲歌有节,采莲夜未歇。
> 正逢浩荡江上风,又值徘徊江上月。
> 徘徊莲浦夜相逢,吴姬越女何丰茸!
> 共问寒江千里外,征客关山路几重?

这首诗歌描写和赞美了江南水乡的旖旎风光,歌颂了采莲女真挚而又不幸的爱情故事,反映了战争给人们造成的伤害与苦难。整首诗长短句相间,形式上更加活泼,节奏也更加丰富。诗歌继承了乐府诗的传统,不仅在意境上有新的表现,而且形式活泼,富于变化。

除了诗歌外,王勃的散文也写得比较出色,其中最著名的当属《滕王阁序》,通篇对偶,句式整齐,音节和谐,气势磅礴。王勃的作品大部分已经散佚,明朝人辑有《王子安集》。

(二)杨炯的诗歌

杨炯(650—693),华州华阴(今陕西华阴)人,27岁制科及第,在朝廷任校书郎。35岁时因受徐敬业起兵事的牵连,被出为梓州(四川三台)司法参军。此后在蜀中停留多年。晚年任婺州盈川(今江西境内)县令,大约在武则天长寿元年(693)前后,死于任上。杨炯原有文集三十卷,后皆散佚,今存明万历间童骊辑《盈川集》十卷,世称杨盈川。

杨炯存诗33首,其边塞征战诗最具特色,如《从军行》:

> 烽火照西京,心中自不平。
> 牙璋辞凤阙,铁骑绕龙城。
> 雪暗凋旗画,风多杂鼓声。
> 宁为百夫长,胜作一书生。

《从军行》属乐府《相和歌辞》中的《平调曲》,古曲在唐代已不存。杨炯是借用乐府旧题写了一首五言律诗。首句即写边情告急的警报传进京城,渲染了紧张的气氛。"心中自不平"表达了诗人在国家危急之时激发起投笔从戎的愿望。第二、三联描写出师、围城和战斗的情景。诗歌表达了诗人向往边塞、投笔从戎、为国杀敌的爱国精神。

又如《战城南》:

> 塞北途辽远,城南战苦辛。

> 幡旗如鸟翼,甲胄似鱼鳞。
> 冻水寒伤马,悲风愁杀人。
> 寸心明白日,千里暗黄尘。

这首诗以征战者的口吻讲述了远征边塞的军旅生涯,整首诗词语新颖,内涵丰富,艺术概括力强,揭示了征人光明的内心世界,体现出了继续驰骋疆场,报效君王的情感。

(三)卢照邻的诗歌

卢照邻(约637—约689),字升之,号幽忧子,幽州范阳(今河北省涿县涿州镇)人。曾做过新都尉等几任小官,一生不得志,后患风痹症,手足皆废,因不堪其苦,自投颍水而死。

卢照邻擅长七言歌行,如《行路难》:

> 君不见长安城北渭桥边,枯木横槎卧古田。
> 昔日含红复含紫,常时留雾亦留烟。
> 春景春风花似雪,香车玉舆恒阗咽。
> 若个游人不竞攀,若个倡家不来折。
> 倡家宝袜蛟龙帔,公子银鞍千万骑。
> 黄莺一向花娇春,两两三三将子戏。
> 千尺长条百尺枝,月桂青榆相蔽亏。
> 珊瑚叶上鸳鸯鸟,凤凰巢里雏鹓儿。
> 巢倾枝折凤归去,条枯叶落狂风吹。
> 一朝零落无人问,万古摧残君讵知。
> 人生贵贱无终始,倏忽须臾难久恃。
> 谁家能驻西山日,谁家能堰东流水。
> 汉家陵树满秦川,行来行去尺哀怜。
> 自昔公卿二千石,咸拟荣华一万年。
> 不见朱唇将白貌,唯闻素棘与黄泉。
> 金貂有时须换酒,玉尘但摇莫计钱。
> 寄言坐客神仙署,一生一死交情处。
> 苍龙阙下君不来,白鹤山前我应去。
> 云间海上邈难期,赤心会合在何时。
> 但愿尧年一百万,长作巢由也不辞。

在这首诗中,诗人即物起兴,从眼前枯木、横槎倒卧古田引起联想,淋漓

第三章 初唐时期诗歌的发展与创作研究

尽致地铺陈和渲染了曾经溢彩流芳的青春岁月,展现了初唐长安城内繁荣市井、骄奢生活的世态风情。可惜"巢倾枝折凤归去,条枯叶落狂风吹",导致了"一朝零落无人问,万古摧残君讵知",诗人由物及人,让人不觉生出"树犹如此,人何以堪"的普遍人生感喟。之后诗人以"人生贵贱无终始,倏忽须臾难久恃"的议论为转折,跨越古今,思索历史和人生,夹以强烈的抒情。转瞬即逝的人生,悠久无限的岁月,这亘古不变的自然矛盾让人们困惑不已,诗人由此展开了一系列抒情意象。整首诗从容舒展,徐缓不迫,整齐的偶句和变换的角度避免了呆滞散乱,多次转韵,层叠的词句增添了构图的节奏感与对称感。

又如《长安古意》:

长安大道连狭斜,青牛白马七香车。玉辇纵横过主第,金鞭络绎向侯家。

龙衔宝盖承朝日,凤吐流苏带晚霞。百尺游丝争绕树,一群娇鸟共啼花。

游蜂戏蝶千门侧,碧树银台万种色。复道交窗作合欢,双阙连甍垂凤翼。

梁家画阁中天起,汉帝金茎云外直。楼前相望不相知,陌上相逢讵相识?

借问吹箫向紫烟,曾经学舞度芳年。得成比目何辞死,愿作鸳鸯不羡仙。

比目鸳鸯真可羡,双去双来君不见?生憎帐额绣孤鸾,好取门帘帖双燕。

双燕双飞绕画梁,罗帷翠被郁金香。片片行云着蝉翼,纤纤初月上鸦黄。

鸦黄粉白车中出,含娇含态情非一。妖童宝马铁连钱,娼妇盘龙金屈膝。

御史府中乌夜啼,廷尉门前雀欲栖。隐隐朱城临玉道,遥遥翠幰没金堤。

挟弹飞鹰杜陵北,探丸借客渭桥西。俱邀侠客芙蓉剑,共宿娼家桃李蹊。

娼家日暮紫罗裙,清歌一啭口氛氲。北堂夜夜人如月,南陌朝朝骑似云。

南陌北堂连北里,五剧三条控三市。弱柳青槐拂地垂,佳气红尘暗天起。

汉代金吾千骑来,翡翠屠苏鹦鹉杯。罗襦宝带为君解,燕歌赵舞为君开。
　　别有豪华称将相,转日回天不相让。意气由来排灌夫,专权判不容萧相。
　　专权意气本豪雄,青虬紫燕坐春风。自言歌舞长千载,自谓骄奢凌五公。
　　节物风光不相待,桑田碧海须臾改。昔时金阶白玉堂,即今惟见青松在。
　　寂寂寥寥扬子居,年年岁岁一床书。独有南山桂花发,飞来飞去袭人裾。

　　在这首诗里,诗人描写了当时权贵们的豪华生活,揭露了他们骄横淫荡、腐化堕落的丑恶面貌。因为这首诗含着强烈的讽刺,所以作者用"古意"作为标题。
　　在卢照邻的诗歌也体现出了一种"侠"气,如《紫骝马》:

　　骝马照金鞍,转战入皋兰。
　　塞门风稍急,长城水正寒。
　　雪暗鸣珂重,山长喷玉难。
　　不辞横绝漠,流血几时干。

　　这是一首边塞诗,诗人通过对战马的描写,表现了战事的残酷,从中体现出了诗人对边关战事的关心。虽然该诗并没有直接表现出诗人要上战场杀敌的意愿,但是从诗人可以写边塞题材的诗作可以看出,诗人的身上有着任侠之气,渴望建功立业。
　　诗人渴望建功立业的积极进取精神也体现在了他的写景咏物诗中,例如《浴浪鸟》:

　　独舞依磐石,群飞动轻浪。
　　奋迅碧沙前,长怀白云上。

　　在这首诗中,诗人以浴浪鸟自喻,通过描写水鸟独舞、群飞的英姿,抒发了自己希望像水鸟一样,可以常飞于白云之上的情感。
　　总体来说,卢照邻的诗歌虽然未能完全脱离齐梁以来所形成的范式,但其确实有别于齐梁以来所形成的绮靡之风,内在的风骨已经可以窥见。

(四)骆宾王的诗歌

　　骆宾王(约640—约684),婺州义乌(今浙江省义乌)人。他曾为道王李

第三章 初唐时期诗歌的发展与创作研究

元庆的府属,后以奉礼郎从军西域,久戍边疆。之后,又任长安主簿,入朝为侍御史,因事被捕入狱,贬为临海(今浙江省天台县)县丞,由于抑郁不得志,弃官而去。后随徐敬业在扬州起兵讨伐武则天,写下了著名的《讨武曌檄》。历数女皇武则天的罪状,慷慨陈词,富有号召力。武则天读后,大加赞扬,夸奖他很有文才。失败后,下落不明,有的说他被杀,有的说他出家为僧。

骆宾王擅长七言歌行,有名的是《帝京篇》:

> 山河千里国,城阙九重门。不睹皇居壮,安知天子尊。
> 皇居帝里崤函谷,鹑野龙山侯甸服。五纬连影集星躔,
> 八水分流横地轴。秦塞重关一百二,汉家离宫三十六。
> 桂殿嶔岑对玉楼,椒房窈窕连金屋。三条九陌丽城隅,
> 万户千门平旦开。复道斜通鸂鶒观,交衢直指凤凰台。
> 剑履南宫入,簪缨北阙来。声名冠寰宇,文物象昭回。
> 钩陈肃兰戺,璧沼浮槐市。铜羽应风回,金茎承露起。
> 校文天禄阁,习战昆明水。朱邸抗平台,黄扉通戚里。
> 平台戚里带崇墉,炊金馔玉待鸣钟。小堂绮帐三千户,
> 大道青楼十二重。宝盖雕鞍金络马,兰窗绣柱玉盘龙。
> 绣柱璇题粉壁映,锵金鸣玉王侯盛。王侯贵人多近臣,
> 朝游北里暮南邻。陆贾分金将宴喜,陈遵投辖正留宾。
> 赵李经过密,萧朱交结亲。丹凤朱城白日暮,
> 青牛绀幰红尘度。侠客珠弹垂杨道,倡妇银钩采桑路。
> 倡家桃李自芳菲,京华游侠盛轻肥。延年女弟双凤入,
> 罗敷使君千骑归。同心结缕带,连理织成衣。
> 春朝桂尊尊百味,秋夜兰灯灯九微。翠幌珠帘不独映,
> 清歌宝瑟自相依。且论三万六千是,宁知四十九年非。
> 古来荣利若浮云,人生倚伏信难分。始见田窦相移夺,
> 俄闻卫霍有功勋。未厌金陵气,先开石椁文。
> 朱门无复张公子,灞亭谁畏李将军。相顾百龄皆有待,
> 居然万化咸应改。桂枝芳气已销亡,柏梁高宴今何在。
> 春去春来苦自驰,争名争利徒尔为。久留郎署终难遇,
> 空扫相门谁见知。当时一旦擅豪华,自言千载长骄奢。
> 倏忽抟风生羽翼,须臾失浪委泥沙。黄雀徒巢桂,
> 青门遂种瓜。黄金销铄素丝变,一贵一贱交情见。
> 红颜宿昔白头新,脱粟布衣轻故人。故人有湮沦,
> 新知无意气。灰死韩安国,罗伤翟廷尉。

> 已矣哉,归去来。马卿辞蜀多文藻,扬雄仕汉乏良媒。
> 三冬自矜诚足用,十年不调几遭回。汲黯薪逾积,
> 孙弘阁未开。谁惜长沙傅,独负洛阳才。

这首诗描绘了京都的繁华和统治者的荒淫生活,抒发了自己的牢骚愤慨。

骆宾王还写了一些咏物诗,如《在狱咏蝉》:

> 西陆蝉声唱,南冠客思深。
> 不堪玄鬓影,来对白头吟。
> 露重飞难进,风多响易沉。
> 无人信高洁,谁为表予心。

这首诗是骆宾王被捕入狱后在狱中写的。他以蝉自喻,用"露重""风多"比喻当时邪恶势力对自己的迫害,抒发了自己苦闷的心情和高尚的情操。

骆宾王还写出了很多边塞题材的诗,在这些诗中,不仅对边塞生活进行了描写,同时还写出了征人边愁之情、建功立业之心,如《从军行》:

> 平生一顾重,意气溢三军。
> 野日分戈影,天星合剑文。
> 弓弦抱汉月,马足践胡尘。
> 不求生入塞,唯当死报君。

这首诗首联描写了诗人想要驰骋疆场、勇冠三军的愿望,颔联描写了军队紧张的战斗生活,颈联写战争的艰难困苦,尾联写出了诗人拳拳的报国之心,表现了诗人"身死为国殇"的爱国之情,悲壮之气油然而生。

骆宾王的送别诗常常能够体现出慷慨之气,如《送郑少府入辽共赋侠客远从戎》:

> 边烽警榆塞,侠客度桑乾。
> 柳叶开银镝,桃花照玉鞍。
> 满月临弓影,连星入剑端。
> 不学燕丹客,徒歌易水寒。

这首诗塑造了一名为过从军的侠客形象,并从武器和坐骑等侧面刻画了侠客的英武。诗末还以荆轲为喻,赞扬了其大无畏的精神。整首诗的色彩与音乐俱美,具有较强的表现力度。

总体来说,骆宾王的诗歌无论是长篇的歌行体,还是五言短诗,都呈现出了与前人不同的艺术特色和文化内涵。

第二节　五律的定型

唐代以后的古体诗,除了内容上的更新以外,主要在形式上有较大的变化。"格律"被用进了古风。格律诗篇式、句式有一定规格,音韵有一定规律,即使变化也应该遵守一定的规则,在格律诗的创作中,平仄、粘对和对仗缺一不可。格律诗分为绝句和律诗,按照每句的字数可分为五言和七言。五律的定型是由宋之问和沈佺期最后完成的。

一、宋之问的诗歌

宋之问(约656—712),字延清,汾州(今山西汾阳)人。官考功员外郎。曾先后谄事张易之和太平、安乐两公主,两度被贬,后赐死。

《全唐诗》收录宋之问的诗歌196首。宋之问前期的作品也多是宫廷游宴诗,如《江亭晚望》：

浩渺浸云根,烟岚出远村。
鸟归沙有迹,帆过浪无痕。
望水知柔性,看山欲断魂。
纵情犹未已,回马欲黄昏。

这首诗一方面着重于对"沙有迹""浪无痕"的自然状态的切近与把握,另一方面又在"望月""看山"的览眺之中有意识地投入了自身的主观意绪,造成人的思理与自然生机的互为感发与渗融,不仅超脱了宫廷程式本身的意义,而且在与全诗构成整体性审美意味的同时,在某种意义上还体现出对人生问题的深刻思索。

宋之问除了宫廷游宴诗之外,还写了一些隐逸诗,如《陆浑山庄》：

归来物外情,负杖阅岩耕。
源水看花入、幽林采药行。
野人相问姓,山鸟自呼名。
去去独吾乐,无然愧此生。

这首诗的首联叙事抒情,颔联主要描写了自然景色,颈联主要是表现山林的人物风情,尾联委婉地透露出隐退山林之意。

宋之问曾依附权贵张易之兄弟,后来也因此而被流放。不过也正因宦海被贬,倒做了一些好诗。如《渡汉江》:

岭外音书断,经冬复历春。
近乡情更怯,不敢问来人。

这首诗虽然只有短短二十字,却包蕴了丰富的情感容量与精微的心理活动。创作此诗时,诗人正在由贬所逃归途中,在流窜蛮荒、音书久绝的经历之后,对家人的系念之情在近乡之际自然尤为强烈,但诗人在这里却采取了期望倒置的手法,将急切的欲望表现为极不敢探知,以看似反常的表达方式蕴含最为普遍的人类心理活动。

又如《度大庾岭》:

度岭方辞国,停轺一望家。
魂随南翥鸟,泪尽北枝花。
山雨初含霁,江云欲变霞。
但令归有日,不敢恨长沙。

这首诗是诗人南贬途中即将"度岭辞国"、涉足蛮荒时所作,表达了内心对北地中原的强烈依恋之情,同时也抑制不住对不得不继续南行的深重恐惧之感。诗歌带有一种含泪吞声的感怆情思。

当一个人遇到挫折之后,一般都会寻找感情依托,会对自己的人生进行理性的思考,宋之问也是这样,他所寻找到的是释道精神。在《景龙四年春祠海》中,他写道:

肃事祠春溟,宵斋洗蒙虑。
鸡鸣见日出,鹭下惊涛鹜。
地阔八荒近,天回百川澍。
筵端接空曲,目外唯雰雾。
暖气物象来,周游晦明互。
致性匪玄享,裡涤期灵煦。
的的波际禽,沄沄岛间树。
安期今何在,方丈莀寻路。
仙事与世隔,冥搜徒已屡。
四明背群山,遗老莫辨处。

第三章　初唐时期诗歌的发展与创作研究

　　抚中良自慨,弱龄忝恩遇。
　　三入文史林,两拜神仙署。
　　虽叹出关远,始知临海趣。
　　赏来空自多,理胜孰能喻。
　　留楫竟何待,徙倚忽云暮。

　　这首诗描写的是诗人贬谪期间的一次祭祀活动。在这首诗中,诗人由象征中的神灵,想到了仙境,又想起了自己以往的经历,在现实与往昔影象的复杂联系与交叠之中,身处厄境的诗人找到了心理补偿与精神超脱的方法。

　　总体来说,宋之问的诗歌所涉及的内容要比宫体诗的范围宽广得多,并且大多数对仗工整,表现出了一种新的创作倾向。

二、沈佺期的诗歌

　　沈佺期(约 656—714),字云卿,相州内黄(今属河南)人。官至太子詹事。曾因受贿及谄附张易之,流放驩州。

　　沈佺期今日留下的诗歌有 150 余首,其中应制诗约 30 首。他的诗歌继承和发展了六朝以来的诗歌技巧,有辞藻华赡、声律和谐的特点。如《陇头水》:

　　陇山飞落叶,陇雁度寒天。
　　愁见三秋水,分为两地泉。
　　西流入羌郡,东下向秦川。
　　征客重回首,肝肠空自怜。

　　这首诗由征人眼中写出,借助水的分、流意象,以作两地别离的象征与心路沟通的渠道,情感流程的方向是"东下秦川"。

　　受贬谪的影响,沈佺期后期的诗歌创作的水平显然要更高于前期的,其原因除了有诗歌题材内容的扩大之外,还有感情的抒发更加真挚,音律也更为和谐。如《入鬼门关》:

　　昔传瘴江路,今到鬼门关。
　　土地无人老,流移几客还。
　　自从别京洛,颜鬓与衰颜。
　　夕宿含沙里,晨行冈路间。

马危千仞谷,舟险万重湾。
问我投何地,西南尽百蛮。

这是诗人南贬途中接近贬所时所作。"鬼门关"不仅是现实的地名,又具有生气大限之意,诗人借助此词的双重含义,表现了自己内心微妙的情感。

又如《初达驩州》:

流子一十八,命予偏不偶。
配远天遂穷,到迟日最后。
水行儋耳国,陆行雕题薮。
魂魄游鬼门,骸骨遗鲸口。
夜则忍饥卧,朝则抱病走。
搔首向南荒,拭泪看北斗。
何年赦书来,重饮洛阳酒。

在这首诗中,诗人运用了"魂魄""鬼门""骸骨""鲸口"等意象将其内心中的惶惧惊骇的心理进行了外化,同时也表现出了对宫廷生活的希冀。

宋之问和沈佺期在文学史上的贡献主要表现在律诗的创作上。他们都继承了南北朝以来的格律诗的创作经验,并使律诗在形式上更为整齐工巧,而且合于粘对的规律,律诗的格律至此定型,这是沈、宋的主要贡献。

第三节　陈子昂的复古倾向

陈子昂(约659—700),字伯玉,梓州射洪(今属四川)人。他出身富有,少好任侠,为人有豪气。18岁折节读书,杜门谢客。24岁中进士,一度得到武则天的赏识,擢为麟台正字。后随乔知之征西北,长寿二年(693)入洛阳,升右拾遗。不久,被武三思等陷害,以逆党罪名下狱。出狱后,又随建安王武攸宜征契丹。武不知军事,陈子昂一再进谏,未被采纳,反遭降职处分。他痛感才能抱负不能施展,回京后不久就辞官还乡。后在家乡为县令段简诬害,死于狱中。

陈子昂的思想是比较复杂的。他少时在家乡受过道教、佛教影响,又好纵横任侠,具有豪爽浪漫、敢作敢为的性格。晚年因失时不遇,又转向老庄和佛教。但从他18岁折节读书到辞官回家前,主要还是接受了儒家思想。从他向朝廷所上的一系列政论奏疏来看,其政治思想实质上是儒家王道仁

第三章 初唐时期诗歌的发展与创作研究

政思想。他极力主张息兵、措刑、亲农桑、倡节俭、除暴安良。在《谏雅州讨生羌书》《谏用刑书》《谏政理书》中都一再呼吁不可劳民伤财滥杀无辜。与这种敢于针砭时弊的政治态度相适应,陈子昂对当时文坛上风骨不振、兴寄都绝、味浮华夸饰、堆砌典故的宫廷诗风也深为不满。在《修竹篇序》中,他明确提出了诗歌革新主张:

> 文章道弊五百年矣。汉魏风骨,晋宋莫传,然而文献有可征者。仆常暇时观齐梁间诗,彩丽竞繁,而兴寄都绝,每以永叹。思古人尝恐逶迤颓靡,风雅不作,以耿耿也。一昨于解三处见明公《咏孤桐篇》,骨气端翔,音情顿挫,光英朗练,有金石声。遂用洗心饰视,发挥幽郁。不图正始之音,复睹于兹,可使建安作者相视而笑。

这篇序实际上是陈子昂提倡改革诗风的宣言。继续反对齐梁以来"彩丽竞繁"的颓靡诗风,恢复和发扬建安、正始的传统,重视"兴寄"和"风骨",做到"骨气端翔,音情顿挫,光英朗练,有金石声",这既是陈子昂的具体美学理想,也是他对建安风骨和正始之音所作的理论概括。这种以复古为革新的文学主张直接继承汉魏风骨,写出具有真情实感、慷慨激昂的作品。

陈子昂的大部分诗歌创作都符合其文学主张。他有意摒弃华丽辞藻和颓靡习气,运用朴质无华的古体诗形式,发挥魏晋咏怀、咏史的比兴寄托手法,抒写政治生活中的思想感受,表达自己的理想抱负和失意情怀,反映现实政治的弊端和人民的苦难,具有沉郁悲凉而又高雅冲淡的独特风格。在他的 38 首《感遇》诗中以关注现实的热情和豪迈俊逸、慷慨悲壮的艺术风格震动了诗坛。其中第三十五篇表达了自己侠肝义胆的述怀言志之作,将匡时济世的人生抱负化为慷慨悲歌的情思,具有昂扬壮大的感情气势:

> 本为贵公子,平生实爱才。
> 感时思报国,拔剑起蒿莱。
> 西驰丁零塞,北上单于台。
> 登山见千里,怀古心悠哉。
> 谁言未忘祸,磨灭成尘埃。

该诗作于诗人第一次随军北征期间,亲临沙场,有感于心、情动于中而形于言。在这首诗中,诗人回顾生平,发抒怀抱,表现了积极有为的热情和理想。

又如其第二首：

> 兰若生春夏，芊蔚何青青。
> 幽独空林色，朱蕤冒紫茎。
> 迟迟白日晚，袅袅秋风生。
> 岁华尽摇落，芳意竟何成！

喟叹自己虽怀美质，有理想、有抱负，才华横溢，而骨鲠道穷，不得不中道退隐。

《登幽州台歌》是陈子昂跟随武攸宜东征契丹时所作：

> 前不见古人，后不见来者。
> 念天地之悠悠，独怆然而涕下。

诗中怀古伤今，抒发了怀才不遇的强烈感慨。当时由于武攸宜指挥失误，致使先锋部队大败，陈子昂满腔热情地向武攸宜进谏，并自告奋勇带兵出击，但武以"索是书生，谢而不纳"。几天后，陈子昂不忍见危不救，又进谏，因此激怒了武攸宜，下令将他贬为军曹。带着这种痛感怀才不遇的激切悲愤，诗人登上了蓟北楼（即幽州台），仰望苍天，俯视大地，悲从中来，不可遏止，唱出了震烁千古的《登幽州台歌》。

《蓟丘览古》七首也是通过吟咏蓟北一带的古人古事来抒发自己怀才不遇的悲哀。他在诗序中说：

> 丁酉岁（697）吾北征。出自蓟门，历观燕之旧都，其城池霸业，迹已芜没矣。乃慨然仰叹，忆昔乐生、邹子，群贤之游盛矣。因登蓟丘作七诗以志之。

从诗中可以看出他对古代那种举贤授能、尊重人才的开明政治的无限向往。其中《燕昭王》中说：

> 南登碣石馆，遥望黄金台。
> 丘陵尽乔木，昭王安在哉？
> 霸图怅已矣，驱马复归来。

诗中所提到的碣石馆、黄金台都是战国时燕昭王为招揽天下人才所筑。当时乐毅、邹衍等贤能之士均为昭王这种求才若渴、礼贤下士的行为所感动，纷纷贡献其聪明才智，使燕国在短时期内转弱为强，国势日盛。诗中对燕昭王的怀念，实际上也是慨叹自己生不逢时，不但无用武之地，反遭排斥打击。末二句看似简洁,而悲愤失望之情,至为深切。

陈子昂还有一些赠别行旅之作也写得很好。如《送魏大从军》:

> 匈奴犹未灭,魏绛复从戎。
> 怅别三河道,言追六郡雄。
> 雁山横代北,狐塞接云中。
> 勿使燕然上,惟留汉将功。

诗中表达了诗人希望建功立业、报效国家、实现个人理想的抱负。

总体来说,陈子昂上承建安,下启盛唐,对转变唐代诗风、引导唐诗朝健康的方向发展,有着重大的历史功绩。

第四节　七言歌行

张若虚和刘希夷是与"沈宋"同时而以七言歌行见长的著名诗人。本节即对这两位诗人进行简要分析。

一、张若虚的诗歌

张若虚(660—720),扬州人。曾任兖州兵曹。玄宗开元初年,与贺知章、张旭、包融并称"吴中四士"。

张若虚今仅存诗两首,其中一首便是号称"以孤篇横绝全唐"的七言歌行名作《春江花月夜》:

> 春江潮水连海平,海上明月共潮生。
> 滟滟随波千万里,何处春江无月明!
> 江流宛转绕芳甸,月照花林皆似霰。
> 空里流霜不觉飞,汀上白沙看不见。
> 江天一色无纤尘,皎皎空中孤月轮。
> 江畔何人初见月?江月何年初照人?
> 人生代代无穷已,江月年年望相似。
> 不知江月待何人,但见长江送流水。
> 白云一片去悠悠,青枫浦上不胜愁。
> 谁家今夜扁舟子?何处相思明月楼?
> 可怜楼上月徘徊,应照离人妆镜台。

玉户帘中卷不去,捣衣砧上拂还来。
此时相望不相闻,愿逐月华流照君。
鸿雁长飞光不度,鱼龙潜跃水成文。
昨夜闲潭梦落花,可怜春半不还家。
江水流春去欲尽,江潭落月复西斜。
斜月沉沉藏海雾,碣石潇湘无限路。
不知乘月几人归,落月摇情满江树。

全诗紧扣题目春、江、花、月、夜五字来写。诗人写月下的江流、月下的芳甸、月下的花树、月下的沙汀,这一切都因为有了迷人的月色,显得更加朦胧、神秘而又和谐美丽。面对这如同梦幻般的光明澄澈的境界,诗人由对宇宙自然的美及其永恒的叹赏进而生发出人生短暂的惆怅;由月下江水的流逝进而联想到驾着扁舟在江中漂泊的游子和思念游子的闺中少妇;在自然与人生相互对比和映衬中抒发对人生的感喟。诗中虽带有不少凄凉伤感的成分,但并不消沉颓废,它所表现出的那种对美好事物的憧憬向往、对青春年华的无限珍惜以及对宇宙人生哲理的思考探索,都已展示出清新健康的盛唐诗歌的风貌。

二、刘希夷的诗歌

刘希夷(651—679),字庭芝,汝州(今河南临汝)人。少有文名,擅长七言歌行,所作多军旅与闺情题材。他是一位颇具才华而又不幸早夭的诗人。生前并不为人重视,死后才受到称道。

刘希夷的代表作是《代悲白头翁》:

洛阳城东桃李花,飞来飞去落谁家?
洛阳女儿好颜色,坐见落花长叹息。
今年花落颜色改,明年花开复谁在?
已见松柏摧为薪,更闻桑田变成海。
古人无复洛城东,今人还对落花风。
年年岁岁花相似,岁岁年年人不同。
寄言全盛红颜子,应怜半死白头翁。
此翁白头真可怜,伊昔红颜美少年。
公子王孙芳树下,清歌妙舞落花前。
光禄池台文锦绣,将军楼阁画神仙。
一朝卧病无相识,三春行乐在谁边?

第三章 初唐时期诗歌的发展与创作研究

宛转蛾眉能几时？须臾鹤发乱如丝。

但看古来歌舞地，惟有黄昏鸟雀悲。

诗中将洛阳女子因怜惜落花而产生红颜易老的愁思和白头翁对世事变迁、高贵无常的感慨放在一起来写，一方面铺陈渲染富贵风流的社会生活环境；另一方面感叹韶光易逝，世事无常，表达的是青年诗人对人世繁华和青春生命的珍惜与留恋，对人生有限、富贵不常的无可奈何的感伤惆怅。这首诗还借鉴了南朝乐府诗的不少艺术经验，通过排比、对偶、蝉联、回文等一系列修辞手法的反复运用，组织成许多精粹感人的警句，既发人深省，又给人以流畅婉转的美的感受。

第四章 盛唐时期诗歌的发展与创作研究

盛唐在唐诗发展史上时间较短,但成就却最高,期间涌现了一大批风格各异的杰出诗人。他们怀着宏伟的理想和抱负,以蓬勃的生气和热烈的感情,去表现那个时代种种激动人心的生活。

第一节 隐逸之风影响下的山水田园诗

山水田园诗是以大自然的山水景物和田园风光为描写对象的诗歌,山水田园诗人往往寄情于山水,借山水表达人生感受,或借山水表达哲理之思。山水田园诗产生的心理需求是对故乡的思念、对美好人生的追求。寻求生命停泊的家园是山水田园诗产生的终极意义。盛唐时期,成就最高的山水田园诗人是王维和孟浩然。他们开掘山水田园的自然美,或雄奇壮美,或明丽澄净,并借以抒发对隐逸的向往和对仕途的憎恶,"代表盛唐士人精神"[1]。

一、王维的诗歌

王维(701—761),字摩诘,原籍祁州(今山西省祁县),他的父亲迁居河东蒲州(今山西省永济县西),遂为河东人。他不仅擅长写诗,而且精通音乐、书画,在文坛上很有名气。开元九年(721)考中进士,任大乐丞。后因罪贬为济州司仓参军。开元二十二年(734)升为右拾遗。开元二十五年(737)秋天,以监察御史的身份去凉州河西节度使府慰劳边防战士,并留在军中任节度判官国。这时,他写下了许多著名的边塞诗。开元二十八年(740),王维回到长安,被任命为殿中侍御史。后来隐居,过着半官半隐的生活。

---

[1] 吴怀东. 唐诗流派通论[M]. 北京:新华出版社,2004:176.

第四章 盛唐时期诗歌的发展与创作研究

王维终生信佛,晚年尤甚。天宝元年(742),被任命为左补阙,迁库部郎中。天宝十一年(752)为文部郎中。这段时间,由于职务的关系,他和皇帝有了接近的机会,这是他一生中最得意的时期。天宝十五年(756),安禄山叛军攻入长安,王维被俘,任伪职。叛乱平定后,被降为太子中允中。唐肃宗乾元二年(759),升任尚书右丞,世称王右丞。上元二年(761)去世,著有《王右丞集》。

王维早期的诗秉承了盛唐诗歌的一般主题,对功名充满了热情和向往,有一种积极进取的生活态度,其诗作多表现对游侠生活的向往和对建功立业的强烈渴望,如《少年行》:

其一
新丰美酒斗十千,咸阳游侠多少年。
相逢意气为君饮,系马高楼垂柳边。

其二
出身仕汉羽林郎,初随骠骑战渔阳。
孰知不向边庭苦,纵死犹闻侠骨香。

其三
一身能擘两雕弧,虏骑千重只似无。
偏坐金鞍调白羽,纷纷射杀五单于。

其四
汉家君臣欢宴终,高议云台论战功。
天子临轩赐侯印,将军佩出明光宫。

这组诗歌表现了王维早年诗歌创作的雄浑劲健的风格和浪漫气息,同时从中也可以看出年轻时王维的政治抱负和理想,显示出强烈的英雄主义色彩。

但真正奠定王维在唐诗艺术史上大师地位的,是其歌咏归隐的山水田园诗创作。王维的山水田园诗不仅数量多,而且艺术成就较高,形成了自己独特的艺术风格。如《终南山》:

太乙近天都,连山接海隅。
白云回望合,青霭入看无。
分野中峰变,阴晴众壑殊。
欲投人处宿,隔水问樵夫。

这是一首歌咏终南山的诗。作者从终南山的主峰太乙写起,通过"近天都""接海隅"的夸张形容和诗人贪赏山色、忘却投宿的描写,把终南山莽莽苍苍、千姿百态的美丽景象生动地写了出来。读了这首诗,好像看了一幅风景画。

王维有很深的佛学修养,他在描写山水田园时,常常把禅与画融合在一起。这最能体现王维诗歌的艺术风貌。如《山居秋暝》:

空山新雨后,天气晚来秋。
明月松间照,清泉石上流。
竹喧归浣女,莲动下渔舟。
随意春芳歇,王孙自可留。

这首诗让人在清新宁静而生机盎然的山水中感受到万物生生不息的生之乐趣,精神升华到了空明无滞碍的境界,自然的美与心境的美完全融为一体,创造出如水月镜花般纯美的诗境。王维诗歌的禅意与画意在盛唐诗歌中最具有鲜明的特征。

王维诗中的禅意,集中地表现为空与寂的境界。在人世间他难以找到这种境界,便寄兴于空山寂林,到大自然中去寻求。那空山青苔上的一缕夕阳、静夜深林里的月光、自开自落的芙蓉花,所展示的无一不是自然造物生生不息的原生状态,不受人为因素的干扰,没有孤独,也没有惆怅,只有一片空灵的寂静,而美的意境就产生于对这自然永恒的空、静之美的感悟之中。无心于世事而归隐山林,与松风山月为伴,不仅没有丝毫不堪孤独的感觉,反而流露出自得和闲适。如《竹里馆》:

独坐幽篁里,弹琴复长啸。
深林人不知,明月来相照。

诗人独坐在幽深的竹林里弹琴长啸,没有人知道他的存在,只有明月为伴。他欣赏着环境的冷漠,体验着内心的孤独,沉浸在寂的快乐之中。

又如《鸟鸣涧》:

人闲桂花落,夜静春山空。
月出惊山鸟,时鸣春涧中。

这些诗作都营造了一种寂静无为、虚幻空灵的艺术境界。

王维诗中的禅意还表现为无我的境界。他对于空寂的追求,有时连他自己的存在也遗忘了。如《寄崇梵僧》:

第四章 盛唐时期诗歌的发展与创作研究

崇梵僧,崇梵僧,秋归覆釜春不还。
落花啼鸟纷纷乱,涧户山窗寂寂闲。
峡里谁知有人事,郡中遥望空云山。

这深峡里独来独往的僧人,同那深涧中自开自落的芙蓉是多么相似!落花啼鸟,人事纷纭,在他看来都是空虚。这崇梵僧大概达到王维所向往的空寂的境界了。

王维的山水田园诗力求勾勒一幅画面,表现一种意境,给人以总体的印象和感受。在他笔下,山水是浑然一体的气象。诗人用这种方法唤起读者类似的体验,使他们产生身临其境之感。如《汉江临眺》:

楚塞三湘接,荆门九派通。
江流天地外,山色有无中。
郡邑浮前浦,波澜动远空。
襄阳好风日,留醉与山翁。

在这首诗中,诗人从大处落笔,把汉江给予自己的最鲜明的印象和感受写了出来。写山色,甚至不写它是青是紫,是浓是淡,只说它若有若无,真像一幅水墨画,把南国水乡空气的湿润和光线的柔和表现得恰到好处。

王维也创作了一些富有生活气息的山水田园诗。如《渭川田家》:

斜光照墟落,穷巷牛羊归。
野老念牧童,倚杖候荆扉。
雉雊麦苗秀,蚕眠桑叶稀。
田夫荷锄至,相见语依依。
即此羡闲逸,怅然吟式微。

诗中描绘了一幅农村的晚景图,用最为平常而又最为典型的农村情事,理借物显,渲染出了和平、宁静、安详的氛围。诗作平易闲淡,意境浑融完整,确是山水田园诗的高格。

王维晚年归隐,生性好静而自甘寂寞,他能把独往独来的归隐生活写得很美,如《酬张少府》:

晚年唯好静,万事不关心。
自顾无长策,空知返旧林。
松风吹解带,山月照弹琴。
君问穷通理,渔歌入浦深。

· 85 ·

全诗着意自述"好静"之志趣。无心于世事而归隐山林,与松风山月为伴,不仅没有丝毫不堪孤独的感觉,反而流露出自得和闲适。

另外,《辋川集二十首》是王维晚年隐居辋川别业时写的一组小诗,诗人将自甘寂寞的山水情怀表露得极为透彻。在明秀的诗境中,让人感受到一片完全摆脱尘世之累的宁静心境,似乎一切情绪的波动和思虑都被净化掉了,只有寂以通感的直觉印象、难以言说的自然之美。

二、孟浩然的诗歌

孟浩然(689—740),襄阳(今湖北省襄阳)人。早年在家读书,曾一度隐居鹿门山。40岁才到长安参加进士考试,没有考中。后来,到东南江滩一带漫游,几年后回到故乡,病死在家里。

孟浩然禀性孤高狷洁,虽始终抱有济时用世之志,却又不愿折腰曲从。他求仕无门,又应举落第,终放弃仕宦而走向山水田园,以示不同流俗的清高。他在《夏日南亭怀辛大》中说:

山光忽西落,池月渐东上。
散发乘夕凉,开轩卧闲敞。
荷风送香气,竹露滴清响。
欲取鸣琴弹,恨无知音赏。
感此怀故人,中宵劳梦想。

在这首诗中,诗人抒发了自己独自乘凉时的感慨,一句"恨无知音赏",表明了诗人清高自赏的寂寞心绪。诗人表现夏夜的清幽境界,只写了月色、荷香、竹露几种景物,这些都是从自己的视觉、嗅觉和听觉等主观感受着笔,以山水自适的情怀,融入池月清光、荷风暗香和竹露清响的兴象中,顿觉清旷爽朗。

他的代表作《宿建德江》笼罩在一层淡淡的寂寞与哀愁之中:

移舟泊烟渚,日暮客愁新。
野旷天低树,江清月近人。

从这首诗可以看出,孟浩然写山水诗绝不堆砌辞藻,语言自然,意境高远。《宿桐庐江寄广陵旧游》前四句写桐庐江也有同样的意境:

山暝听猿愁,沧江急夜流。
风鸣两岸叶,月照一孤舟。

第四章　盛唐时期诗歌的发展与创作研究

诗人似乎不是在作诗,其诗只不过是情绪的自然流露,自然而然的吟咏。

孟浩然的山水诗歌往往有平淡清远的风格。如《宿建德江》:

移舟泊烟渚,日暮客愁新。
野旷天低树,江清月近人。

这首诗写日暮泊舟时的寂寞惆怅,以野旷天低、江清月近的景象,渲染了望不见家乡而只能与"近人"之月为伴的孤独心绪。

又如《晚泊浔阳望庐山》:

挂席几千里,名山都未逢。
泊舟浔阳郭,始见香炉峰。
尝读远公传,永怀尘外踪。
东林精舍近,日暮空闻钟。

这首诗未进行具体、清晰的勾画,却创造出能引起读者想象和回味的意境。

孟浩然的田园诗也写得真挚感人,如《过故人庄》:

故人具鸡黍,邀我至田家。
绿树村边合,青山郭外斜。
开轩面场圃,把酒话桑麻。
待到重阳日,还来就菊花。

这是一首写他到朋友家做客的诗。诗中描写了农村田园风光以及和朋友欢聚时的快乐情景,为我们展现了一幅田园风景画。

孟浩然还有一些小诗,写得含蓄、清丽,耐人回味,如《春晓》:

春眠不觉晓,处处闻啼鸟。
夜来风雨声,花落知多少。

这是一首描写春天早晨的诗。春天,自然界一派生机。春天的早晨,更是生意盎然,雨后清晨,小鸟到处歌唱,夜里的风雨,把香花吹落满地。诗人只用淡淡几笔,就勾画出一幅春晓图。

总之,孟浩然是唐代著名的山水田园诗人,他对唐代山水田园诗派的形成起了重要作用。他擅长五言律诗,在当时享有盛名,深受唐代伟大诗人李白、杜甫的赞赏。

第二节　边塞诗歌的兴起

唐代国土广阔,广袤的西域给知识分子提供了想象的空间。同时,唐代知识分子对边疆有一种特殊的向往和关注,他们渴望通过在边疆的建功立业,实现自己的政治理想,这是边塞诗歌繁荣的重要原因。盛唐的边塞诗歌虽然也有对边疆征战和边疆生活艰苦的描写,有将士的思乡之情的抒发,但总的说来,边塞诗有一种昂扬奋发的精神。可以说,边塞诗最鲜明地体现了盛唐精神。盛唐诗人王昌龄、高适、岑参等都首先以边塞诗歌创作而知名。

一、王昌龄的诗歌

王昌龄(约 698—756),字少伯,京兆万年(今陕西西安)人,唐代著名诗人。他以绝句著称于世。时人将之与李白绝句相提并论。王昌龄虽然曾漫游四方,到过泾州、萧关,即今天的甘肃一带,但他实际上没有边塞军旅生活的经历。大概也正因如此,他的边塞诗歌所写并非哪一场具体的征战,而是从古往今来的边陲战事中提炼某些具有普遍意义的内容,再艺术地表达出来。

王昌龄是盛唐"位卑而名著"的杰出诗人,其诗以七绝见长,后人誉为"七绝圣手",尤以登第之前赴西北边塞所作边塞诗最著,有"诗家夫子王江宁"之誉。他创作出了多首七绝咏边事的连章组诗,即著名的《从军行》：

其一
烽火城西百尺楼,黄昏独坐海风秋。
更吹羌笛关山月,无那金闺万里愁。

其二
琵琶起舞换新声,总是关山旧别情。
撩乱边愁听不尽,高高秋月照长城。

其三
青海长云暗雪山,孤城遥望玉门关。
黄沙百战穿金甲,不破楼兰终不还。

其四
大漠风尘日色昏,红旗半卷出辕门。
前军夜战洮河北,已报生擒吐谷浑。

第四章　盛唐时期诗歌的发展与创作研究

前两首写远别亲人的忧愁痛苦和低徊哀怨的思乡之情,羌笛吹奏的《关山月》曲用"换新声"勾连,又被琵琶缭乱,托之以高天秋月照长城的苍凉景色,苍凉中又弥漫一重壮阔的情思氛围。后两首写追求边功的豪情,不破敌立功"终不还"的壮志,热情讴歌将士们的爱国激情和昂扬斗志。出于人之常情的离愁别怨,与英雄气概相结合的这两种矛盾的思想感情,声情悲壮而激昂,较全面而深刻地反映了战士们的生活状况和精神面貌,表达了他们内心的欢乐、追求、愁思和痛苦。

《从军行》本来就是乐府旧题。诗中的"青海""雪山""黄沙"和"楼兰""玉门关"等都是六朝以来写作边疆生活时常常用到的意象。事实上,这首诗歌也就是由这些意象组合起来的,但诗歌所表达的精神是盛唐的时代精神。

在王昌龄的诗中,景是通过人物情感提纯过滤的景,情是因外界景物引发的内心感触,景已染上情的色彩,情也包含景的因素,这种情中景、景中情,往往融会交铸在一起,形成一种玲珑剔透、无迹可寻的意境。由于这种意境表现的只是人物内心中刹那间的感触,所以往往是复杂深沉的,呈现出一种多重意境的形态。如其被誉为唐人七绝的《出塞》:

秦时明月汉时关,万里长征人未还。
但使龙城飞将在,不教胡马度阴山。

全诗虽然只有四句,却极为精炼地囊括了悠长的历史时代、辽远广阔的空间,既有"不教胡马度阴山"的报国壮志,又有"万里长征人未还"的千秋遗恨;既暗寓了征人思妇的愁情,又饱含思念良将、渴望和平生活的愿望。诗人对历史的总结、现实的批判、未来的憧憬,正是通过对塞外长城这样一个时空辽远的典型环境氛围的展示表现出来的。

除边塞诗外,王昌龄后来创作的以女性生活为题材的作品也很出色。与边塞诗风格苍凉豪迈不同,这些诗的风格比较深挚婉曲。它深刻、细腻地表现了封建社会一部分女性当青春和生命遭受摧残压抑时痛苦失望的内心世界。如《长信秋词》:

其一
金井梧桐秋叶黄,珠帘不卷夜来霜。
熏笼玉枕无颜色,卧听南宫清漏长。

其二
高殿秋砧响夜阑,霜深犹忆御衣寒。
银灯青琐裁缝歇,还向金城明主看。

其三
奉帚平明金殿开，且将团扇暂徘徊。
玉颜不及寒鸦色，犹带昭阳日影来。
其四
真成薄命久寻思，梦见君王觉后疑。
火照西宫知夜饮，分明复道奉恩时。
其五
长信宫中秋月明，昭阳殿下捣衣声。
白露堂中细草迹，红罗帐里不胜情。

诗中对那些与世隔绝的宫女们的悲惨命运进行了描写，表现了她们的希望和失望，以及孤苦无告的幽怨和悲哀，表现出对被压迫者深切的同情，对统治者荒淫腐朽行为的不满，其中也多少寄托了诗人自己抑郁不得志的情怀。

总体来说，王昌龄善于锤炼语言，也善于运用比兴，启人想象。他对绝句中的每一句、每一字都精心处理，没有一处闲笔。

二、高适的诗歌

高适（702—765），字达夫，渤海蓨（今河北省沧州）人。他早年生活贫困，20岁时西游长安，希望取得一官半职，不料失望而归。于是他漫游燕、赵，想在边塞寻求报国立功的机会，也落了空。此后，他在梁、宋一带过了十几年的流浪生活。天宝八年（749），因别人推荐，当了封丘县尉。后历任左拾遗、监察御史、西川节度使、散骑常侍等职，封为渤海县侯。永泰元年（765）去世，著有《高常侍集》。

高适为唐代著名的边塞诗人，其笔力雄健，气势奔放，洋溢着盛唐时期所特有的奋发进取、蓬勃向上的时代精神。但高适早年怀才不遇，所以在他早年有许多抒发自己怀才不遇感慨的诗作，如《宋中别周梁李三子》：

曾是不得意，适来兼别离。
如何一尊酒，翻作满堂悲。
周子负高价，梁生多逸词。
周旋梁宋间，感激建安时。
白雪正如此，青云无自疑。
李侯怀英雄，肮脏乃天资。
方寸且无间，衣冠当在斯。
俱为千里游，忽念两乡辞。

第四章　盛唐时期诗歌的发展与创作研究

且见壮心在,莫嗟携手迟。
凉风吹北原,落日满西陂。
露下草初白,天长云屡滋。
我心不可问,君去定何之。
京洛多知己,谁能忆左思。

这首诗开头便抒发胸臆,将自己的怀才不遇之情描绘得淋漓尽致。又如《古大梁行》:

古城莽苍饶荆榛,驱马荒城愁杀人,
魏王宫观尽禾黍,信陵宾客随灰尘。
忆昨雄都旧朝市,轩车照耀歌钟起,
军容带甲三十万,国步连营一千里。
全盛须臾哪可论,高台曲池无复存,
遗墟但见狐狸迹,古地空余草木根。
暮天摇落伤怀抱,抚剑悲歌对秋草,
侠客犹传朱亥名,行人尚识夷门道。
白璧黄金万户侯,宝刀骏马填山丘,
年代凄凉不可问,往来唯见水东流。

此诗描写战国时魏国国都的强盛与衰落,借咏怀古迹寄寓了深沉悲凉的兴亡之叹,流露出了自己的身世之感。诗人善于寓感慨于写景之中,情景高度融合,使兴亡之叹和身世之感,从鲜明的形象中自然流出。全诗格调苍凉古拙,令人抚今追昔,引人感慨深思。

由于怀才不遇,所以高适就希望通过在边塞立功来实现自己被封侯的愿望,这促使了他不畏艰难险阻,两次北上蓟门。这在他的《淇上酬薛三据兼寄郭少府微》中记载:

自从别京华,我心乃萧索。
十年守章句,万事空寥落!
北上登蓟门,茫茫见沙漠,
倚剑对风尘,慨然思卫霍。
拂衣去燕赵,驱马怅不乐。
天长沧州路,日暮邯郸郭,
酒肆或淹留,渔潭屡栖泊。
独行备艰险,所见穷善恶。

> 永愿拯刍荛,孰云干鼎镬!
> 皇情念淳古,时俗何浮薄。
> 理道资任贤,安人在求瘼。
> 故交负灵奇,逸气抱謇谔,
> 隐轸经济具,纵横建安作,
> 才望忽先鸣,风期无宿诺。
> 飘摇劳州县,迢递限言谑。
> 东驰眇贝丘,西顾弥虢略。
> 淇水徒自流,浮云不堪讬。
> 吾谋适可用,天路岂寥廓!
> 不然买山田,一身与耕凿,
> 且欲同鹡鸰,焉能志鸿鹤!

诗中借与薛据和郭微的酬唱之机,叙述和披露了自己大半生的坎坷遭遇,"永愿拯刍荛,孰云干鼎镬"的高尚理想和节操,并表现了自己推崇"建安"诗风的创作趣味,尽情抒发了一腔郁勃不平之情。在诗中,作者指出自己想像汉代大将卫青、霍去病那样在边塞立功封侯。尽管这种愿望当时落了空,但在这两次出塞的亲身经历中,他对广大戍边士卒的生活有了较深入的了解,因而他的边塞诗有较为深广的内容,报国的豪情和忧时的愤慨常常交织在一起。

七言歌行是高适最为擅长的诗体,在概括而洗练地勾画出广阔而雄浑的物象的同时,表现出宏大的气魄和宽广的胸襟。《燕歌行》是高适七言歌行的得力代表作:

> 汉家烟尘在东北,汉将辞家破残贼。
> 男儿本自重横行,天子非常赐颜色。
> 摐金伐鼓下榆关,旌旆逶迤碣石间。
> 校尉羽书飞瀚海,单于猎火照狼山。
> 山川萧条极边土,胡骑凭陵杂风雨。
> 战士军前半死生,美人帐下犹歌舞。
> 大漠穷秋塞草腓,孤城落日斗兵稀。
> 身当恩遇恒轻敌,力尽关山未解围。
> 铁衣远戍辛勤久,玉箸应啼别离后。
> 少妇城南欲断肠,征人蓟北空回首。
> 边庭飘飖那可度,绝域苍茫更何有。
> 杀气三时作阵云,寒声一夜传刁斗。

第四章　盛唐时期诗歌的发展与创作研究

　　相看白刃血纷纷,死节从来岂顾勋。
　　君不见沙场征战苦,至今犹忆李将军。

　　这首诗内容丰富,思想深刻,以高度的艺术概括表现当时边塞征战的广阔场景和复杂的矛盾,反映了边塞战争的复杂情况,歌颂士兵的爱国抗敌,同情他们的牺牲和悲愤,讽刺将帅贪功,揭露他们腐败无能,表达了人们对胜利和平的期望。
　　除擅长七言歌行外,在表现形式上也多采用长篇咏怀式的五言古诗。如《送李侍御赴安西》:

　　行子对飞蓬,金鞭指铁骢。
　　功名万里外,心事一杯中。
　　虏障燕支北,秦城太白东。
　　离魂莫惆怅,看取宝刀雄。

　　这首诗是作者被哥舒翰聘用,入河西幕府所写的,整首诗可谓是壮志满怀,雄心勃发,写得极粗犷豪放。
　　高适的歌行追求奇字奇句,更多的是在整饬凝练的句式中见出浑厚质朴来,其诗也多悲壮慷慨之音,如《封丘县》:

　　我本渔樵孟诸野,一生自是悠悠者。
　　乍可狂歌草泽中,宁堪作吏风尘下?
　　只言小邑无所为,公门百事皆有期。
　　拜迎长官心欲碎,鞭挞黎庶令人悲。
　　悲来向家问妻子,举家尽笑今如此。
　　生事应须南亩田,世情尽付东流水。
　　梦想旧山安在哉,为衔君命且迟回。
　　乃知梅福徒为尔,转忆陶潜归去来。

　　在这首诗中,诗人明确表示自己不愿充当统治阶级剥削压迫人民的爪牙,诗中名句"拜迎官长心欲碎,鞭挞黎庶令人悲"更是直白地展示了自己内心深刻的矛盾痛苦。"心欲碎""令人悲"写出了作者洁身自爱的操守。

三、岑参的诗歌

　　岑参(约715—770),荆州江陵(今属湖北)人,祖籍南阳(今属河南)。出身于一个官僚家庭,曾祖父、祖父和伯父都做过宰相。父亲岑植也做过两任刺史。岑参15岁时丧父,此后家道中落,依兄长生活。曾隐居嵩阳读书,20岁到长安求仕,但无结果。此后往来两京之间,有时漫游交友,有时隐居读书。天宝三年(744)中进士,授右内率府兵曹参军。他对这个低微的官职也很不满意,于天宝八年(749)来到安西(今新疆库车)担任安西四镇节度使高仙芝的掌书记。两年后,又回到长安。天宝十三年(754),封常清任安西节度使,表荐岑参为大理评事摄监察御史,充安西北庭节度判官,再度出塞,他先到北庭(今新疆吉木萨尔),后到轮台(今属新疆),受到封常清的赏识。"安史之乱"爆发,封常清被召回朝廷,岑参则留在轮台任伊西北庭度支副使。肃宗至德二年(757),他辗转来到凤翔,因裴荐、杜甫等人的推荐,任右补阙。代宗大历元年(766)出任嘉州(今四川乐山)刺史,后因事罢官,大历五年(770),客死成都。

岑参两次出塞,在边地生活达六年之久,对边塞的征战生活和自然风光有较深体验,对那里的山川河流、风物气候、音乐舞蹈乃至民情风俗都十分熟悉。此时唐王朝政治上已日渐腐败、危机四伏,但西域边境还保持稳定,当地驻军士气较高,民族关系较为融洽。加之诗人怀着远大抱负,又受到主将器重,对前途充满信心,心情自然是开朗乐观的。他写边地生活豪气十足,如《北庭西郊候封大夫受降回军献上》:

> 胡地苜蓿美,轮台征马肥。
> 大夫讨匈奴,前月西出师。
> 甲兵未得战,降虏来如归。
> 橐驼何连连,穹帐亦累累。
> 阴山烽火灭,剑水羽书稀。
> 却笑霍嫖姚,区区徒尔为。
> 西郊候中军,平沙悬落晖。
> 驿马从西来,双节夹路驰。
> 喜鹊捧金印,蛟龙盘画旗。
> 如公未四十,富贵能及时。
> 直上排青云,傍看疾若飞。
> 前年斩楼兰,去岁平月支。
> 天子日殊宠,朝廷方见推。
> 何幸一书生,忽蒙国士知。
> 侧身佐戎幕,敛衽事边陲。
> 自逐定远侯,亦著短后衣。
> 近来能走马,不弱并州儿。

第四章　盛唐时期诗歌的发展与创作研究

写军队征战,威武雄壮,如《轮台歌奉送封大夫出师西征》:

轮台城头夜吹角,轮台城北旄头落。
羽书昨夜过渠黎,单于已在金山西。
戍楼西望烟尘黑,汉兵屯在轮台北。
上将拥旄西出征,平明吹笛大军行。
四边伐鼓雪海涌,三军大呼阴山动。
虏塞兵气连云屯,战场白骨缠草根。
剑河风急雪片阔,沙口石冻马蹄脱。
亚相勤王甘苦辛,誓将报主静边尘。
古来青史谁不见,今见功名胜古人。

这首诗直写战阵之事,诗中军情的紧张,唐军的出征,边塞的风光以及艰苦的战争生活,透显出昂扬的精神和宏大的气魄。整首诗一张一弛,结构紧凑,抑扬顿挫,既有正面描写,也有侧面烘托,加上象征、夸张和想象等手法的运用,使得全诗充满了边塞的生活气息和浪漫主义激情。

岑参著名的《走马川行奉送封大夫出师西征》集中表现了边塞将士慷慨报国的英雄气概和不畏艰苦的乐观精神:

君不见走马川行雪海边,平沙莽莽黄入天。
轮台九月风夜吼,一川碎石大如斗,随风满地石乱走。
匈奴草黄马正肥,金山西见烟尘飞,汉家大将西出师。
将军金甲夜不脱,半夜军行戈相拨,风头如刀面如割。
马毛带雪汗气蒸,五花连钱旋作冰,幕中草檄砚水凝。
虏骑闻之应胆慑,料知短兵不敢接,车师西门伫献捷。

这首诗是为送别封常清出师西征播仙城而作。诗一开头就通过塞外九月狂风怒吼、飞沙走石等风云突变的自然景色,渲染、烘托出强敌压境、激战即将爆发的紧张气氛。接着写敌人的凶狠剽悍、军情的急促紧迫,衬托出我军将士的沉着善战。通过一幕幕场景的展示,表现了唐军将士勇往直前、所向无敌的豪迈气概,表达出诗人对这些不辞艰险努力报效国家的行为的由衷敬佩。

在岑参边塞诗中最具特色的还是那些对边塞风光景物的着意描绘。如《白雪歌送武判官归京》:

北风卷地白草折,胡天八月即飞雪。
忽如一夜春风来,千树万树梨花开。

散入珠帘湿罗幕,狐裘不暖锦衾薄。
将军角弓不得控,都护铁衣冷难着。
瀚海阑干百丈冰,愁云惨淡万里凝。
中军置酒饮归客,胡琴琵琶与羌笛。
纷纷暮雪下辕门,风掣红旗冻不翻。
轮台东门送君去,去时雪满天山路。
山回路转不见君,雪上空留马行处。

这是一首抒写客中送别友人的诗,但诗中大部分笔墨都用来歌咏边塞奇丽的景色,以宏大的气魄描绘出了边塞风光,以雄奇浪漫的风格反映了边塞的战争生活。整首诗大气磅礴,奇情逸发,最令人称绝的是"梨花开"的意象,雪花似梨花,不仅体现了戍边将士不畏严寒的乐观精神,也使边地风光更显壮丽神奇。

岑参诗中也有一些边塞诗触及军中苦乐不均的问题,如《玉门关盖将军歌》:

盖将军,真丈夫。
行年三十执金吾,身长七尺颇有须。
玉门关城迥且孤,黄沙万里白草枯。
南邻犬戎北接胡,将军到来备不虞。
五千甲兵胆力粗,军中无事但欢娱。
暖屋绣帘红地炉,织成壁衣花氍毹。
灯前侍婢泻玉壶,金铛乱点野酡酥。
紫绂金章左右趋,问著只是苍头奴。
美人一双闲且都,朱唇翠眉映明矑。
清歌一曲世所无,今日喜闻凤将雏。
可怜绝胜秦罗敷,使君五马谩踟蹰。
野草绣窠紫罗襦,红牙缕马对樗蒱。
玉盘纤手撒作卢,众中夸道不曾输。
枥上昂昂皆骏驹,桃花叱拨价最殊。
骑将猎向城南隅,腊日射杀千年狐。
我来塞外按边储,为君取醉酒剩沽。
醉争酒盏相喧呼,忽忆咸阳旧酒徒。

这首诗用一半的篇幅对奢侈豪华的夜宴进行描写,里面有赞赏也有讽刺。这种讽刺自然是委婉的,甚至带点调侃的语气。他们在战场上是勇猛的,在争豪斗富的享乐方面也绝不示弱。此诗句句押韵,既富有音乐感,又穷极抑扬顿挫变化,特具一种声情效果。

岑参在边塞期间也写过一些怀土思亲的诗歌,如《逢入京使》:

> 故园东望路漫漫,双袖龙钟泪不干。
> 马上相逢无纸笔,凭君传语报平安。

这首诗语浅情深,既缠绵悱恻又不流于哀怨,表达赴边塞时对家乡和亲友的思念,情真意切。虽只是用家常话写眼前景致,却道出人人胸臆中语,反映了诗人感情生活及诗风深沉细腻的一面,遂成为客中绝唱。

总体来说,岑参的边塞诗在反映现实的深度方面虽然比不上高适,但其题材的广阔多样则明显超过高适。他的诗以浓厚的异域情调,大胆夸张的想象,遒劲活泼的语言,昂扬奔放的气势,形成雄奇瑰丽的风格。

第三节　诗仙李白的诗歌创作

李白是继屈原之后,我国古代文学史上又一位伟大的浪漫主义诗人。他的诗是浪漫主义精神和浪漫主义艺术创作手法高度统一的产物,是开元、天宝之际,唐朝盛极一时,又矛盾重重、危机四伏的社会现实的写照。他的诗不仅是中国人民精神财富中的珍宝,而且也是世界文化宝库中的一颗灿烂的明珠。他的诗早已被译成英、法、俄、日和其他国家文字,在世界上广为流传。他的诗对后代有着巨大和深远的影响。

李白(701—762),字太白,号青莲居士。祖籍陇西成纪(今甘肃省秦安县东)。李白5岁时,随父迁居绵州昌隆(今四川省江油市)青莲乡。他从小受过传统的文化教育,除儒家经籍外,还学了百家之说,善作诗赋,爱好剑术,轻财任侠。20岁左右,漫游蜀中,曾游历成都,又登上峨眉和青城等名山,并在青城山读书,度过了他的青少年时代。25岁左右,李白离开了成都,辞别了故乡,满怀远大理想,漫游到了湖南、湖北的洞庭湖和湘水流域。又沿长江东下,到了南京、扬州,漫游吴越。后来回到湖北安陆,和退休宰相许圉师的孙女结了婚。之后,他又北游洛阳、龙门、嵩山、太原等地;东游齐鲁,登上泰山;南游安徽、江苏、浙江等地。天宝元年(742),李白42岁,被唐玄宗召入长安,受到隆重的礼遇,誉满京师。但是,唐玄宗赏识李白的才华,只不过想把他留作自己的御用文人,写点行乐词章而已,所以只授予他翰林学士。李白于天宝三年(744)春天离开长安,他先到洛阳,第一次见到杜甫,这两位大诗人从此结下了深厚的友谊。后来在汴州又遇到诗人高适。他们三个诗人一起畅游了开封、济南等地。分别后,李白又南游扬州、金陵、越中、秋浦等地;北游邯郸、幽州等地;西游梁苑、嵩山、襄阳等地,最后隐居在庐山的屏风叠。"安史之乱"后的第二年,即唐肃宗至德元年(756),唐肃宗的弟弟李璘以抗敌平乱为名邀请李白参加他的队伍。出于一片爱国热情,李白接受了邀请。不料李璘暗怀争帝野心,发动内战,不久被消灭。李白因此而被捕,因在浔阳监狱,被判流放夜郎(今贵州省桐梓一带)。李白行至中途,遇赦放还,回到浔阳。62岁时,因病死在他的族叔当涂县令李阳冰那里,结束了他的一生。

李白的诗歌表现了他一生的思想和经历,反映了盛唐时代的社会现实和精神面貌,内容非常丰富。

李白有的诗歌揭露了社会黑暗,痛斥统治阶级的骄奢腐化,抒发诗人蔑视权贵的反抗精神和怀才不遇的无限感慨。李白早年向往"举贤授能"的社会,并为实现这样的社会立下了远大志向。但是,唐朝的黑暗现实使他的理想破灭了。他的诗也由歌颂转为揭露,例如《古风》其十九:

　　西上莲花山,迢迢见明星。
　　素手把芙蓉,虚步蹑太清。
　　霓裳曳广带,飘拂升天行。
　　邀我登云台,高揖卫叔卿。
　　恍恍与之去,驾鸿凌紫冥。
　　俯视洛阳川,茫茫走胡兵。
　　流血涂野草,豺狼尽冠缨。

诗中深刻揭露了统治阶级黑暗腐朽的政治和荒淫无耻的生活,寄托着诗人无比愤恨的感情,揭露了唐朝黑暗、残暴、丑恶的社会面貌。

又如《答王十二寒夜独酌有怀》:

　　昨夜吴中雪,子猷佳兴发。
　　万里浮云卷碧山,青天中道流孤月。
　　孤月沧浪河汉清,北斗错落长庚明。
　　怀余对酒夜霜白,玉床金井冰峥嵘。
　　人生飘忽百年内,且须酣畅万古情。
　　君不能狸膏金距学斗鸡,坐令鼻息吹虹霓。
　　君不能学哥舒,横行青海夜带刀,西屠石堡取紫袍。
　　吟诗作赋北窗里,万言不直一杯水。

第四章 盛唐时期诗歌的发展与创作研究

世人闻此皆掉头,有如东风射马耳。
鱼目亦笑我,谓与明月同。
骅骝拳跼不能食,蹇驴得志鸣春风。
折杨黄华合流俗,晋君听琴枉清角。
巴人谁肯和阳春,楚地由来贱奇璞。
黄金散尽交不成,白首为儒身被轻。
一谈一笑失颜色,苍蝇贝锦喧谤声。
曾参岂是杀人者,谗言三及慈母惊。
与君论心握君手,荣辱于余亦何有。
孔圣犹闻伤凤麟,董龙更是何鸡狗。
一生傲岸苦不谐,恩疏媒劳志多乖。
严陵高揖汉天子,何必长剑拄颐事玉阶!
达亦不足贵,穷亦不足悲。
韩信羞将绛灌比,祢衡耻逐屠沽儿。
君不见李北海,英风豪气今何在?
君不见裴尚书,土坟三尺蒿棘居?
少年早欲五湖去,见此弥将钟鼎疏。

这首诗一开始便如行云流水般地把浓烈激越的情怀抒写出来,接着便是抑制不住的感情浪潮的喷发,诗人对那些斗鸡取宠、屠杀边民以邀功的行为深恶痛绝,他把这帮权贵佞幸斥之为"鸡狗",表示了极大的轻蔑和仇恨,猛烈地批判了黑暗的社会现实,表明了自己洁身自好,绝不愿与那些人同流合污。全诗用抑扬顿挫的语调和节奏变换,追摹情绪冲动时情感喷发奔涌的起伏跌宕,让人直接感受到心灵的震撼。

李白还有的诗歌对劳动人民的悲惨命运进行了描写,对他们的痛苦生活深表同情。如《丁都护歌》:

云阳上征去,两岸饶商贾。
吴牛喘月时,拖船一何苦。
水浊不可饮,壶浆半成土。
一唱都护歌,心摧泪如雨。
万人凿盘石,无由达江浒。
君看石芒砀,掩泪悲千古。

在这首诗中,诗人眼含热泪,描写了拖船运石的民夫们的痛苦生活和悲惨命运,表达了对他们深深的同情。

对祖国壮丽山河的歌颂,表达了诗人对祖国的无限热爱也是李白诗歌的一个主题。如《蜀道难》:

噫吁嚱,危乎高哉!蜀道之难难于上青!
蚕丛及鱼凫,开国何茫然。
尔来四万八千岁,不与秦塞通人烟。
西当太白有鸟道,可以横绝峨眉巅。
地崩山摧壮士死,然后天梯石栈相钩连。
上有六龙回日之高标,下有冲波逆折之回川。
黄鹤之飞尚不得过,猿猱欲度愁攀援。
青泥何盘盘,百步九折萦岩峦。
扪参历井仰胁息,以手抚膺坐长叹。
问君西游何时还?畏途巉岩不可攀。
但见悲鸟号古木,雄飞雌从绕林间。
又闻子规啼夜月,愁空山。
蜀道之难难于上青天,使人听此凋朱颜。
连峰去天不盈尺,枯松倒挂倚绝壁。
飞湍瀑流争喧豗,砯崖转石万壑雷。
其险也如此,嗟尔远道之人胡为乎来哉!
剑阁峥嵘而崔嵬,一夫当关,万夫莫开。
所守或匪亲,化为狼与豺。
朝避猛虎,夕避长蛇,磨牙吮血,杀人如麻。
锦城虽云乐,不如早还家。
蜀道之难难于上青天,侧身西望长咨嗟!

这首诗采用了大量的神话、传说,而且运用了一系列比喻、夸张、神奇化等浪漫手法,艺术地再现了蜀道突兀、峥嵘、崎岖、强悍等奇丽惊险和不可凌越的磅礴气势,歌颂了蜀地山川的壮秀和祖国山河的雄伟壮丽。同时,诗中寓有功业难成之意,触动了李白初入长安追求功业未成时的悲愤。他用这一古题抒发自己的感慨,于诗中再三嗟叹"蜀道之难难于上青天"。通过对蜀道高峰绝壁、万壑转石的险难的渲染,也是诗人对于世道艰险的渲染,蕴含着现实难以逾越的悲剧意识。

又如《早发白帝城》:

朝辞白帝彩云间,千里江陵一日还。
两岸猿声啼不住,轻舟已过万重山。

第四章　盛唐时期诗歌的发展与创作研究

这首诗写李白流放夜郎,途中遇赦,从白帝城出发,顺江东下,经三峡,飞舟直达江陵的兴奋和快乐心情。这些优美的诗篇,像一幅幅美丽的画卷,展现了祖国雄伟的山河。

再如《望庐山瀑布》:

> 日照香炉生紫烟,遥看瀑布挂前川。
> 飞流直下三千尺,疑是银河落九天。

这首诗描写了庐山瀑布的美丽景色,诗人把瀑布比作银河从天而落,写得气势磅礴,雄伟壮观。

李白还写了大量的送别诗,表达了对朋友的真挚感情。如《赠汪伦》:

> 李白乘舟将欲行,忽闻岸上踏歌声。
> 桃花潭水深千尺,不及汪伦送我情。

这是李白赠给他的好朋友汪伦的诗。汪伦给李白送行,不像一般人带着伤感的情绪,而是欢欢喜喜、高高兴兴地唱着歌来的。只有最了解李白豪放性格的人才能这样,因此李白把汪伦看成是自己最好的朋友。

又如《黄鹤楼送孟浩然之广陵》:

> 故人西辞黄鹤楼,烟花三月下扬州。
> 孤帆远影碧空尽,唯见长江天际流。

这首诗是李白在黄鹤楼送孟浩然去扬州时所作。它通过对离别时候长江景物的描写,表现了诗人对朋友的真挚感情。

李白的诗作中常常有"我"的存在,从而使他的诗歌呈现出他人无法摹拟的个性特色。如《行路难》:

> 金樽清酒斗十千,玉盘珍羞直万钱。
> 停杯投箸不能食,拔剑四顾心茫然。
> 欲渡黄河冰塞川,将登太行雪满山。
> 闲来垂钓碧溪上,忽复乘舟梦日边。
> 行路难,行路难,多歧路,今安在?
> 长风破浪会有时,直挂云帆济沧海。

这首诗以第一人称的抒怀和议论表达主观感受,完全打破了传统乐府用赋体叙事的写法。诗人在选择乐府旧题抒写己怀时,常根据这个题目在古辞中的寓意和情感倾向,进行创造性的生发和联想,运用大胆的夸张和巧妙的比喻突出主观感受,以纵横恣肆的文笔形成磅礴的气势。李白将自己的浪漫气质带进乐府,从而使古题乐府获得了新的生命,把乐府诗创作推向了无与伦比的高峰。

李白崇尚"清真"的自然之美,所谓"清",就是"清水出芙蓉"没有任何的铅华脂粉,芬泽自现;而"真"则是"清"的必然本质,即突破意识形态和世俗束缚的本真情感。在他看来,"清真"不仅是一种自然清纯的诗风,更重要的是一种质朴率真的、冲破了灵魂栅栏的生命状态,这种生命状态祛除了一切"雕饰",留下了未经损伤的"天然"。因此,李白诗歌的语言呈现出一派质朴、纯净、凝练、明丽、流畅、自然的景象,如《静夜思》:

　　床前明月光,疑是地上霜。
　　举头望明月,低头思故乡。

这首诗既无典故,也没有华丽的辞藻,只用朴素的语言来表达朴素的情感,但在平淡自然中,又让人抽绎出无限深长的意味。

李白"清真"的诗风还表现为对本真生命状态的无比自由的表达,如《宣州谢朓楼饯别校书叔云》:

　　弃我去者,昨日之日不可留;
　　乱我心者,今日之日多烦忧。
　　长风万里送秋雁,对此可以酣高楼。
　　蓬莱文章建安骨,中间小谢又清发。
　　俱怀逸兴壮思飞,欲上青天览明月。
　　抽刀断水水更流,举杯消愁愁更愁。
　　人生在世不称意,明朝散发弄扁舟。

这首诗的开篇之语逝者如斯,人生多悲,这永恒的悲剧意识到了李白的笔下,再无遮蔽,脱口而出,是那样的突兀,又是那样的自然;是那样的直率,又是那样的深沉,使其悲、忧的情怀弥漫开来,塞满天地。全诗写出了由悲而隐的心灵历程,以翻江倒海的伟力,在跌宕起伏中将其心灵世界巨细无遗地抖落于脚下。

这种清真的生命状态有时表现为浓烈的悲剧意识,这种悲剧意识更多地表现为对生命不永、理想不能实现的悲剧感。例如他在《将进酒》中写道:

　　君不见黄河之水天上来,奔流到海不复回。
　　君不见高堂明镜悲白发,朝如青丝暮成雪。
　　人生得意须尽欢,莫使金樽空对月。

第四章 盛唐时期诗歌的发展与创作研究

> 天生我材必有用,千金散尽还复来。
> 烹羊宰牛且为乐,会须一饮三百杯。
> 岑夫子,丹丘生,将进酒,杯莫停。
> 与君歌一曲,请君为我倾耳听。
> 钟鼓馔玉何足贵,但愿长醉不复醒。
> 古来圣贤皆寂寞,惟有饮者留其名。
> 陈王昔时宴平乐,斗酒十千恣欢谑。
> 主人何为言少钱,径须沽取对君酌。
> 五花马、千金裘,呼儿将出换美酒,与尔同销万古愁。

这首诗中的圣贤是文化理想的代表,而理想永远走在现实的前面,自古至今,文化理想从来就没有充分地实现过,所以具体历史境遇中的圣贤必定是"寂寞"的,这也就是"万古愁"。对于这样的社会、历史以及人生之愁,任何一个贴近本真生命的人都会感觉到。而李白不仅将这样的悲剧意识抒写得酣畅淋漓,并且借酒浇"愁",在酒的浇铸下获得了消解与超越。

总体来说,李白的诗,气壮、气奇、气逸。气壮是指李白诗中的强大气势。气奇是指李白的诗歌显示了超凡的创造力,创造了许多按常规不可思议的诗歌形象,使人惊讶、叹服。气逸是指李白对自由的热爱与追求。李白对后世具有重大的影响,这种影响主要表现在他的人格魅力上。他那"安能摧眉折腰事权贵"的风骨,"天生我材必有用"的自信以及"戏万乘若僚友"的刚直的风格都成为中国士大夫重要的精神来源。

第四节 诗圣杜甫的诗歌创作

杜甫是中国文学史上伟大的现实主义诗人。他的诗歌有丰富的社会内容、鲜明的时代特色和强烈的政治倾向,他被誉为"诗圣",他的诗被称为"诗史"。

杜甫(712—770),字子美,巩县(今河南省巩县)人。他出身于官僚家庭。他的祖父杜审言是武则天时代的著名诗人,对他的成长有很大影响。35岁以前是杜甫一生中最快意的时期。他在江南、山东一带漫游,读了很多书。后来,他在洛阳见到了伟大诗人李白,二人建立了深厚的友谊。35岁至44岁,杜甫在长安待了十年。在这十年中,他的生活比较苦,有时甚至挨饿受冻。因住在长安杜陵附近的少陵,所以世称"杜少陵"。45岁至48

岁是他陷贼和为官时期。这个时期,安史之乱最为剧烈,他亲眼看到了叛乱给人民带来的惨重灾难。他曾和人民一起逃难到陕北,又只身逃出长安。他为了献身恢复祖国的事业,投奔到凤翔,见到唐朝皇帝,被任命为左拾遗。后来因直言遭到贬斥,罢官回家。就在这个时期,他写下了著名的诗歌"三吏"(《新安吏》《石壕吏》《潼关吏》)、"三别"(《新婚别》《垂老别》《无家别》)。他弃官后,经历了千辛万苦到了四川成都,在西郊浣花溪畔盖了一座草堂,叫"成都草堂",开始了漂泊西南的生活。后来曾在四川节度使严武幕中任职,官参谋、检校工部员外郎,所以后人又称他为"杜工部"。他在四川住了八九年,以后又到湖北、湖南等地。公元770年的秋天,他由长沙去岳阳,不幸死在船上。

　　杜甫与李白一样是我国历史上的伟大诗人,而就诗歌内容的丰富性和诗歌艺术风格的多样性来说,杜甫是无人可比的。他的诗歌艺术有吞吐百川、千汇万状的特色。杜甫早期的诗歌内容多是歌颂祖国的山川和托物言志的,如《望岳》:

　　　　岱宗夫如何,齐鲁青未了。
　　　　造化钟神秀,阴阳割昏晓。
　　　　荡胸生层云,决眦入归鸟。
　　　　会当凌绝顶,一览众山小。

　　这首诗初步显现了杜甫沉郁顿挫的诗风,而且也与儒家的文化发生了内在的联系。五岳之首的泰山成为仁德的象征,登上泰山,在胸前荡漾的层云和脚下坚实的泰山体,会使人产生超越的感觉,再加上归巢的鸟儿,仿佛都归入了人们的眼睛和心灵,天地万物就都摄入了人们的胸怀了,当登上绝顶的时候,真正体会到了当年孔子"登泰山而小天下"的感觉,那就获得了超越的人格。

　　十年困守长安的生活使得杜甫认清了社会现实,他的诗风也开始有了较大的变化。杜甫的诗歌开始有现实主义的鲜明特点,他的诗歌真实具体地反映了社会现实生活。如《兵车行》:

　　　　车辚辚,马萧萧,行人弓箭各在腰。
　　　　耶娘妻子走相送,尘埃不见咸阳桥。
　　　　牵衣顿足拦道哭,哭声直上干云霄。
　　　　道旁过者问行人,行人但云点行频。
　　　　或从十五北防河,便至四十西营田。
　　　　去时里正与裹头,归来头白还戍边。

第四章 盛唐时期诗歌的发展与创作研究

边庭流血成海水,武皇开边意未已。
君不闻汉家山东二百州,千村万落生荆杞。
纵有健妇把锄犁,禾生陇亩无东西。
况复秦兵耐苦战,被驱不异犬与鸡。
长者虽有问,役夫敢申恨?
且如今年冬,未休关西卒。
县官急索租,租税从何出?
信知生男恶,反是生女好。
生女犹得嫁比邻,生男埋没随百草。
君不见,青海头,古来白骨无人收。
新鬼烦冤旧鬼哭,天阴雨湿声啾啾!

这首诗是诗人借征夫与老人的对话,倾诉了百姓对战争的痛恨,愤怒控诉了统治者穷兵黩武的扩边政策带给人民死亡、农村凋敝的罪责。全诗由点到面、由现象到本质地勾画出安史之乱前的一个历史时期里社会的真实状况,表现了诗人反对战争的坚定立场。

又如《丽人行》:

三月三日天气新,长安水边多丽人。
态浓意远淑且真,肌理细腻骨肉匀。
绣罗衣裳照暮春,蹙金孔雀银麒麟。
头上何所有?翠微蓋叶垂鬓唇。
背后何所见?珠压腰衱稳称身。
就中云幕椒房亲,赐名大国虢与秦。
紫驼之峰出翠釜,水精之盘行素鳞。
犀箸厌饫久未下,鸾刀缕切空纷纶。
黄门飞鞚不动尘,御厨络绎送八珍。
箫鼓哀吟感鬼神,宾从杂遝实要津。
后来鞍马何逡巡,当轩下马入锦茵。
杨花雪落覆白苹,青鸟飞去衔红巾。
炙手可热势绝伦,慎莫近前丞相嗔!

整首诗不空发议论,只是尽情揭露事实,语极铺张,而讽意自见,是一首绝妙的讽刺诗。全诗通过描写杨氏兄妹曲江春游的情景,揭露了统治者荒淫腐朽作威作福的丑态,从一个角度反映了安史之乱前夕的社会现实。

杜甫是一个富有自我牺牲精神的伟大爱国主义者,在他的诗里充满着

热爱祖国的强烈思想感情,他的喜怒哀乐都和祖国的命运紧紧连在一起。如《春望》:

> 国破山河在,城春草木深。
> 感时花溅泪,恨别鸟惊心。
> 烽火连三月,家书抵万金。
> 白头搔更短,浑欲不胜簪。

这首诗言简意赅,含蓄凝练,真挚自然。全诗围绕"望"字展开,抒发了诗人忧国伤、念家悲己以及对思念亲人的感情。全诗奠定了诗人客观写实的创作方向和沉郁苍凉的诗歌风格,这标志着杜甫作为一个忧国忧民的伟大诗人的成熟。

又如《闻官军收河南河北》:

> 剑外忽传收蓟北,初闻涕泪满衣裳。
> 却看妻子愁何在,漫卷诗书喜欲狂。
> 白日放歌须纵酒,青春作伴好还乡。
> 即从巴峡穿巫峡,便下襄阳向洛阳。

这首诗表达了诗人听到官军收复失地,祖国山河复整时的欢喜欲狂的心情。全诗把一种骤然到来的狂喜心情,表现得淋漓尽致,"忽传""初闻""却看""漫卷"加强了突然性和随意性色彩;"即从""便下""穿""向"等词连接四个地名,造成风驰电掣的气势。表达的方式,仿佛散文一般,感情流畅,连贯性、整体感极强,毫不受律体的束缚。

杜甫诗歌总的风格是沉郁顿挫。沉郁,指他的诗歌思想深沉,感情深挚,蕴含深厚,寓意深远。顿挫,指杜甫诗歌注重篇章句法的纵横开阖,遣词用语的照应变化,音律声调的高低抑扬。这与他的阅历,他的济世忧民的情怀,深沉善感的个性气质,以及对诗歌艺术的精益求精的创作态度有关。如《自京赴奉先县咏怀五百字》:

> 杜陵有布衣,老大意转拙。
> 许身一何愚,窃比稷与契。
> 居然成濩落,白首甘契阔。
> 盖棺事则已,此志常觊豁。
> 穷年忧黎元,叹息肠内热。
> 取笑同学翁,浩歌弥激烈。
> 非无江海志,潇洒送日月。

第四章 盛唐时期诗歌的发展与创作研究

生逢尧舜君,不忍便永诀。
当今廊庙具,构厦岂云缺。
葵藿倾太阳,物性固莫夺。
顾惟蝼蚁辈,但自求其穴。
胡为慕大鲸,辄拟偃溟渤。
以兹悟生理,独耻事干谒。
兀兀遂至今,忍为尘埃没。
终愧巢与由,未能易其节。
沈饮聊自适,放歌颇愁绝。
岁暮百草零,疾风高冈裂。
天衢阴峥嵘,客子中夜发。
霜严衣带断,指直不得结。
凌晨过骊山,御榻在嵽嵲。
蚩尤塞寒空,蹴蹋崖谷滑。
瑶池气郁律,羽林相摩戛。
君臣留欢娱,乐动殷樛嶱。
赐浴皆长缨,与宴非短褐。
彤庭所分帛,本自寒女出。
鞭挞其夫家,聚敛贡城阙。
圣人筐篚恩,实欲邦国活。
臣如忽至理,君岂弃此物。
多士盈朝廷,仁者宜战栗。
况闻内金盘,尽在卫霍室。
中堂舞神仙,烟雾散玉质。
暖客貂鼠裘,悲管逐清瑟。
劝客驼蹄羹,霜橙压香橘。
朱门酒肉臭,路有冻死骨。
荣枯咫尺异,惆怅难再述。
北辕就泾渭,官渡又改辙。
群冰从西下,极目高崒兀。
疑是崆峒来,恐触天柱折。
河梁幸未坼,枝撑声窸窣。
行旅相攀援,川广不可越。
老妻寄异县,十口隔风雪。
谁能久不顾,庶往共饥渴。

· 107 ·

入门闻号咷,幼子饥已卒。
吾宁舍一哀,里巷亦呜咽。
所愧为人父,无食致夭折。
岂知秋未登,贫窭有仓卒。
生常免租税,名不隶征伐。
抚迹犹酸辛,平人固骚屑。
默思失业徒,因念远戍卒。
忧端齐终南,澒洞不可掇。

诗人指出,劳动人民是一切财富的创造者,统治阶级的奢侈生活是建筑在剥削广大劳动人民的基础上的。诗人用最鲜明、最精练、最有力的诗句,揭示了阶级对立的本质,倾诉了内心深广的忧愤之情。

当然,杜甫的诗并不是一味的沉郁顿挫,也有一些活泼、轻松的诗歌。如《春夜喜雨》：

好雨知时节,当春乃发生。
随风潜入夜,润物细无声。
野径云俱黑,江船火独明。
晓看红湿处,花重锦官城。

这首诗首联写雨适时而降,颔联诗人运用听觉写出了雨的特点；颈联诗人运用视觉写美丽的雨夜；尾联写雨后的清晨锦官城的迷人景象。全诗写的生动活泼,将春色满城的美景刻画得栩栩如生,表达了诗人对春雨"润物"的喜悦之情。

又如《水槛遣心二首》：

其一
去郭轩楹敞,无村眺望赊。
澄江平少岸,幽树晚多花。
细雨鱼儿出,微风燕子斜。
城中十万户,此地两三家。

其二
蜀天常夜雨,江槛已朝晴。
叶润林塘密,衣干枕席清。
不堪祗老病,何得尚浮名。
浅把涓涓酒,深凭送此生。

第四章　盛唐时期诗歌的发展与创作研究

以上组诗作品通过描绘绮丽的蜀地风光和娴雅的草堂环境,表现了作者远离尘世喧嚣的闲适心情和对大自然的热爱之情。

就诗体来说,杜甫诗歌创作中,最用力、成就最高的是律诗,特别是七律。他娴熟地运用律诗的艺术技巧,真正达到了得心应手的地步。律诗在杜甫的手中几乎无所不能。他的律诗,无论五律还是七律,都极其出色。如七律《登高》:

> 风急天高猿啸哀,渚清沙白鸟飞回。
> 无边落木萧萧下,不尽长江滚滚来。
> 万里悲秋常作客,百年多病独登台。
> 艰难苦恨繁霜鬓,潦倒新停浊酒杯。

这首七律语言凝练,具有高度的艺术概括力。诗人用了那么多在动作上连贯性极强的动词,造成全诗的整体感和流动感,使人读来有一气浑成之感。

总体来说,杜甫集盛唐诗歌思想艺术之大成,反映了盛唐向中唐过渡时期的社会现实。

第五章 中晚唐时期诗歌的发展与创作研究

中晚唐时期,藩镇割据、贫富对立、政局动乱、民生多艰,唐朝逐渐走向衰落,这种社会现实促使唐朝的诗歌开始走向写实,不同的诗歌流派呈现出多元发展的局面。这一时期的诗歌虽不似盛唐那般盛大,但也有其独特之处,对后世的诗歌发展具有极大的影响。

第一节 冷落寂寞的大历诗风

大历诗风指的是大历至贞元年间活跃于诗坛上的一批诗人的共同创作风貌。这一时期的诗人失去了盛唐士人昂扬的精神风貌,表现出一种孤独寂寞的冷落心境,追求清雅高逸的情调。这使诗歌创作由雄浑的风骨气概转向淡远的情致,转向细致省净的意象创造,转向表现宁静淡泊的生活情趣。韦应物是大历时期能自成一家的著名诗人。他早期的部分作品不乏刚健明朗的盛唐余韵,大历以后的诗歌则充满了看破世情的无奈和散淡。向往隐逸的宁静、有意效法陶渊明的冲和平淡成为韦应物此时诗歌创作的主导倾向。刘长卿也是当时著名的诗人,其诗也反映了士人孤独冷漠的心态。刘长卿的五言诗写得好,曾自许为"五言长城",喜欢用较短的五古和五律、五绝写离别与山水景物,颇多意象省净而极富韵味的优秀之作。这一时期有名的诗人还有"大历十才子",即李端、卢纶、吉中孚、韩翃、钱起、司空曙、苗发、崔峒、耿湋、夏侯审。他们诗风相近,除了大量的应酬唱和之作外,他们的诗主要写日常生活细事、山水风物和羁旅愁思,抒发寂寞清冷或超然世外的情怀。他们的诗歌讲究格律辞藻,追求清雅闲淡,工于白描写景,但表现出一种冷落萧瑟的衰飒气象。限于篇幅,下面仅对韦应物、刘长卿、卢纶和钱起的创作进行研究。

第五章　中晚唐时期诗歌的发展与创作研究

一、韦应物的诗歌

韦应物(737—792 或 793),京兆(今陕西西安)人。出身于关中望族,年少时以门荫授三卫郎侍玄宗,过了一段荒唐放纵的生活。"安史之乱"后,流落失职,立志读书。广德二年(764)授职洛阳丞。后曾任滁州、江州、苏州刺史,罢职后贫居苏州城外永定寺。世称"韦江州""韦苏州"。有《韦江州集》(一名《韦苏州集》)十卷,《全唐诗》收其诗为十卷。

韦应物是一位对唐帝国盛衰转折有着特殊亲身感受,并经历过自身人生挫折,思想性格发生了重大变化的诗人。他在诗歌中缅怀开元、天宝盛世,感慨时事,批判弊政,对眼前的国运衰败深表痛心忧虑,如《温泉行》:

> 出身天宝今年几,顽钝如锤命如纸。
> 作官不了却来归,还是杜陵一男子。
> 北风惨惨投温泉,忽忆先皇游幸年。
> 身骑厩马引天仗,直入华清列御前。
> 玉林瑶雪满寒山,上升玄阁游绛烟。
> 平明羽卫朝万国,车马合沓溢四廓。
> 蒙恩每浴华池水,扈猎不蹂渭北田。
> 朝廷无事共欢燕,美人丝管从九天。
> 一朝铸鼎降龙驭,小臣髯绝不得去。
> 今来萧瑟万井空,唯见苍山起烟雾。
> 可怜蹭蹬失风波,仰天大叫无奈何。
> 弊裘羸马冻欲死,赖遇主人杯酒多。

在这首诗歌中,诗人先是回忆了天宝年间,国家繁荣和天下太平的盛况,那时候自己陪同唐玄宗去温泉游玩是多么繁华热闹,如今故地重游,温泉已经破败不堪,一片萧条。最后描写诗人自己的穷困潦倒,同时也表露出了诗人对悲惨现实的无可奈何,以及一种看破世事的散淡。

尤其可贵的是,在韦应物的一些抒情诗里,每当述及政事,诗人总是情不自禁地表露出忧时伤民、内疚自愧的沉痛心理。如著名的《寄李儋元锡》:

> 去年花里逢君别,今日花开又一年。
> 世事茫茫难自料,春愁黯黯独成眠。
> 身多疾病思田里,邑有流亡愧俸钱。
> 闻道欲来相问讯,西楼望月几回圆。

这首诗叙述了对友人的思念,抒发了面对国乱民穷的现实的内心矛盾。诗歌开头即景生情,点明与友人分别已有一年;颔联表明诗人对国家命运、个人前途的迷茫与苦恼。第三句历来为人赞扬,诗人身患多病,想回归田园,但因为百姓流离失所,自己未尽职责,而心有愧疚,最后诗人由于内心矛盾期盼友人来访给予慰藉。诗人作为士大夫,能有此感悟实属难能可贵,表现出了一种人道主义情怀。这种真诚的人道主义情感,对后代许多诗人都有影响。

韦应物是中唐著名的山水田园诗人。他曾几次辞官或罢官隐居,也曾有过流落漫游的经历。在遭受政治打击和对时局深感失望之后,在担任地方官职时期,既努力纾解民困,又以此寄托闲淡静穆的情怀,这是他创作山水田园诗的基础。他的田园诗以陶渊明为榜样,用质朴平淡之笔写田家生活。不同的是他缺少陶渊明直接参加农业劳动的体验,较多地注意农民劳动和受剥削的痛苦。如《观田家》:

> 微雨众卉新,一雷惊蛰始。
> 田家几日闲,耕种从此起。
> 丁壮俱在野,场圃亦就理。
> 归来景常晏,饮犊西涧水。
> 饥劬不自苦,膏泽且为喜。
> 仓禀无宿储,徭役犹未已。
> 方惭不耕者,禄食出闾里。

这首诗写他在长安户县普福寺寓居时的西涧农民,"饥劬"二字表明作者对农民心理的细致体察。于陶渊明的归田学农之外,开启了伤时悯农的主题,是韦应物对田园诗的新发展。

韦应物善于描写自然景物,他的山水诗和其他诗中的景物描写达到了很高的成就。他不但追求意境的完整、自然,而且重视词句的锤炼。他诗中警句甚多,既表现出诗人对自然美的精细观察和发现,也可以看到诗人用力甚勤的语言艺术成就。当他的诗中对自然的审美追求与对人生的某种精神追求凝为一体的时候,就出现了被后人称道为"韵高而气清"(张戒《岁寒堂诗话》)的境界,如《寄全椒山中道士》:

> 今朝郡斋冷,忽念山中客。
> 涧底束荆薪,归来煮白石。
> 欲持一瓢酒,远慰风雨夕。
> 落叶满空山,何处寻行迹?

第五章　中晚唐时期诗歌的发展与创作研究

这首诗抒发了诗人想去探望山中的一位好友却又无处可寻的惆怅之情,最后一句"落叶满空山,何处寻行迹?"意境深远,耐人寻味。全诗以想象的山中景物和生活细节描写道士的形象,寄托诗人的关切和向往之情,写得空灵高逸。

二、刘长卿的诗歌

刘长卿(？—789年至791年间),字文房,宜城(今属安徽)人。年轻时在嵩山读书。天宝年间进士,曾两次被贬,官止随州刺史,故人称"刘随州"。有《刘随州集》十一卷,包括诗十卷、文一卷。《全唐诗》编其诗为五卷。

由于刘长卿贬谪和旅居各地期间曾多次遭遇战乱,这使他得以把身世感慨和对现实的认识反映结合起来。如《穆陵关北逢人归渔阳》:

> 逢君穆陵路,匹马向桑乾。
> 楚国苍山古,幽州白日寒。
> 城池百战后,耆旧几家残。
> 处处蓬蒿遍,归人掩泪看。

诗中真实地描写了兵乱之后的残破景象,感情真切。"楚国苍山古,幽州白日寒"二句在景物描绘中暗示形势的严峻和诗人的忧心,简练凝重,贴切精工。

刘长卿抒发贬谪之悲的诗歌常常借吊古伤怀,倾吐被压抑的才智之士的共同心声。如《长沙过贾谊宅》:

> 三年谪宦此栖迟,万古惟留楚客悲。
> 秋草独寻人去后,寒林空见日斜时。
> 汉文有道恩犹薄,湘水无情吊岂知。
> 寂寂江山摇落处,怜君何事到天涯。

在这首诗中,"秋草独寻人去后,寒林空见日斜时"一句融情入景,又暗用了《鹏鸟赋》的典故。"汉文有道恩犹薄,湘水无情吊岂知"一句则论古伤今,将暗讽的笔墨曲折地指向当朝皇帝。此诗被认为是唐代七律精品。

由于时运不济,刘长卿的诗总有一种为进退失据、孤寂无助的茫然失落感,莫明的惆怅充斥于胸臆,如《送李录事兄归襄邓》云:

> 十年多难与君同,几处移家逐转蓬。
> 白首相逢征战后,青春已过乱离中。

行人杳杳看西月,归马萧萧向北风。
汉水楚云千万里,天涯此别恨无穷。

面对战乱后到处残破凋零的景象,诗人不胜沧海桑田、人生变幻之感,对国家的命运和自己的前途都惆怅。时运不济的感伤和惆怅,在刘长卿的诗中是层层递进的,人生失意的凄凉之感,融入黯淡萧瑟的景物描写中,尤显浓重深长。

刘长卿的诗歌语言清秀淡雅而又流畅谐婉,造境幽远,含意委曲。他的小诗清新隽永,给人以涵咏不尽的艺术享受,如《逢雪宿芙蓉山主人》:

日暮苍山远,天寒白屋贫。
柴门闻犬吠,风雪夜归人。

此诗文字省净优美而意境幽远,然而弥漫着一层难以言说的冷漠寂寥的情思,透露出浓重的衰飒索寞之气。

刘长卿是写景抒情的能手。他既善于融景于情,概括典型的人生情感体验,如"老至居人下,春归在客先"(《新年作》)、"白首相逢征战后,青春已过乱离中"(《送李录事兄归襄邓》);又善于细微体物,作寓情于景的精妙描写,如"细雨湿花看不见,闲花落地听无声"(《别严士元》);他尤善于设境取象,借虚实相映的景物的象征意蕴寄托主观情感,如"落日孤舟去,青山万里看"(《却赴南邑留别苏台知己》)、"飞鸟没何处,青山空向人"(《饯别王十一南游》)等。"孤舟""青山"等意象的反复出现,准确传达出诗人个性独有的、同时又折射出时代特征的孤寂落寞情调。在这方面,刘长卿确和其他大历诗人一起,丰富发展了六朝到盛唐诗歌创造情景相融境界的艺术经验,使之进入更为自觉的阶段。但是,"思锐才窄"(高仲武《中兴间气集》卷下)显然限制了他的诗艺创新,这也正是大历诗人们的通病。

在艺术上,刘长卿的诗歌创作,在不同诗型间水平落差不大。他善于调动一切抒情手段如象征、移情、烘托等,为表达情感服务,既长于言情,也工于状景。他的诗歌语言大体圆润纯熟,老到有余而新奇之美不足。意象、语意乃至构思的重复雷同也很常见。这也是大历年间江南地方官诗人创作的整体特征,也因为这样,虽然他们的创作更加明显地体现出了大历的时代风貌,但仍被人们排在台阁诗人之后。

三、卢纶的诗歌

卢纶(约737—约799),字允言,大历十才子之一,河中蒲(今山西省永

第五章　中晚唐时期诗歌的发展与创作研究

济县)人。天宝末举进士,遇乱不第;代宗朝又应举,屡试不第。大历六年,受到宰相元载的举荐,授阌乡尉,后由王缙荐为集贤学士,秘书省校书郎,升监察御史。出为陕府户曹、河南密县令。后元载、王缙获罪,遭到牵连。德宗朝复为昭应令,又任河中浑瑊元帅府判官,官至检校户部郎中。有《卢户部诗集》。

卢纶经历比较坎坷,诗歌题材较广泛,卢纶的边塞诗具有真情实感,打动人心,如《从军行》:

二十在边城,军中得勇名。
卷旗收败马,占碛拥残兵。
覆阵乌鸢起,烧山草木明。
塞闲思远猎,师老厌分营。
雪岭无人迹,冰河足雁声。
李陵甘此没,惆怅汉公卿。

此诗表达了诗人对李广将军的怀念,也表达了想在边塞建功立业的热望。

他的一些写景抒情诗,由于结合家国身世之感,具有真切动人的艺术力量,在"十才子"同类诗中也是比较杰出的。如《晚次鄂州》:

云开远见汉阳城,犹是孤帆一日程。
估客昼眠知浪静,舟入夜语觉潮生。
三湘衰鬓逢秋色,万里归心对月明。
旧业已随征战尽,更堪江上鼓鼙声?

这首诗的前四句写诗人在船上的所见情景,首联从侧面点题,诗人已经到了离汉阳城不远的鄂州,但是路上还得再行一天,故而晚上在鄂州停泊。颔联勾勒出了船舱中的所见所闻,同船的商贾已经酣然入梦,此刻江上扬帆,风平浪静;夜深人静,忽闻船夫相唤,杂着加缆扣舷之声,不问而知夜半涨起江潮来了。诗人虽然写的是船中常景,但是更加衬托出他昼夜不宁的焦躁思绪。颈联抒发了身世飘零之感和彻骨的思乡之情。尾联抒发"晚次鄂州"的感慨,烽火硝烟未灭,江上仍然传来干戈鸣响,战鼓声声,"更堪"二字表现了诗人对战火连天的愤慨与厌恶。在这首诗中,诗人截取了自身漂泊生涯中的一个片断,反映了战乱给人民带来的深重苦难,感情真挚,动人肺腑;全诗语言自然而流畅,淡雅而含蓄,平易而炽热,令人有一唱三叹之感。

卢纶还创作了不少反映人民生活的诗歌,如《村南逢病叟》:

> 双膝过颐顶在肩,四邻知姓不知年。
> 卧驱鸟雀惜禾黍,犹恐诸孙无社钱。

这首诗展现了一幅令人心酸的场景,一个瘦骨嶙峋的乡村老头,乡邻四里只知道他的姓却不知道他的名字。他病得无法直立行走,仍然卧在地上爬行驱赶偷食的鸟雀,只是因为害怕子孙"无社钱"。

四、钱起的诗歌

钱起(722—780),字仲文,汉族,吴兴(今浙江湖州市)人,早年数次赴试落第,唐天宝七年(748)进士,释褐为秘书省校书郎,曾为蓝田县尉,后入朝任郎官之职。

钱起的生活范围总是集中于宴席之间,他的诗歌只是作为一种宴席的点缀而存在,而同时,钱起又自矜为读书人,因此,下笔便不免自矜身份,又须以辞藻文饰内容的贫乏,所以就造成了与院体书相似的雍容典雅的风格。如其《郭司徒厅夜宴》:

> 秋堂复夜阑,举目尽悲端。
> 霜堞乌声苦,更楼月色寒。
> 美人深别意,斗酒少留欢。
> 明发将何赠,平生双玉盘。

这首诗是在郭子仪宴席上作的,诗歌尽写宴会上的一派风光,语句典雅,却没有艺术生命力。

在诗歌的内容上,除了称颂权贵之外,钱起的诗歌大多都在描写自己政治经历,如《省试湘灵鼓瑟》:

> 善鼓云和瑟,尝闻帝子灵。
> 冯夷空自舞,楚客不堪听。
> 苦调凄金石,清音入杳冥。
> 苍梧来怨慕,白芷动芳馨。
> 流水传湘浦,悲风过洞庭。
> 曲终人不见,江上数峰青。

这首诗是钱起青年时期参加进士考试时创作的,深得主考官李暐的大

第五章　中晚唐时期诗歌的发展与创作研究

加赞扬并因此中第。后人对这首诗还附会出"曲终人不见,江上数峰青"一句来源于钱起在某个夜里在旅店的庭院中听到的鬼神之作,认为这句可谓来源于"神"。这首诗奠定了钱起在诗坛不朽的名声。

此外,钱起也有诗作反映自己仕途不顺,屡次落第的经历,如《赠阙下裴舍人》:

　　二月黄鹂飞上林,春城紫禁晓阴阴。
　　长乐钟声花外尽,龙池柳色雨中深。
　　阳和不散穷途恨,霄汉常悬捧日心。
　　献赋十年犹未遇,羞将白发对华簪。

诗人不断赶考,却屡次落第,因而就有了诗中的"献赋十年犹未遇,羞将白发对华簪",因此,钱起一入朝庭,就积极贴近权臣,希望跻身于上流社会的圈子,这首诗的创作意图也就不言而喻,诗人在这首诗中明确地表示了自己希求提拔的意思,因而全诗都表示了一种恭维、求援之意,但这种恭维又表现得十分曲折婉转,因而并不使人觉得庸俗。

钱起诗描写景物题材颇似盛唐山水诗的写作大家王维。高仲武在《中兴间气集》中评钱起说:"员外诗,体格新奇,理致清赡,越从登第,挺冠词林。文宗右承,许以高格,右承没后,员外为雄。"诗人笔下的景色是宁静的,没有喧嚣,也不表现诗人激昂的情感,而是显得气蕴超脱,也没有什么深刻的含义,仅仅是以山、水、松、林等景物营构一种远离世俗尘嚣的境界。如《山斋独坐喜玄上人夕至》的"柴门兼竹静,山月与僧来。心莹红莲水,言忘绿茗杯。"柴门、山月、静竹、山僧构成一幅宁静的山斋图。《秋夜寄张韦二主簿》的"碧空河色浅,红叶落声虚",碧色的天空显得高远辽阔,红叶落地轻而无声,一个"浅"字,一个"虚"字,就使得这静谧的景色更显空灵。《宴郁林观张道士房》的"竹坛秋月冷,山殿夜钟清",秋月从竹林中透出它的清辉,而那悠远的钟声在山中回响,更衬托出山林、道观的幽静。竹、月、钟这些本身就含有超尘脱俗气质的物象和"冷""清"这样的形容词组合在一起就给我们呈现出空灵、辽远的境界。[①]

钱起诗描写景物,寄情山水、表达隐逸情怀。如《送元评事归山居》:

　　忆家望云路,东去独依依。
　　水宿随渔火,山行到竹扉。

[①] 刘燕燕. "大历十才子"研究[D]. 内蒙古大学,2006.

寒花催酒熟,山犬喜人归。
遥羡书窗下,千峰出翠微。

全诗勾勒了一幅宁静祥和令人无比欣羡的世外隐逸图,全诗既充满诗情画意,又充满了浓郁的生活情味。

钱起描写景物的诗注重渲染一种宁静、旷远,甚至朦胧的气氛,如《裴迪书斋望月》:

夜来诗酒兴,月满谢公楼。
影闭重门静,寒生独树秋。
鹊惊随叶散,萤远入烟流。
今夕遥天末,清光几处愁。

这首诗写诗人与好友在裴迪书斋赏月的情景。诗歌的前两句"夜来诗酒兴,月满谢公楼"展现了夜晚月色洒满楼台的情景。接下来两句写的是由于诗人专注赏月,忘记了时间,等到回过神来才发现,家家户户均已关门闭户,只有树叶在沙沙作响,营造了一种万籁俱寂的感觉。"鹊惊随叶散,萤远入烟流"两句用侧面描写的手法展现月色的美。末句"今夕遥天末,清光几处愁"诗人由欣赏美丽的月色,转而陷入沉思之中,这样美好的月色,会招惹多少人的愁思呢?这种以问句结尾的方式,显得十分意味深长。

钱起的一些赠别酬唱之作也有着真切感人的情谊,如《送外甥怀素上人归乡侍奉》:

释子吾家宝,神清慧有馀。
能翻梵王字,妙尽伯英书。
远鹤无前侣,孤云寄太虚。
狂来轻世界,醉里得真如。
飞锡离乡久,宁亲喜腊初。
故池残雪满,寒柳霁烟疏。
寿酒还尝药,晨餐不荐鱼。
遥知禅诵外,健笔赋闲居。

诗歌用亲切幽默的语言写出了送外甥怀素上人归乡省亲的情景,首先亲切地称怀素是"吾家宝",进而描述了怀素的外在气质,是"神清慧有馀",接着介绍他的博学多识以及他的书法造诣,最后想象怀素归家后的情景。全诗文笔清丽流畅,读来亲切有味。

第五章　中晚唐时期诗歌的发展与创作研究

第二节　新乐府运动

"新乐府运动"是贞元、元和年间,由白居易、元稹倡导的,以创作新题乐府反映现实为中心的诗歌革新运动。新乐府运动的文学渊源,可以远溯到《诗经》和汉魏乐府的现实主义传统,但真正开其先声的,则是杜甫和元结"即事名篇,无复依傍"的新题乐府。白居易和元稹针对大历至贞元前期诗坛出现的以大历十才子为代表的远离现实、放情山水的倾向,明确提出"文章合为时而著,歌诗合为事而作"(白居易《与元九书》)的创作宗旨。他们强调诗歌的社会功能和讽谏作用,主张用诗歌反映民生疾苦,讽刺社会弊病。要求形式与内容的统一,以通俗易懂的形式为表达内容服务。这些理论对新乐府运动面向社会,反映现实起了积极的导向作用。但是他们对此强调过甚,而且忽视了诗歌的审美功能,把诗歌变成强聒不止的奏章,不仅没有区分生活真实与艺术真实,而且对艺术形式重视不够,造成文学批评上的某些偏颇和创作实践上的某些缺憾。

"新乐府运动"有可观的创作成就。元和四年(829),李绅写了《新题乐府》20首(今佚)赠元稹,元稹酬和了12首新题乐府。其后,白居易创作新乐府50首,正式标举"新乐府"的名称。接着又写了《秦中吟》10首。其他如张籍、王建、刘猛、李余等人,也是这一运动的参与者。他们所写的无论是新题还是旧题乐府,都遵循了"新乐府运动"的创作宗旨。而且他们之间互相切磋唱和,形成通俗坦易的艺术风格,成为中唐诗坛的一大流派。限于篇幅,下面仅选取几个代表诗人的作品进行简要阐述。

一、元稹的诗歌

元稹(779—831),字微之,洛阳人。为中唐新乐府运动的积极倡导者之一。其诗以乐府诗最具代表性。元稹人很聪明,15岁就以"明经"及第。元和四年(809)做监察御史,后因得罪宦官而被贬,但以后又被起用,最后做到武昌节度使。死在任上。

元稹可以说是风流才子,他有多方面的艺术才能,首先是诗人,其次又写小说,他的《莺莺传》是唐代文言小说最有名的作品之一,后经金人董解元和元代的王实甫的再创作,更是家喻户晓。

元稹早年创作了许多讽喻诗歌。如《乐府古题序》的《织妇词》:

织妇何太忙,蚕经三卧行欲老。
蚕神女圣早成丝,今年丝税抽征早。
早征非是官人恶,去岁官家事戎索。
征人战苦束刀疮,主将勋高换罗幕。
缫丝织帛犹努力,变缉撩机苦难织。
东家头白双女儿,为解挑纹嫁不得。
檐前袅袅游丝上,上有蜘蛛巧来往。
羡他虫豸解缘天,能向虚空织罗网。

这首诗写织妇为缴纳紧迫的租税而从事艰苦劳动,头白了还不能嫁人,以至于羡慕檐前蜘蛛"能向虚空织罗网"。

又如《田家词》:

牛吒吒,田确确。
旱块敲牛蹄趵趵,种得官仓珠颗谷。
六十年来兵簇簇,月月食粮车辘辘。
一日官军收海服,驱牛驾车食牛肉。
归来收得牛两角,重铸锄犁作斤劚。
姑舂妇担去输官,输官不足归卖屋。
愿官早胜仇早复,农死有儿牛有犊,誓不遣官军粮不足!

这首诗用农民的口吻叙述,充满对朝廷长期用兵所带来的灾难的怨恨,但诗中并无直接的情感流露,结尾反而用肯定坚决的语气表示对"官军"的支持,这种从反面加倍用笔的写法更加突出了农民的悲惨处境,从而深刻地反映了农民的艰难生活,对劳动人民寄予了深切的同情。

值得一提的是,与长篇叙事诗相比,元稹的短诗《行宫》也堪称佳作:

寥落古行宫,宫花寂寞红。
白头宫女在,闲坐说玄宗。

这首诗以少总多,仅仅以二十个字,就将地点、时间、人物、动作全都表现出来了,构成了一幅白头宫女闲聊的生动画面。诗人还运用对照手法,用乐景衬哀情,将宫花的盛开与宫女的白头进行对比,表现了世事变迁、红颜易老的人生感悟。

元稹的诗歌创作中有一种题材很有特色,这就是悼亡诗,如《离思五首》,其中《离思》之四是诗人为悼念亡妻而作,全诗为:

第五章　中晚唐时期诗歌的发展与创作研究

>曾经沧海难为水,除却巫山不是云。
>取次花丛懒回顾,半缘修道半缘君。

这首诗采用巧比曲喻的手法,淋漓尽致地表达了主人公对亡妻的深深怀念,诗句"曾经沧海难为水,除却巫山不是云"运用"索物以托情"的比兴手法,以精警的词句,赞美了夫妻之间的恩爱,表达了对妻子的忠贞与怀念之情。

元稹与白居易相交数十年,有大量的"通江唱和"的诗作,被称为"元和体诗",其中有不少佳作,如《闻乐天授江州司马》:

>残灯无焰影憧憧,此夕闻君谪九江。
>垂死病中惊坐起,暗风吹雨入寒窗。

元和十年(815),白居易因得罪权贵,被贬为江州司马。这首诗就是元稹在听闻白居易被贬的消息后所作的。这首诗语言朴实而感情强烈。其中的"垂死病中惊坐起"一句是全诗的神来之笔,诗人本病卧床榻"垂死病中",但是仍然被好友被贬的消息"惊坐起",可见感情之强烈,反映了元、白二人的情谊之深厚。全诗以哀景衬哀景,情景交融,诗味隽永,耐人寻味。

总体来说,元稹的诗歌体现了其作为中唐时期受社会现实转变而影响的一代文人的思想观念由盛唐时期注重诗歌创作文雅向中唐时期通俗的转变,而这种转变使其与白居易一起成为中唐写实讽喻诗派的代表人物。

二、白居易的诗歌

白居易(772—846),字乐天,号香山居士,下邽(今陕西省渭南县)人,他出生在河南省新郑县。少年时代,家境比较贫穷,加上战乱频繁,长期流浪在外,对社会现实和人民疾苦有较深的了解,因此,他同情劳动人民。贞元十六年(800)考中进士,后任翰林学士、左拾遗等职,他屡次上书要求革除弊政,反对权贵,攻击黑暗政治,遭到当权者的反对,贬为江州司马。唐穆宗即位,召回长安,后出任杭州刺史,又改任苏州刺史中。之后,又任秘书监、河南尹、太子少傅等职。晚年闲居洛阳。著有《白氏长庆集》七十一卷。

白居易总结了中国自《诗经》以来现实主义诗歌的创作经验,建立了现实主义的诗歌理论。他在《与元九书》中提出"文章合为时而著,歌诗合为事而作"的口号,即诗歌必须为政治服务,必须反映现实生活,并强调诗的内容和形式统一,形式要为内容服务。在他的诗歌理论指导下,掀起了用新题写时事的新乐府运动。白居易的诗歌,正是他的诗歌理论和新乐府运动的产物。

白居易把自己的诗歌分为四类,即讽喻诗、闲适诗、感伤诗和杂律。

讽喻诗是白居易前期的精心之作。这些诗歌主要创作于元和初年,不过,其感受主要产生于贞元末年。他的讽喻诗主要是批评社会现实,揭露社会现实的种种问题,如《卖炭翁》:

卖炭翁,伐薪烧炭南山中。
满面尘埃烟火色,两鬓苍苍十指黑。
卖炭得钱何所营?身上衣裳口中食。
可怜身上衣正单,心忧炭贱愿天寒。
夜来城外一尺雪,晓驾炭车辗冰辙。
牛困人饥日已高,市南门外泥中歇。
翩翩两骑来是谁?黄衣使者白衫儿。
手把文书口称敕,回车叱牛牵向北。
一车炭重千余斤,宫使驱将惜不得。
半匹红纱一丈绫,系向牛头充炭直。

这首诗,白居易自注"苦宫市也"。所谓"宫市",就是皇帝派太监到市场上购买东西,他们随意勒索,强行购买,名为宫市,实为抢夺。在这首诗中,诗人不仅描写了终年劳苦的卖炭老人的外貌特征,而且深入表现出他为了基本生存需求而挣扎的精神痛苦,当他赖以为生的一车炭被宦官掠夺去时,为皇权所庇护的罪恶的反人性本质便彻底暴露无遗。诗人强烈地谴责了强取豪夺的"宫市"制度,反映了劳动人民的苦难生活。

又如《杜陵叟》:

"伤农夫之困也":
杜陵叟,杜陵居,岁种薄田一顷馀。
三月无雨旱风起,麦苗不秀多黄死。
九月降霜秋早寒,禾穗未熟皆青干。
长吏明知不申破,急敛暴征求考课。
典桑卖地纳官租,明年衣食将何如?
剥我身上帛,夺我口中粟。
虐人害物即豺狼,何必钩爪锯牙食人肉!
不知何人奏皇帝,帝心恻隐知人弊。
白麻纸上书德音,京畿尽放今秋税。
昨日里胥方到门,手持敕牒榜乡村。
十家租税九家毕,虚受吾君蠲免恩。

第五章 中晚唐时期诗歌的发展与创作研究

诗歌描写长安附近一户自耕农的遭遇,揭露统治者征敛如豺狼般残酷的事实。全诗有两大层意思,第一层从开头到"九月降霜秋早寒,禾穗未熟皆青干",即自然灾害;第二层为余下内容,即人为的灾祸。诗的重点在于第二层,指出官僚制度的黑暗与腐败,横征暴敛,巧取豪夺。

再如《红线毯》:

"忧蚕桑之费也":
红线毯,择茧缲丝清水煮,拣丝练线红蓝染。
染为红线红于蓝,织作披香殿上毯。
披香殿广十丈馀,红线织成可殿铺。
彩丝茸茸香拂拂,线软花虚不胜物。
美人踏上歌舞来,罗袜绣鞋随步没。
太原毯涩毳缕硬,蜀都褥薄锦花冷。
不如此毯温且柔,年年十月来宣州。
宣州太守加样织,自谓为臣能竭力。
百夫同担进宫中,线厚丝多卷不得。
宣城太守知不知?一丈毯,千两丝。
地不知寒人要暖,少夺人衣作地衣!

诗中对统治者的奢侈享乐进行了抨击,对中唐危害日重的贡奉弊政进行了揭露。在诗末作者抑制不住内心激愤,直接抒情议论,结尾运用对比,极为精辟感人。

白居易的讽喻诗中还有展现对妇女悲惨命运的同情,如《上阳白发人》:

上阳人,红颜暗老白发新。
绿衣监使守宫门,一闭上阳多少春。
玄宗末岁初选入,入时十六今六十。
同时采择百余人,零落年深残此身。
忆昔吞悲别亲族,扶入车中不教哭。
皆云入内便承恩,脸似芙蓉胸似玉。
未容君王得见面,已被杨妃遥侧目。
妒令潜配上阳宫,一生遂向空房宿。
宿空房,秋夜长,夜长无寐天不明。
耿耿残灯背壁影,萧萧暗雨打窗声。
春日迟,日迟独坐天难暮。
宫莺百啭愁厌闻,梁燕双栖老休妒。

莺归燕去长悄然,春往秋来不记年。
唯向深宫望明月,东西四五百回圆。
今日宫中年最老,大家遥赐尚书号。
小头鞋履窄衣裳,青黛点眉眉细长。
外人不见见应笑,天宝末年时世妆。
上阳人,苦最多。
少亦苦,老亦苦,少苦老苦两如何。
君不见昔时吕向美人赋,又不见今日上阳白发歌!

在这首诗中,诗人选取一个终身被禁锢的宫女为典型,细致描写了她从十六岁进宫直到六十岁,一生被幽禁在冷宫中的悲惨遭遇。诗人最后发出了"上阳人,苦最多"的感叹,表露出了对宫女不幸命运的深切同情。

又如《母子别》:

母别子,子别母,白日无光哭声苦。
关西骠骑大将军,去年破虏新策勋。
敕赐金钱二百万,洛阳迎得如花人。
新人迎来旧人弃,掌上莲花眼中刺。
迎新弃旧未足悲,悲在君家留两儿。
一始扶行一初坐,坐啼行哭牵人衣。
以汝夫妇新嬉婉,使我母子生别离。
不如林中乌与鹊,母不失雏雄伴雌。
应似园中桃李树,花落随风子在枝。
新人新人听我语,洛阳无限红楼女。
但愿将军重立功,更有新人胜于汝。

这首诗写了一位立功的将军受皇上赏赐后,抛弃自己的原配夫人另娶新妇,而在新妇进门时,被抛弃的女子正在和自己的孩子痛哭相别的故事。这是一幅令人愤慨的场景,大将军喜新厌旧的行为在当时社会是十分常见的,当时社会中的女子是男人的附属,常常像一件物品一样被丢弃,社会也不会谴责这种卑劣的行为,女子的痛苦得不到一点安慰。在这首诗中,白居易深切地反映了自己对妇女悲惨命运的同情。

白居易在闲适诗中也有一些好的篇章,如《赋得古原草送别》:

离离原上草,一岁一枯荣。
野火烧不尽,春风吹又生。

第五章　中晚唐时期诗歌的发展与创作研究

远芳侵古道,晴翠接荒城。
又送王孙去,萋萋满别情。

全诗通过对生生不息的野草的描绘,抒发了对友人依依不舍的感情。全诗工整流畅,字字含情,清新而廓大,别具一格,是闲适诗中的佳作。

白居易的感伤诗以《长恨歌》和《琵琶行》为代表。白居易自己解释说:"事物牵于外,情理动于内,随感遇而形于歌咏者",谓之感伤诗。

《长恨歌》描写的是唐明皇李隆基与杨贵妃的爱情故事:

汉皇重色思倾国,御宇多年求不得。
杨家有女初长成,养在深闺人未识。
天生丽质难自弃,一朝选在君王侧。
回眸一笑百媚生,六宫粉黛无颜色。
春寒赐浴华清池,温泉水滑洗凝脂。
侍儿扶起娇无力,始是新承恩泽时。
云鬓花颜金步摇,芙蓉帐暖度春宵。
春宵苦短日高起,从此君王不早朝。
承欢侍宴无闲暇,春从春游夜专夜。
后宫佳丽三千人,三千宠爱在一身。
金屋妆成娇侍夜,玉楼宴罢醉和春。
姊妹弟兄皆列土,可怜光彩生门户。
遂令天下父母心,不重生男重生女。
骊宫高处入青云,仙乐风飘处处闻。
……

《长恨歌》的前半部分写唐玄宗荒淫误国,造成安史之乱,在逃难途中又迫使杨贵妃死在军前,这是长恨之因。诗的后半部分,写唐玄宗对杨贵妃的相思,由揭露、批评和讽刺,转为歌颂他们专一的爱情,表现了诗人对帝王悲剧的同情。

《琵琶行》通过写琵琶女生活的不幸,融入诗人自己的身世之感,唱出了"同是天涯沦落人,相逢何必曾相识"的心声:

……
寻声暗问弹者谁,琵琶声停欲语迟。
移船相近邀相见,添酒回灯重开宴。
千呼万唤始出来,犹抱琵琶半遮面。

转轴拨弦三两声,未成曲调先有情。
　　弦弦掩抑声声思,似诉平生不得意。
　　低眉信手续续弹,说尽心中无限事。
　　轻拢慢捻抹复挑,初为《霓裳》后《绿腰》。
　　大弦嘈嘈如急雨,小弦切切如私语。
　　嘈嘈切切错杂弹,大珠小珠落玉盘。
　　间关莺语花底滑,幽咽泉流冰下难。
　　冰泉冷涩弦凝绝,凝绝不通声暂歇。
　　别有幽愁暗恨生,此时无声胜有声。
　　银瓶乍破水浆迸,铁骑突出刀枪鸣。
　　曲终收拨当心画,四弦一声如裂帛。
　　东舟西舫悄无言,唯见江心秋月白。
　　……

　　《琵琶行》是诗人被贬为江州司马时写的。这首诗写他在浔阳江畔给朋友送别时,遇到一个歌女,听了她弹奏的琵音,对她高超的艺术才能非常赞赏,同时,对她的不幸遭遇深为同情。诗人联系自己在政治上的失意,抒发了自己的愤慨,揭露了社会的黑暗。

　　白居易的杂律诗中多写景抒情,或寄托山水,或传达思理,如《暮江吟》:

　　一道残阳铺水中,半江瑟瑟半江红。
　　可怜九月初三夜,露似珍珠月似弓。

　　这首诗构思精妙,结合了大自然中的两幅幽美的画面。前两句写的是夕阳西下,晚霞倒映在江面的绚丽景象;后两句则展现了弯月初升,夜色朦胧似珍珠的美景。诗人将这两幅美景结合起来,意境高远,再加上诗人新颖巧妙的比喻,使景色倍显生动,展现了一幅绝妙的画卷,表达了诗人对大自然的热爱。

　　总体来说,白居易是一位对中国古代诗歌发展和流传做出了重要贡献的大作家。他继承和发展了《诗经》、汉乐府民歌以来的诗歌艺术写实和社会批判的优秀传统,并对晚唐乃至后代诗歌产生了深远的影响。

三、李绅的诗歌

　　李绅(772—846),字公垂,祖籍亳州谯县(今安徽亳县)。元和元年(806)进士。历官校书郎、国子助教、翰林学士等职。会昌二年(842)曾拜

第五章　中晚唐时期诗歌的发展与创作研究

相,后出为淮南节度使。晚年曾自编其诗集为《追昔游诗》,其中很多是追叙生平遭遇之作,以寄寓怀旧之情和兴衰之感。《全唐诗》录《追昔游诗》三卷,《杂诗》一卷,合为四卷。

李绅是最早用"新题乐府"标题进行创作的诗人。元稹《和李校书新题乐府十二首序》说:"予友李公垂,贶予乐府新题二十首,雅有所谓,不虚为文。"但这二十首诗已失传。今存《古风》二首(一作《悯农》),是传诵人口的名作:

其一
春种一粒粟,秋收万颗子。
四海无闲田,农夫犹饿死。
其二
锄禾日当午,汗滴禾下土。
谁知盘中餐,粒粒皆辛苦。

前一首诗反映的封建社会的根本矛盾和后一首诗揭示的悯农惜粮的生活真理,被表现得如此朴素鲜明,又如此精警深刻,不愧为唐诗中不朽的珍品。作为封建士大夫,能这样体会和同情农民的劳动与痛苦,是难能可贵的。

四、张籍的诗歌

张籍(766—830),字文昌,和州乌江(今安徽和县乌江镇)人。贞元十五年(799)进士,至元和元年(806)始任九品太常寺太祝,十年未迁。长庆元年(821)韩愈荐为国子博士,后迁国子司业。有《张司业集》八卷,存诗四百五十多首,《全唐诗》录其诗为五卷。

张籍是自觉继承《诗经》关心时政、反映现实的传统进行创作的。他的乐府诗,或旧曲新声,或新题时事,都是有所为而作。例如《董逃行》:

洛阳城头火瞳瞳,乱兵烧我天子宫。
宫城南面有深山,尽将老幼藏其间。
重岩为屋橡为食,丁男夜行候消息。
闻道官军犹掠人,旧里如今归未得。
董逃行,汉家几时重太平。

在这首诗中,张籍借东汉末年董卓之乱影射建中四年(783)的朱泚之乱,不但揭露作乱的叛军,而且谴责官军的罪行:"闻道官军犹掠人,旧里如今归未得。"

而在《永嘉行》中,他又借西晋永嘉之乱,描写当时藩镇拥兵自重、中央政权脆弱的严重局面:

> 黄头鲜卑入洛阳,胡儿执戟升明堂。
> 晋家天子作降虏,公卿奔走如牛羊。
> 紫陌旌幡暗相触,家家鸡犬惊上屋。
> 妇人出门随乱兵,夫死眼前不敢哭。
> 九州诸侯自顾土,无人领兵来护主。
> 北人避胡多在南,南人至今能晋语。

《野老歌》一诗更从广阔的角度展现了社会的不平和不公:

> 老农家贫在山住,耕种山田三四亩。
> 苗疏税多不得食,输入官仓化为土。
> 岁暮锄犁傍空室,呼儿登山收橡实。
> 西江贾客珠百斛,船中养犬长食肉。

"农贫商高"的对照其实并非作品的主旨,野老家贫的原因在于统治者以赋敛苛农,这才是诗中社会不平现象的实质。

以"俗言俗事入诗"是张籍诗歌的突出特点。一些普通的民间小事、风俗民情,都被他描写得绰有情致,如"江村亥日长为市,落帆度桥来浦里"的江南水乡(《江南曲》),"白练束腰袖半卷,不插玉钗妆梳浅"的采莲女子(《采莲曲》)。他尤其善于从这些世俗俚浅事中发现和发掘其蕴含的社会意义,于艺术写实中自然显示讽喻意旨。如《牧童词》:

> 远牧牛,绕村四面禾黍稠。
> 陂中饥鸟啄牛背,令我不得戏垄头。
> 入陂草多牛散行,白犊时向芦中鸣。
> 隔堤吹叶应同伴,还鼓长鞭三四声。
> 牛牛食草莫相触,官家截尔头上角。

这首诗展现了饶有情趣的牧牛生活和天真烂漫的儿童世界,可是结尾牧童对牛的两句吆喝之词,却给明朗的画面抹上了一层阴云。从而让人们看到在这些仿佛无忧无虑的孩子心灵中埋藏着多么深的对官府横暴的恐惧。

张籍的乐府诗善于提炼情节和语言,常深入浅出,出神入化。如《节妇吟》中的"还君明珠双泪垂,恨不相逢未嫁时";《洛阳行》中的"陌上老翁双泪垂,共说武丘巡幸事"等。张籍的一些抒情小诗也写得清新自然、情意深厚,如《秋思》:"洛阳城里见秋风,欲作家书意万重。复恐匆匆说不尽,行人临发又开封。"

总体来说,张籍的写实讽喻诗开启了中唐讽喻诗的大门,使得更多的诗人开始直面社会,用诗作反映社会,这也体现了诗人对家国、社会的关心,体现了中唐时期诗人的理性回归。

五、王建的诗歌

王建(766?—?),颖川(今河南许昌市)人,出身寒微,曾任县丞、太府寺丞等小官、闲官,大和年间,官终陕州司马。有《王司马集》。

王建与张籍诗风近似,所作古题乐府约30首,新题乐府175首,其中有不少描写人们日常生活的,如《田家行》:

男声欣欣女颜悦,人家不怨言语别。
五月虽热麦风清,檐头索索缲车鸣。
野蚕作茧人不取,叶间扑扑秋蛾生。
麦收上场绢在轴,的知输得官家足。
不望入口复上身,且免向城卖黄犊。
回家衣食无厚薄,不见县门身即乐。

诗歌用质朴自然的语言,真切地表现了农民"田家衣食无厚薄,不见县门身即乐"这一微薄的愿望。

又如《水夫谣》:

苦哉生长当驿边,官家使我牵驿船。
辛苦日多乐日少,水宿沙行如海鸟。
逆风上水万斛重,前驿迢迢后森森。
半夜缘堤雪和雨,受他驱遣还复去。
夜寒衣湿披短蓑,臆穿足裂忍痛何!
到明辛苦无处说,齐声腾踏牵船歌。
一间茅屋何所值,父母之乡去不得。
我愿此水作平田,长使水夫不怨天。

全诗通过一个"官家使我牵驿船"的水夫的独白,生动细腻地描写了他

"辛苦日多乐日少"的生活,将一个水夫的痛苦生活刻画得栩栩如生,控诉了当时不合理的劳役制度。

王建的乐府诗比较注意学习和吸收民歌的特点,语言显得更通俗浅近,有的富有民歌谣谚的色彩,如《望夫石》:

> 望夫处,江悠悠。
> 化为石,不回头。
> 山头日日风复雨,行人归来石应语。

这是一首根据古老的民间传说"望夫石"写成的抒情小诗。全诗语言平淡质朴,却蕴含着丰富的内容。诗人只描写了一个有包孕的片段的景物和自己一刹那间的感受,借助想象突出爱情之坚贞,尤其动人心魄。

又如《当窗织》:

> 叹息复叹息,园中有枣行人食。
> 贫家女为富家织,翁母隔墙不得力。
> 水寒手涩丝脆断,续来续去心肠烂。
> 草虫促促机下鸣,两日催成一匹半。
> 输官上顶有零落,姑未得衣身不着。
> 当窗却羡青楼倡,十指不动衣盈箱。

全诗通过描写一位为"富家织"的"贫家女"的遭遇,用对比反衬织女之辛苦,揭露了当时劳者不获、获者不劳的社会现实。

第三节 崇尚雄奇怪美的韩孟诗派及其主张

韩愈是一位富有才力和创造性的开派大家。贞元元和年间,他和孟郊一起在李杜高踞盛唐峰巅、后代诗人难乎为继的情况下,以奇险力矫大历以来诗风的平庸,开拓了诗歌创作的新路。追随和受其影响的诗人有李贺、贾岛、卢全、马异、刘叉等人,文学史上称为"韩孟诗派"。这一诗派在内容上重视主观感受的传达,在形式上他们追求创新出奇,在创作态度上他们讲究炫才或苦吟,而较少抱以美刺干世的目的,他们注重相互欣赏,而不注重社会接受。这是一群执着于艺术创造和审美奇趣的诗人。他们的创作各有得失,但都对诗歌发展做出了特殊的贡献,并对后代产生了影响。

第五章　中晚唐时期诗歌的发展与创作研究

一、韩愈的诗歌

韩愈(768—824),字退之,河阳(今河南孟州市)人,自称郡望昌黎。3岁丧父,由兄嫂抚养,应进士试三次不第。贞元八年(792)中进士后又三试博学宏词科不中。贞元十九年(803)任监察御史,因上奏天旱人饥状,被贬连州阳山令。后升迁至刑部侍郎,又因上《谏佛骨表》再次被贬为潮州刺史。官终史部侍郎。死谥"文"。

韩愈死后,其门人李汉编《昌黎先生集》四十一卷,外集十卷为宋人所辑。后朱熹曾作《韩文考异》。南宋末王伯大再编定为《朱文公校昌黎先生集》四十卷,外集十卷,遗文一卷,今《四部丛刊》本即其翻刻本。韩集的注释本较多,较早有南宋魏怀忠《五百家音注辨昌黎先生文集》,廖莹中世彩堂本《昌黎先生集》等。诗集单行注本,有清代顾嗣立《昌黎先生诗集注》十一卷,方世举《韩昌黎诗编年笺注》十二卷,其中方注后出转精。近代以后的韩集注本,有马其昶《韩昌黎文集校注》、钱仲联《韩昌黎诗系年集释》、童第德《韩集校诠》和屈守元、常思春《韩愈全集校诠》等,汇聚前人成果,较有价值。

韩愈是中国古代文化名人,他在思想史和文学史上都有重要的地位。就文学的成就说,韩愈的最大贡献在散文方面,他是中国古代散文巨匠,同时,他也是有创造性的大诗人。韩愈主要是以文为诗,借鉴散文的技巧融入诗歌创作中,如《八月十五夜赠张功曹》:

纤云四卷天无河,清风吹空月舒波。
沙平水息声影绝,一杯相属君当歌。
君歌声酸辞正苦,不能听终泪如雨。
洞庭连天九疑高,蛟龙出没猩鼯号。
十生九死到官所,幽居默默如藏逃。
下床畏蛇食畏药,海气湿蛰熏腥臊。
昨者州前捶大鼓,嗣皇继圣登夔皋。
赦书一日行千里,罪从大辟皆除死。
迁者追回流者还,涤瑕荡垢清朝班。
州家申名使家抑,坎轲只得移荆蛮。
判司卑官不堪说,未免捶楚尘埃间。
同时辈流多上道,天路幽险难追攀。
君歌且休听我歌,我歌今与君殊科。

> 一年明月今宵多,人生由命非由他,
> 有酒不饮奈明何。

这首诗以赋、散文为诗典范,其中赋、散文的铺陈手法与诗的比兴的手法相结合,使之呈现出了"铺张宏丽"的博大境界。诗歌的前四句写景开篇,中间二十句铺写张署的歌辞,最后五句为诗人的劝辞。在诗中,本欲赠张署的歌辞却让被赠者以过半的篇幅纵情歌唱,这正是古文章法中"反客为主"的技巧。全诗多换韵,韵脚灵活,音节起伏变化,使诗歌既雄浑恣肆又宛转流畅。

韩愈的有些诗歌是沿用盛唐诗歌艺术风格写的,如《早春呈水部张十八员外》:

> 天街小雨润如酥,草色遥看近却无。
> 最是一年春好处,绝胜烟柳满皇都。

这首诗以极其简朴的语言,描绘了早春的独特景色。首句用"润如酥"来形容初春小雨的细滑润泽。接下来的一句"草色遥看近却无"是全诗的绝妙之笔,被雨沾染过的小草朦朦胧胧,远远看去似有似无,像是一幅绝妙的水墨画。最后两句是对初春景色的赞美。全诗构思新颖,刻画细腻,风格清新自然,以寥寥数笔将早春的自然美高度概括出来。

韩愈还有些诗歌是有意求新的,即一般所谓的追求险怪的诗歌。如《南山诗》:

> 吾闻京城南,兹维群山囿。
> 东西两际海,巨细难悉究。
> 山经及地志,茫昧非受授。
> 团辞试提挈,挂一念万漏。
> 欲休谅不能,粗叙所经觏。
> 尝升崇丘望,戢戢见相凑。
> 晴明出棱角,缕脉碎分绣。
> 蒸岚相澒洞,表里忽通透。
> 无风自飘簸,融液煦柔茂。
> 横云时平凝,点点露数岫。
> 天空浮脩眉,浓绿画新就。
> 孤撑有巉绝,海浴褰鹏噣。
> 春阳潜沮洳,濯濯吐深秀。

第五章　中晚唐时期诗歌的发展与创作研究

岩峦虽嵂崒,软弱类含酎。
夏炎百木盛,荫郁增埋覆。
神灵日歊歔,云气争结构。
秋霜喜刻轹,磔卓立癯瘦。
参差相叠重,刚耿陵宇宙。
冬行虽幽墨,冰雪工琢镂。
新曦照危峨,亿丈恒高袤。
明昏无停态,顷刻异状候。
西南雄太白,突起莫间篨。
藩都配德运,分宅占丁戊。
逍遥越坤位,诋讦陷乾窦。
空虚寒兢兢,风气较搜漱。
……

这首诗在铺写南山时,一连用了51个"或"字句,用铺陈、排比、比喻的手法把层峦叠翠的南山突现在人们面前。为了追求怪奇,他有意打破诗的对称的结构、回环的节奏、整饬的韵律、五七言基本句式的音顿。

又如《月蚀诗效玉川子作》:

元和庚寅斗插子,月十四日三更中。森森万木夜僵立,
寒气屓奰顽无风。月形如白盘,完完上天东。
忽然有物来啖之,不知是何虫。如何至神物,遭此狼狈凶。
星如撒沙出,攒集争强雄。油灯不照席,
是夕吐焰如长虹。玉川子,涕泗下,中庭独行。
念此日月者,为天之眼睛。此犹不自保,吾道何由行。
尝闻古老言,疑是虾蟆精。径圆千里纳女腹,
何处养女百丑形。把沙脚手钝,谁使女解缘青冥。
黄帝有四目,帝舜重其明。今天只两目,何故许食使偏盲。
尧呼大水浸十日,不惜万国赤子鱼头生。女于此时若食日,
虽食八九无嚄名。赤龙黑鸟烧口热,
翎鬣倒侧相搪撑。婪酣大肚遭一饱,饥肠彻死无由鸣。
后时食月罪当死,天罗磕匝何处逃汝刑。
玉川子立于庭而言曰:地行贱臣仝,再拜敢告上天公。
臣有一寸刃,可剬凶蟆肠。无梯可上天,天阶无由有臣踪。
寄笺东南风,天门西北祈风通。丁宁附耳莫漏泄,
薄命正值飞廉慵。东方青色龙,牙角何呀呀。从官百余座,

嚼啜烦官家。月蚀汝不知,安用为龙窟天河。赤鸟司南方,
尾秃翅觰沙。月蚀于汝头,汝口开呀呀。虾蟆掠汝两吻过,
忍学省事不以汝觜啄虾蟆。於菟蹲于西,旗旄卫毰⑥。
既从白帝祠,又食于蜡礼有加。忍令月被恶物食,
柱于汝口插齿牙。乌龟怯奸,怕寒缩颈,以壳自遮。
终令夸娥抉汝出,卜师烧锥钻灼满板如星罗。此外内外官,
琐细不足科。臣请悉扫除,慎勿许语令啾哗。
并光全耀归我月,盲眼镜净无纤瑕。弊蛙拘送主府官,
帝箸下腹尝其膰。依前使兔操杵臼,玉阶桂树闲婆娑。
姮娥还宫室,太阳有室家。天虽高,耳属地。感臣赤心,
使臣知意。虽无明言,潜喻厥旨。有气有形,皆吾赤子。
虽忿大伤,忍杀孩稚。还汝月明,安行于次。尽释众罪,
以蛙磔死。

这首诗更是句式参差不齐,有三言、四言、五言、六言、七言、九言、十一言不等,甚至有"玉川子立于庭而言曰"这样的散文句子。他还喜欢用古拗的字,难认的字,故意把诗写得很拗口。韩愈这些诗歌的"怪"也体现在他的艺术塑造上,他喜欢写光怪陆离的景象,喜欢描写牛鬼蛇神,也喜欢所谓带着狠重奇险的东西,意象构思奇异。如《和虞部卢四酬翰林钱七赤藤杖歌》中写赤藤杖:"共传滇神出水献,赤龙拔须血淋漓。又云羲和操火鞭,暝到西极睡所遗。"一根静止的无生命的赤藤杖,诗人竟然幻化出如赤龙拔须、羲和操鞭那样神异的景象。

韩愈的诗歌具有劲拔险拗的语言韵律,如《谒衡岳庙遂宿岳寺题门楼》:

五岳祭秩皆三公,四方环镇嵩当中。
火维地荒足妖怪,天假神柄专其雄。
喷云泄雾藏半腹,虽有绝顶谁能穷?
我来正逢秋雨节,阴气晦昧无清风。
潜心默祷若有应,岂非正直能感通!
须臾静扫众峰出,仰见突兀撑青空。
紫盖连延接天柱,石廪腾掷堆祝融。
森然魄动下马拜,松柏一径趋灵宫。
粉墙丹柱动光彩,鬼物图画填青红。
升阶伛偻荐脯酒,欲以菲薄明其衷。
庙令老人识神意,睢盱侦伺能鞠躬。
手持杯珓导我掷,云此最吉余难同。

第五章　中晚唐时期诗歌的发展与创作研究

窜逐蛮荒幸不死,衣食才足甘长终。
侯王将相望久绝,神纵欲福难为功。
夜投佛寺上高阁,星月掩映云瞳昽。
猿鸣钟动不知曙,杲杲寒日生于东。

这首诗充分显示了韩愈诗歌语言的劲拔险拗特色。整首诗意境奇特,能在极其世俗之处显示出豁达的神情。诗中掺杂鬼物神妖,意境雄怪,采用情景交替、夹叙夹议的章法,力图使全诗像游记文一样具体详尽、有头有尾地反映出谒衡岳庙的全过程,以及游者曲折微妙的心理变化,抒发了诗人对现实的深沉感慨。

韩愈以上的这些诗歌,可以说表现出了他的特色,但并不代表他诗歌的主要成就。在韩愈的诗歌中,最好的是那些"文从字顺"而又充满创新精神的诗歌,其代表作是《山石》:

山石荦确行径微,黄昏到寺蝙蝠飞。
升堂坐阶新雨足,芭蕉叶大栀子肥。
僧言古壁佛画好,以火来照所见稀。
铺床拂席置羹饭,疏粝亦足饱我饥。
夜深静卧百虫绝,清月出岭光入扉。
天明独去无道路,出入高下穷烟霏。
山红涧碧纷烂漫,时见松枥皆十围。
当流赤足踏涧石,水声激激风吹衣。
人生如此自可乐,岂必局束为人鞿?
嗟哉吾党二三子,安得至老不更归。

这首诗记载了诗人游山的全过程,描绘了一幅令人心旷神怡的初夏山景图,抒发了诗人在现实中不得自由的愤懑,也表现了对自然的向往。整首诗既有浓郁的诗意,同时又写得具体、真切。

总体来说,韩愈一生具有很强的是非观念,且性格木讷刚直,这也使他在步入仕途后,屡遭打击,也因为这些打击,使得韩愈的诗歌呈现出一种怨愤郁躁、情激调变的怪奇特征。

二、孟郊的诗歌

孟郊(751—814),字东野,湖州武康(今浙江德清)人。祖籍平昌(今山东临邑东北),先世居洛阳。父早死,又值中原战乱,长期过着漂泊的生活。

屡试不中,贞元十二年(796)才中进士,51岁时授溧阳尉。死后张籍私谥为"贞曜先生"。有《孟东野诗集》十卷,为北宋宋敏求所编。流行本有《四部丛刊》影印的明弘治本及《四部备要》据明刻排印本。《全唐诗》编其诗为十卷。

孟郊出身贫寒,性格孤解耿介,一生潦倒失意,晚年还遭到连丧三子的巨大不幸。他的诗"多伤不遇""思苦奇涩"(《新唐书·孟郊传》)。他在诗中较多地描写了自己以及其他不幸者的穷苦生活,更重要的是倾吐了一个不合于世的正直文士对人生的痛苦认识和孤寂感受。这两方面的出色描写,使孟郊的诗引起了后代广泛的共鸣。

由于有切身体验,他对穷愁者肉体和精神苦难的描写往往能刻画入骨,如《寒地百姓吟》:

无火炙地眠,半夜皆立号。
冷箭何处来,棘针风骚骚。
霜吹破四壁,苦痛不可逃。
高堂挝钟饮,到晓闻烹炮。
寒者愿为蛾,烧死彼华膏。
华膏隔仙罗,虚绕千万遭。
到头落地死,踏地为游遨。
游遨者是谁?君子为郁陶!

诗中贫富对立的社会现实被表现得触目惊心,而夸张、变形的描写和新奇的想象又带有诗人主观艺术感受的鲜明烙印。

孟郊诗多写人生感受,尤其是对险恶世情的愤懑,如"食荠肠亦苦,强歌声无欢。出门即有碍,谁谓天地宽?"(《赠别崔纯亮》)"太行耸巍峨,是天产不平。黄河奔浊浪,是天生不清。"(《自叹》)这些诗,虽没有具体指陈对象,但都反映了普遍存在的不合理的社会现实,是诗人独特而又具有典型意义的"不平之鸣"。

孟郊是比较注意描写民生疾苦和社会疮痍的。他的《长安早春》《贫女词》《织妇辞》《病客吟》《感怀》等诗,或揭露剥削,或讽刺权贵,或忧虑时局,都富有现实意义,同时又在社会写实中流露出诗人"清奇僻苦"(张为《诗人主客图》)的主体感受。

孟郊是位刻意于艺术创造的诗人。他的诗以追求奇险受到韩愈推崇。孟郊的奇,首先表现在造境别开生面,思新意奇,但又不脱离生活实际感受。如:写穷愁的"借车载家具,家具少于车"(《借车》);写景物的"南山塞天地,日月石上生"(《游终南山》)等,都是以平常语写新奇境的名句。其次,孟郊善于精思巧练,以奇语奇句创造奇境。他很少像韩愈那样以文为诗,而是功

第五章 中晚唐时期诗歌的发展与创作研究

夫用在深处细处。如：写穷愁的"瘦坐形欲折，腹饥心将崩"(《秋怀》)；写世情的"道路如抽茧，宛转羁肠縻"(《出东门》)；写景物的"舟行素冰折，声作青瑶嘶"(《寒溪》)等，都可见着意苦吟的痕迹。

在诗体上，孟郊也独有所好。他专写古诗，把写古体作为自己崇古道求古心，并有意矫正中唐前期虚华纤弱诗风的一种手段。他是写乐府五古的能手。这些诗语言平易，情感深厚，风格朴实。如《游子吟》：

慈母手中线，游子身上衣。
临行密密缝，意恐迟迟归。
谁言寸草心，报得三春晖。

这首诗用简单白描的手法，通过慈母缝衣送别的典型情景表现了母爱的崇高，是中国古代诗歌中流传最广的作品之一。最后两句用比兴的手法表达了诗人对慈母发自肺腑的热爱，真挚感人。

又如《古离别》：

松山云缭绕，萍路水分离。
云去有归日，水分无合时。
春芳役双眼，春色柔四支。
杨柳织别愁，千条万条丝。

这首诗语言平易，情感深厚，风格朴实，表现了孟郊风格的另一面。

孟郊的诗在当时和后世都有影响。李肇《唐国史补》说，元和以后，"学矫激于孟郊"。唐末张为作《诗人主客图》，以孟郊为"清奇僻苦主"。宋诗人梅尧臣、谢翱，清诗人胡天游、江缇、许承尧等均受到他的影响。

三、李贺的诗歌

李贺(790—816)，字长吉，世称李长吉、鬼才、诗鬼等，生于福昌昌谷(今河南宜阳)，成名甚早，少年时代即"以长短之制名动京华"(王定保《唐摭言》)。家族败落，家境贫寒，让他的人生充满了沉重的失落感和屈辱感。自幼体质羸弱，交游不广、朋友也不多，所以在诗歌方面很少有赠答诗、唱和诗。因其父名李晋肃与"进士"音近，便以有讳父名而不得参加进士考试，一生中也只做了个从九品的奉礼郎，不久即托疾辞归，卒于故里。

李贺是一个在想象力上可以与李白相比的天才诗人。但李白身处盛唐，有积极奋发的精神；李贺处于中晚唐之交，这种精神自然没有了。在现实中,李贺多有挫折,又身心多病,他的想象和幻想向另一方向发挥,于是描写鬼神幻景,成了李贺诗歌中最有特色的一个部分。如《金铜仙人辞汉歌》:

> 茂陵刘郎秋风客,夜闻马嘶晓无迹。
> 画栏桂树悬秋香,三十六宫土花碧。
> 魏官牵车指千里,东关酸风射眸子。
> 空将汉月出宫门,忆君清泪如铅水。
> 衰兰送客咸阳道,天若有情天亦老。
> 携盘独出月荒凉,渭城已远波声小。

这首诗可能作于他辞奉礼郎,离京赴洛阳之时。诗中金铜仙人迁离故土的悲哀,实际上是借此寄托诗人自己的"宗臣去国之思"。

又如《梦天》:

> 老兔寒蟾泣天色,云楼半开壁斜白。
> 玉轮轧露湿团光,鸾佩相逢桂香陌。
> 黄尘清水三山下,更变千年如走马。
> 遥望齐州九点烟,一泓海水杯中泻。

这连篇的梦话反映了诗人美好的憧憬。月光如水,天色澄明,却是老兔寒蟾泣成。云楼半开,楼壁斜白,神似白玉楼。玉轮沾露水,鸾珮仙女。从天上俯视人寰,三山之下,沧海桑田,千年一瞬。九州之广,四海之阔,而自天上视之,也不过是点烟杯水而已。

由于仕途失意,终生郁郁不得志,所以他总在诗歌中表达自己怀才不遇的苦痛,如《致酒行》:

> 零落栖迟一杯酒,主人奉觞客长寿。
> 主父西游困不归,家人折断门前柳。
> 吾闻马周昔作新丰客,天荒地老无人识。
> 空将笺上两行书,直犯龙颜请恩泽。
> 我有迷魂招不得,雄鸡一声天下白。
> 少年心事当拏云,谁念幽寒坐呜呃。

这首诗以抒情为主,前四句写作客的情形和潦倒自伤的心情。中间四句,诗人由自伤转为自负和自勉,引汉代名士主父偃和唐代名士马周自比:有主父偃的不幸,却没有马周的机遇。后四句,诗人又由自负和自勉转为自伤,感慨自己冷落寂寞的处境。全诗运用主客对白的方式,不作平直叙写,

第五章 中晚唐时期诗歌的发展与创作研究

三层意思转折跌宕,沉郁顿挫。

又如《秋来》:

> 桐风惊心壮士苦,衰灯络纬啼寒素。
> 谁看青简一编书,不遣花虫粉空蠹?
> 思牵今夜肠应直,雨冷香魂吊书客。
> 秋坟鬼唱鲍家诗,恨血千年土中碧!

吹落桐叶的秋风,灯下啼鸣的秋虫,都使他感到时光的流逝和壮志的消磨。苦心创作,无人问津,徒然饱蠹虫之腹,孤苦的诗人只能得到"恨血千年"的凄怨鬼魂的共鸣。他用各种形式来抒发、表现自己的苦闷。

此外,李贺对冷艳凄迷的意象有着特殊的偏爱,并大量使用"泣""啼"等字词使其感情化,由此构成极具悲感色彩的意象群。如《将进酒》:

> 琉璃钟,琥珀浓,小槽酒滴真珠红。
> 烹龙炮凤玉脂泣,罗帏绣幕围香风。
> 吹龙笛,击鼍鼓,皓齿歌,细腰舞。
> 况是青春日将暮,桃花乱落如红雨。
> 劝君终日酩酊醉,酒不到刘伶坟上土!

诗歌写宴饮的酒具和酒色是"琉璃钟,琥珀浓,小槽酒滴真珠红"。琉璃、琥珀,色泽已十分晶莹瑰丽了,更益之以"真珠红"酒的色感,一下将瑰丽的色泽推向极端。诗中写由美人歌舞而联想到的情景是"况是青春日将暮,桃花乱落如红雨"。将"桃花乱落"与"红雨"乱落两种不同的景象绾合在一起,营造出同一色彩叠加而成的"落红"意象,借以表现诗人对青春将暮的哀感,甚为贴切传神。

又如《长平箭头歌》:

> 漆灰骨末丹水沙,凄凄古血生铜花。
> 白翎金竿雨中尽,直余三脊残狼牙。
> 我寻平原乘两马,驿东石田蒿坞下。
> 风长日短星萧萧,黑旗云湿悬空夜。
> 左魂右魄啼肌瘦,酪瓶倒尽将羊炙。
> 虫栖雁病芦笋红,回风送客吹阴火。
> 访古丸澜收断镞,折锋赤鬣曾封肉。
> 南陌东城马上儿,劝我将金换簝竹。

诗歌写一支久埋地下又沾人血的古铜箭头是"漆灰骨末丹水砂,凄凄古血生铜花"。黑处如漆灰,白处如骨末,红处如丹砂,而凄凄古血经蚀变竟生出斑驳的"铜花"！设色奇绝,涉想亦奇绝。

李贺作诗用词追求峭奇。为了传达细腻的感觉,他极力渲染对象的色彩和情态。写绿,有"寒绿""颓绿""丝绿""凝绿""静绿"。写红,有"笑红""冷红""愁红""老红"。如《雁门太守行》：

> 黑云压城城欲摧,甲光向日金鳞开。
> 角声满天秋色里,塞上燕脂凝夜紫。
> 半卷红旗临易水,霜重鼓寒声不起。
> 报君黄金台上意,提携玉龙为君死。

诗中的"黑云""甲光""金鳞""秋色""燕脂""夜紫""红旗""玉龙"等一系列变幻莫测的光与色组成了这幅战场的图画,真让人眼花缭乱,目不暇接。

总体来说,李贺的诗歌除了韩孟诗派的雄奇险怪之风,还带有明显的幽丽色彩和浪漫色彩。这些主要体现在他的诗歌设想恢奇,用词新颖,造句警人等方面。而他在创作中,善用精选词语,驰骋想象,结撰奇观,创作出了许多令人赞叹的诗篇。

四、贾岛的诗歌

贾岛(779—843),字浪仙,一作阆仙,范阳(今北京附近)人。出身于布衣之家。早年曾为僧,法名无本。元和间,以诗谒韩愈,深得赏识。还俗应试屡不中。后曾任遂州长江县(治所在今四川蓬溪县西)主簿、普州司仓参军等低级官职。有《长江集》十卷。《全唐诗》编其诗为四卷。

贾岛也是以诗歌为自己的生命,以苦吟为创作旨趣的诗人。贾岛是孟郊的晚辈,诗学孟郊的清苦。他曾因科举下第,有过愤激和不平："十年磨一剑,霜刃未曾试。今日把示君,谁有不平事？"(《剑客》)也曾尖锐地讽刺过公卿的豪奢："破除千家作一池,不栽桃李种蔷薇。蔷薇花落秋风起,荆棘满庭君始知。"(《题兴化园亭》)但他不像孟郊那样推己及人关心人民,他的诗作几乎都是在个人僻苦生活以及与朋友唱酬交游的狭窄天地里寻找题材,进行诗歌艺术的惨淡经营。在诗歌形式上,他选择了元和诗坛大家们所不注重的五律,一意专攻。在诗歌风格上,他坚决反对平庸熟滥,以瘦硬僻涩取胜。如"怪禽啼旷野,落日恐行人"(《暮过山村》),"独行潭底影,数息树边身"(《送无可上人》)等都是着意用生涩的语句刻画幽冷意境的著名例子。他甚至在"独行"二句下自注一绝："两句三年得,一吟双泪流。知音如

第五章　中晚唐时期诗歌的发展与创作研究

不赏,归卧故山秋。"表明他的苦心和自负。而其中也确有佳作,如《忆江上吴处士》:

> 闽国扬帆后,蟾蜍亏复圆。
> 秋风吹渭水,落叶满长安。
> 此地聚会夕,当时雷雨寒。
> 兰桡殊未返,消息海云端。

这首诗的颔联语句自然而境界阔大,对萧瑟秋景的描绘有力地烘托了沉重的离情。全诗把题目中的"忆"字反复勾勒,笔墨厚重饱满。其中"秋风吹渭水,落叶满长安"为后代不少名家引用。可见其流传之广,影响之深。

又如《寻隐者不遇》:

> 松下问童子,言师采药去。
> 只在此山中,云深不知处。

这是一首问答诗,但诗人采用了寓问于答的手法,轻快的问答,写出了隐者的生活和情趣,也寄托了诗人的倾慕向往之心。遣词通俗清丽,言繁笔简,情深意切,白描无华,景外有象,留给人无限遐想。

第四节　意象诗派诗歌的创作

意象派是以着重表现意象、追求意境,有较高艺术技巧的诗歌流派。南朝时,刘勰的《文心雕龙·神思》篇云"独照之匠,窥意象而运斤",首次提出审美范畴的意象说。盛唐时,王昌龄的《诗格》又提出了诗的三境说:"诗有三境:一曰物境,欲为山水诗,则张泉石云峰之境,极丽绝秀者,神之于心,处身于境,视境于心,莹然掌中,然后用思,了然境象,故得形似。二曰情境,娱乐愁怨,皆张于意而处于身,然后驰思,深得其情。三曰意境,亦张之于意而思之于心,则得其真矣。"在这些诗学理论的启示下,中晚唐时出现了一批热心追求意象和意境的诗人,代表人物有柳宗元、刘禹锡、杜牧和李商隐。

一、柳宗元的诗歌

柳宗元(773—819),字子厚,河东(今山西永济)人,世称柳河东。他与刘禹锡是挚友,一起参加永贞革新,失败后先贬永州,后贬柳州。他的文学成就主要在散文方面。现存诗不多,仅一百四十余首,多数是贬官以后的作品,但成就很高。有《柳河东集》。

柳宗元的诗作有的抒发了强烈的悲苦之情,也有些诗歌写得冲淡、宁静。而这不同的风格都与他被贬有关。从京城贬到南方,这对柳宗元是极大的打击。他在许多诗歌中抒发了自己的这种抑郁悲愤之情。如《登柳州城楼寄漳汀封连四州》:

城上高楼接大荒,海天愁思正茫茫。
惊风乱飐芙蓉水,密雨斜侵薜荔墙。
岭树重遮千里目,江流曲似九回肠。
共来百越文身地,犹自音书滞一乡。

柳宗元与韩泰、韩晔、陈谦、刘禹锡都因参加王叔文领导的永贞革新运动而遭贬,后来五人都被召回,大臣中虽有人主张起用他们,但最终因为受到阻挠而再度贬为边州刺史。这首诗就是这时写的。诗中表现出一种真挚的友谊,虽天各一方,而相思之苦,无法自抑。整首诗中的景物意象包蕴着浓厚的情感色彩和寄托意味,赋中有比,象中含兴,情景交融。

又如《与浩初上人同看山寄京华亲故》诗:

海畔尖山似剑铓,秋来处处割愁肠。
若为化得身千亿,散上峰头望故乡。

这首诗以奇特的幻想表达了内心强烈的悲痛。

柳宗元还有一些表现了对国家和人民命运的关怀的时事诗,如《田家三首》其一:

蓐食徇所务,驱牛向东阡。
鸡鸣村巷白,夜色归暮田。
札札耒耜声,飞飞来乌鸢。
竭兹筋力事,持用穷岁年。
尽输助徭役,聊就空自眠。
子孙日已长,世世还复然。

这首诗写农民一年四季从早到晚,辛勤紧张地在地里劳动,到头来却无法维持生计,因为他们的劳动果实全都被官府以田赋和徭役的形式搜刮去了。诗歌朴实生动,客观真实,语言质朴无华,忠实客观地表现了农村悲惨的生活图景,含蓄而又自然地流露出诗人对封建官吏的憎恶,对穷苦民众的

第五章 中晚唐时期诗歌的发展与创作研究

深切同情。

柳宗元长期置身贬所,这也使他远离了官场倾轧与政治纷争的污浊,加上佛教思想的影响,也让他逐渐能以淡泊宁静的心态面对世事,这使他的许多诗歌表现了宁静、淡远的意境。如《渔翁》:

渔翁夜傍西岩宿,晓汲清湘燃楚竹。
烟销日出不见人,欸乃一声山水绿。
回看天际下中流,岩上无心云相逐。

在这首诗中,诗人用浅淡的笔墨,勾画出一幅幽雅秀美的江南水乡风光图。

又如《江雪》:

千山鸟飞绝,万径人踪灭。
孤舟蓑笠翁,独钓寒江雪。

这首诗以清洁冷寂的茫茫雪景烘托渔翁遗世独立的高雅情操,极度夸张的空间背景和着意突出的独钓形象相互映照,共同构成与尘嚣浊世对立的理想境界。

总体来说,柳宗元留下来的诗歌数量虽然不多,但历来评价很高。如宋代大诗人苏轼曾说:"柳子厚诗在陶渊明下,韦苏州上。退之豪放奇险则过之,而温丽情深不及也。"(《评韩柳诗》)柳宗元的诗歌讲究以含蓄取胜,以意境取胜,所写诗歌的手法比较传统,其诗歌成就主要表现在加深诗歌内在意蕴方面,这也是对诗歌发展的贡献。

二、刘禹锡的诗歌

刘禹锡(772—842),字梦得,洛阳人,贞元九年(793)登进士第。顺宗永贞元年(805)参加了王叔文为首的革新集团,任屯田员外郎,同年8月,革新运动失败,刘禹锡被贬朗州(今湖南常德)司马,10年后又分别迁官更为遥远的连州(今广东连州市)。后又转夔州、和州刺史,晚年迁太子宾客,分司东都。刘禹锡早年随父寓居嘉兴,常去吴兴拜访江南名僧和诗人皎然。早年的这一经历对他后来的诗歌创作有一定影响。晚年则与白居易唱和,世称"刘白"。有《刘宾客集》,存诗800余首。

刘禹锡的诗歌大都写得昂扬高举,格调激越,具有催人向上的力量。如他有名的《秋词》其一:

自古逢秋悲寂寥,我言秋日胜春朝。
晴空一鹤排云上,便引诗情到碧霄。

　　诗人借助这首诗的后两句表达了一组具体生动、可见可感的意象,将前面"秋日胜春朝"的心理感受形象化地展现出来,对这一与众不同的鲜明观点作了诗化式的论证,不仅以理服人,而且以情动人、以美感人。这首诗充分显示了刘禹锡虽然被贬,但生活态度很积极。
　　刘禹锡有政治家的气质,但在政治上又不得志,他把自己的政治抱负与悲情及对社会历史的思考表达于诗歌中,使他的咏史怀古诗成为唐诗中的杰作,如《西塞山怀古》:

王濬楼船下益州,金陵王气黯然收。
千寻铁锁沉江底,一片降幡出石头。
人世几回伤往事,山形依旧枕寒流。
今逢四海为家日,故垒萧萧芦荻秋。

　　这是一篇气象阔大的作品。以人事的短暂与自然的永恒相对比,表现了阅尽沧桑变化之后的沉思与感慨。
　　内容与风格相近的还有《金陵怀古五题》之《乌衣巷》:

朱雀桥边野草花,乌衣巷口夕阳斜,
旧时王谢堂前燕,飞入寻常百姓家。

　　这首诗以朱雀桥、乌衣巷等六朝士族豪门聚居之地的萧条冷落与昔日繁华暗中对举,又以"堂前燕"作为枢机,联结古今,生发了深刻的兴亡之感,揭示了历史的沧桑变故。
　　又如《西塞山怀古》:

王濬楼船下益州,金陵王气黯然收。
千寻铁索沉江底,一片降幡出石头。
人世几番伤往事,山形依旧枕寒流。
从今四海为家日,故垒萧萧芦荻秋。

　　这首诗诗咏晋事,而饱含现实意味,充溢着一种悲凉而不衰飒、沉重而不失坚韧的精神气脉,以及纵横千古、涵盖一切的气象,读来令人感慨遥深。
　　刘禹锡有长期被谪的经历,这期间,他受民间俚歌俗调的浸染,创作了一些富有民歌情调的优秀诗作,如《竹枝词》其一:

第五章　中晚唐时期诗歌的发展与创作研究

　　杨柳青青江水平,闻郎江上唱歌声。
　　东边日出西边雨,道是无晴却有晴。

这首诗的意思和语言都很新鲜,用双关手法,特别是"东边日出西边雨,道是无晴却有晴"诗句巧妙地传达出年轻女子对情人的复杂心理。

又如《堤上行》：

　　江南江北望烟波,入夜行人相应歌。
　　桃叶传情竹枝怨,水流无限月明多。

这首诗通过景物烘托,写出江边夜晚民歌对唱的动人场景,流水明月,又比喻倾吐不尽的美好情思。既具有浓郁的生活气息,又具有很高的艺术品味。

总体来说,刘禹锡的诗取境优美,骨力豪劲,精练含蓄,韵律自然。他的饱含人生哲理的诗歌对宋诗"理趣"的形成很有影响。王安石、苏轼、苏辙、黄庭坚和江西诗派,以及徐渭、袁宏道等作家都曾从不同方面向刘禹锡学习,并各有所得。

三、杜牧的诗歌

杜牧(803—853),字牧之,京兆万年(今陕西省西安)人。唐文宗太和二年(828)考中进士,曾任校书郎、监察御史,又任黄州、睦州、湖州刺史,官至司勋员外郎、中书舍人。他是晚唐著名的文学家,后人称杜甫为"老杜",称杜牧为"小杜"。他的祖父杜佑,是唐朝有名的政治家,对他影响很大。杜牧的成就主要是文学,但他还精通政治和兵法,曾注曹操所定《孙子兵法》十三篇。他的作品收在《樊川文集》里。

与赋和散文相比,杜牧在诗歌方面所取得的成就最高,特别是抒情写景的小诗尤为突出,如《山行》：

　　远上寒山石径斜,白云生处有人家。
　　停车坐爱枫林晚,霜叶红于二月花。

这是一首描写深秋季节山中景色的诗,全诗虽然短短四句,却描绘出一幅鲜明美丽的图画,这充分显示了诗人运用语言的高度才能。

又如《泊秦淮》：

　　烟笼寒水月笼沙,夜泊秦淮近酒家。
　　商女不知亡国恨,隔江犹唱后庭花。

这首诗写夜泊秦淮的所见所闻,在写景之中流露出对国事的忧伤。诗人从妓女的歌声,想到南朝统治者醉生梦死的生活以及陈后主的灭亡,表达了诗人对晚唐皇帝只顾个人享乐、不顾国家存亡的不满。

受人格和政治抱负的影响,杜牧一直关注社会重大问题,他的诗歌通常通过意象的精心选取来表达自己内心的感情。如《河湟》:

元载相公曾借箸,宪宗皇帝亦留神。
旋见衣冠就东市,忽遗弓剑不西巡。
牧羊驱马虽戎服,白发丹心尽汉臣。
唯有凉州歌舞曲,流传天下乐闲人。

这首诗表达了杜牧渴望解除边患,收复失地,报效国家的心愿,同时也对朝廷的软弱无能表示愤慨,对边地人民的苦难表示了深切的同情。

杜牧也写有不少的怀古咏史诗,这类诗不仅数量多,而且在即景抒情中也注入了深沉的历史感慨。如《题宣州开元寺水阁阁下宛溪夹溪居人》:

六朝文物草连空,天淡云闲今古同。
鸟去鸟来山色里,人歌人哭水声中。
深秋帘幕千家雨,落日楼台一笛风。
惆怅无因见范蠡,参差烟树五湖东。

这首诗在伤悼六朝繁华消逝的同时又以"今古同"三字把今天也带入历史长河。"人歌人哭",一代代人都消没在永恒的时间里,连范蠡的清尘也寂寞难寻了。留下的只有天淡云闲,草色连空。整首诗笔意超脱,虽然有感伤情调,但是把客观风物写得很美,从而使整首诗的节奏和语调变得轻快,给人爽利的感觉,体现出了杜牧律诗含思悲凄、流情感慨的特色。

总体来说,杜牧的诗歌创作实践了自己的主张,形成了高华俊爽的独特风格。

四、李商隐的诗歌

李商隐(813—858),字义山,号玉溪生,怀州河内(今河南省沁阳)人。开成二年(837)考中进士,曾任县尉、秘书郎、东川节度使判官等职。当时,以牛僧孺和李德裕为首的两大政治集团之间,不断进行激烈斗争,历史上叫"牛李党争"。李商隐徘徊在牛李党争中间,被人排挤,潦倒终身。大中十二年(858)病卒。他的诗注本较多,以清代冯浩的《玉溪生诗详注》

第五章　中晚唐时期诗歌的发展与创作研究

较详备。

　　李商隐现存诗约600多首,其中,政治诗占了六分之一。可以说,在晚唐诗人中,几乎没有像李商隐这样对社会政治问题深切关注而又敢于进行直接的揭露批判。他的《行次西郊作一百韵》是一首具有"诗史"性质的长篇政治时事诗:

蛇年建午月,我自梁还秦。南下大散岭,北济渭之滨。
草木半舒坼,不类冰雪晨。又若夏苦热,燋卷无芳津。
高田长槲枥,下田长荆榛。农具弃道旁,饥牛死空墩。
依依过村落,十室无一存。存者皆面啼,无衣可迎宾。
始若畏人问,及门还具陈。右辅田畴薄,斯民常苦贫。
伊昔称乐土,所赖牧伯仁。官清若冰玉,吏善如六亲。
……
金障既特设,珠帘亦高褰。捋须寒不顾,坐在御榻前。
忤者死艰屦,附之升顶颠。华侈矜递炫,豪俊相并吞。
因失生惠养,渐见征求频。奚寇东北来,挥霍如天翻。
是时正忘战,重兵多在边。列城绕长河,平明插旗幡。
但闻虏骑入,不见汉兵屯。大妇抱儿哭,小妇攀车轓。
生小太平年,不识夜闭门。少壮尽点行,疲老守空村。
……
筋体半瘃瘴,肘腋生臊膻。列圣蒙此耻,含怀不能宣。
谋臣拱手立,相戒无敢先。万国困杼轴,内库无金钱。
健儿立霜雪,腹歉衣裳单。馈饷多过时,高估铜与铅。
山东望河北,爨烟犹相联。朝廷不暇给,辛苦无半年。
行人权行资,居者税屋椽。中间遂作梗,狼藉用戈鋋。
临门送节制,以锡通天班。破者以族灭,存者尚迁延。
……
夜半军牒来,屯兵万五千。乡里骇供亿,老少相扳牵。
儿孙生未孩,弃之无惨颜。不复议所适,但欲死山间。
尔来又三岁,甘泽不及春。盗贼亭午起,问谁多穷民。
节使杀亭吏,捕之恐无因。咫尺不相见,旱久多黄尘。
官健腰佩弓,自言为官巡。常恐值荒迥,此辈还射人。
愧客问本末,愿客无因循。郿坞抵陈仓,此地忌黄昏。
我听此言罢,冤愤如相焚。昔闻举一会,群盗为之奔。
又闻理与乱,系人不系天。我愿为此事,君前剖心肝。

叩头出鲜血,滂沱污紫宸。九重黯已隔,涕泗空沾唇。
使典作尚书,厮养为将军。慎勿道此言,此言未忍闻!

在这首诗中,李商隐不但真实描写了"依依过村落,十室无一存"的社会经济破败景象,而且对唐王朝从贞观之治到甘露之变的历史进行了高度的概括,并依据治乱"系人不系天"的观点对当时存在的严重社会危机予以广泛揭露。

除了政治诗外,咏史诗也是李商隐作品的重要组成部分,他的咏史诗可以分为借古讽今和以古鉴今两大类。

借古讽今的作品如《贾生》:

宣室求贤访逐臣,贾生才调更无伦。
可怜夜半虚前席,不问苍生问鬼神。

这首诗中的贾生指的是西汉的贾谊,该诗选取的是汉文帝宣室召见贾谊,夜半倾谈的情节。整首诗采用欲抑先扬的写法,讽刺了统治者并没有真正重视人才,诗中的"问鬼神"正是对皇帝不问国事而求仙好道的荒唐行径的针砭。在这首诗中,诗人表达的是从能否有利于人民来看待人才问题的卓越见解,使这首诗远远高出以同一题材表现传统的士不遇主题的其他作品。

以古鉴今的作品如《隋宫》:

紫泉宫殿锁烟霞,欲取芜城作帝家。
玉玺不缘归日角,锦帆应是到天涯。
于今腐草无萤火,终古垂杨有暮鸦。
地下若逢陈后主,岂宜重问《后庭花》。

这首诗首联点题,写隋炀帝一味贪图享受,欲取江都作为帝家。颔联提出了一个假设,假如不是因为皇帝玉玺落到了李渊的手中,炀帝是不会以游江都为满足,他的龙舟可能会游遍天下。颈联写了炀帝的两个逸游的事实,渲染了亡国后凄凉的景象。尾联活用了杨广与陈叔宝梦中相遇的典故,以假设反诘的语气,揭示了荒淫亡国的主题。整首诗表面上看是在歌咏隋宫,实际上则是讽刺了隋炀帝的荒淫亡国。

李商隐还是写爱情诗的能手。如《夜雨寄北》:

君问归期未有期,巴山夜雨涨秋池。
何当共剪西窗烛,却话巴山夜雨时。

第五章　中晚唐时期诗歌的发展与创作研究

这首诗是李商隐在四川梓州做官时写给妻子的,是一首广为流传的诗。全诗只有四句,语言平易流畅,感情真切动人,表现了思乡怀亲之情。

又如《无题》:

> 相见时难别亦难,东风无力百花残。
> 春蚕到死丝方尽,蜡炬成灰泪始干。
> 晓镜但愁云鬓改,夜吟应觉月光寒。
> 蓬山此去无多路,青鸟殷勤为探看。

这是一首爱情诗。三、四两句是脍炙人口、古今传诵的名句,诗人用"春蚕到死丝方尽,蜡炬成灰泪始干"这样富有创造性的艺术形象来表达忠于爱情、至死不变的感情。

李商隐还写了一些写景咏物的诗,这些诗形象鲜明,寄情深刻,如《乐游原》:

> 向晚意不适,驱车登古原。
> 夕阳无限好,只是近黄昏。

这首诗写诗人对夕阳的感叹,表现了对唐帝国日趋衰落的忧虑。诗的后两句"夕阳无限好,只是近黄昏"是历来被人传诵的名句。

总体来说,李商隐的诗以抒发个人的感情为多,反映社会生活较少。他的诗基本上是用暗示、衬托、比喻、象征、影射等艺术手法来写的,字斟句酌,音韵和谐,达到了精湛的艺术高度。他常借助环境景物的描绘烘托情思或暗寓情事,大量运用比兴寄托的手法,使诗歌作品具有了特殊的朦胧美,为古典诗歌的发展做出了重要贡献。

第六章 宋元时期诗歌的发展与创作研究

北宋和南宋是中国古代历史上经济、文化教育与科学创新最繁荣的时代。这一时期的文学发展也较为繁荣,其中古典诗歌的发展出现了新的倾向。13世纪中叶,成吉思汗统率的蒙古铁骑,横扫亚欧两洲,其后,窝阔台灭金,忽必烈灭宋,以大都(今北京)为政治中心,建立起了以蒙古贵族为统治主体的大一统政权。虽然这一时期的古典诗歌与唐时期的古典诗歌相比存在着一定的差距,但是也涌现出了一批优秀诗人,使古典诗歌在这一时期呈现出了新的特色。

第一节 北宋时期诗歌的发展与创作研究

北宋的统一,在政治上是一个重大事件,但在文学方面,并没有随着统一局面的出现而发生同步变化。实际上,在宋初的很长一段时间里,文坛上充斥着一种因袭的风气,诗词文赋大体上都是继承着晚唐五代的风格。在诗歌方面,主要是以浅俗平易为特点的白居易体(简称白体)、以精巧细致境界狭小为特点的晚唐体以及以绵密富丽为特点的西昆体。三个流派在创作上以唱和酬答之作为主,作品大多讲究艺术形式而较少反映现实内容,多沿袭而少创新。北宋中期以后,赵宋王朝发展到一个关键时刻,西北边患、农民起义等各种危机逐步显露出来,士大夫的变革意识被激起。政治上的庆历新政、王安石变法,意识形态领域的儒学改造,以及文学领域的诗文革新运动,都是这一形势之下的必然反应。北宋的诗文革新运动在仁宗朝趋于成熟,至神宗朝达到高峰。在这一过程中,欧阳修作为文坛盟主,起了极为重要的作用。在诗文革新运动中,苏舜钦和梅尧臣是欧阳修最坚定的支持者,他们以独具个性的诗歌倡导了一种健朗新颖的风格,成为宋诗的开山祖师。欧、梅、苏之后,宋诗已自有其面目,创作也日益兴盛。王安石、苏轼、黄庭坚与欧阳修并称"北宋四大家",是北宋诗坛最突出的代表。其中王安石

第六章 宋元时期诗歌的发展与创作研究

主要是以一个伟大的政治家而知名于世,但他的文学创作也有自己的鲜明特色,成就也极高。此外,曾巩、苏洵、苏辙也是北宋中后期的代表诗人。限于篇幅,本节仅对北宋前期的三个诗歌流派以及中后期的几个代表诗人及其作品进行简要阐述。

一、白居易体的诗歌

北宋初年,受北宋重文轻武、优待文士的政治背景影响,文人乐享太平,一部分诗人喜欢上了唐朝白居易的闲适诗和他平易浅显的诗风,于是掀起了一股效仿白居易诗的浪潮,形成了白体诗派。后来随着北宋社会内忧外患的增强,不少白体诗人走出个人闲适自足的小圈子,开始学习白居易的讽喻诗。在这些诗人中,李昉、徐铉和王禹偁的诗歌创作最为突出。

(一)李昉的诗歌

李昉(925—996),在后周世宗时为翰林学士,入宋后曾两度拜相,主编《太平御览》《太平广记》《文苑英华》等典籍。他主要是学白居易的闲适诗和杂律诗,所作以应酬消遣为主,这跟他拜相后闲适的生活状态与当时的官场风气都有很大关系。他的创作,无论是从诗意到诗法,还是从句式到语言,都可以看出他对白居易的追随。如《独赏牡丹因而成咏》:

> 绕东丛了绕西丛,为爱丛丛紫间红。
> 怨望乍疑啼晓雾,妖饶浑欲媵春风。
> 香苞半绽丹砂吐,细朵齐开烈焰焰。
> 病老情怀慢相对,满栏应笑白发翁。

诗人对牡丹盛开的情景进行了描写,抒发的是一种闲适的情感。又如《冬至后作呈秘阁侍郎》:

> 节辰才过一阳生,草树依依已有情。
> 杨柳莫嫌凋旧叶,牡丹还喜动新萌。
> 潜惊绿竹微添翠,暗觉幽离渐变声。
> 从此日长天又暖,时时独入小园行。

在这首诗中,诗人描写了自己漫步园中的情景。此时的小园,绿树丛荫,杨柳依依,众芳争奇斗艳,鸟语花香,置身在这样优美的环境中,产生的是一种闲适的快意。

在叙述方式上,李昉也学习了白居易按部就班进行叙述的方式。例如《宿雨初晴介风顿至小园独步方多索寞之怀嘉句》:

> 融融和气满亭台,寂绝无人访我来。
> 忽喜贰卿篇咏至,如闻三岛信音咍。
> 偷闲旋要偿诗债,减俸惟将买树栽。
> 春旦两壶宣赐酒,一壶留著待君开。

整首诗按顺序展开的描写,虽然缺乏大开大阖的气势,但在娓娓道来的叙写中却蕴含着一种平实之美,这与宋初倡导的闲适安稳、老成持重的士人心态是相切合的。

(二)徐铉的诗歌

徐铉(916—991),先仕南唐,后入宋。10岁属文,博学多才,曾校正《说文解字》,修《文苑英华》《太平广记》等。他曾任五代吴校书郎、南唐知制诰、翰林学士、吏部尚书,后随李煜归宋,官至散骑常侍,世称徐骑省。曾受诏与句中正等校定《说文解字》。其弟徐锴也有文名,二人号称"二徐";又与韩熙载齐名,谓之"韩徐"。

徐铉的诗平易浅切,思致自然,不押险韵,不用奇字,这正是向白居易学习的结果。徐铉曾撰文推崇白居易,在《洪州新建尚书白公祠堂之记》中,徐铉写道:

> 大丈夫处厚居实,据德依仁,岂徒洁身,将以济世,故著于事业,发于文词,而后功绩宣焉,声名立焉。盖有其实者,必有其名,是以君子耻没世而名不闻也。若乃格于穷壤,渐于蛮夷,大则藏于金匮石室之书,细则诵于妇女稚孺之口,则古今以来,彰灼悠久,未有如白乐天者,不其异乎!故神明相之,效居不倾;黎氓怀之,余风不泯;士大夫神交道亲,若旦暮焉。

由此可见,徐铉是推崇白居易据德依仁、以天下为念的高尚人格和文词的彰灼悠久的。正因为推崇白居易的人格和诗风,所以徐铉所创作的诗歌也有着平易流畅的特点。例如《和钱秘监旅居秋怀》:

> 闲静无凡客,开罇共醉醒。
> 琴弹碧玉调,书展太玄经。
> 酒熟看黄菊,诗成写素屏。
> 晚来萧洒甚,山鸟下中庭。

第六章　宋元时期诗歌的发展与创作研究

这首诗描写了诗人与钱秘监开罇畅饮的情景,诗中并没有运用典故,而是平白如话,写出了饮酒、弹琴、观书、赏花、写诗等诗人所喜爱的事情。在有诗、有书、有酒、有朋友的环境中,其闲适之情悠然而来,令人艳羡。

又如《晚归》:

> 暑服道情出,烟街薄暮还。
> 风清飘短袂,马健弄连环。
> 水静闻归橹,霞明见远山。
> 过从本无事,从此涉旬间。

在这首诗中,诗人以简淡的笔法勾勒出一幅"风清""水静"的晚归图景,通过静中的"闻"与远中之"见"体现了诗人闲适幽静的心理状态。

除了闲适之情,徐铉也在诗歌中描写了送别之情,如《送王四十五归东都》:

> 海内兵方起,离楚泪易垂。
> 怜君负米去,惜此落花时。
> 想忆看来信,相宽指后期。
> 殷勤手中柳,此是向南枝。

这首诗语言质朴,抒写了离别时的缠绵情思,表达了朋友间的真挚情意,但在伤别之中也有劝慰,并不一味消沉,从而体现出了一种旷达之情。

徐铉是以南唐降臣的身份入宋的,所以他始终有一种抑郁压抑的情绪缠绕心间,不得已寄情于山水佛道以求解脱,或者在宴饮酬唱中排遣郁闷。所以有些作品往往体现出一种淡淡的寂寞和惆怅,比如《登甘露寺北望》:

> 京口潮来曲岸平,海门风起浪花生。
> 人行沙上见日影,舟过江中闻橹声。
> 芳草远迷扬子渡,宿烟深映广陵城。
> 游人乡思应如橘,相望须含两地情。

全诗写对江南故国的怀恋,笔触细腻,情致委婉,颇有故国兴亡、相思离别之感。

总体来说,徐铉的诗歌均能出自肺腑,情到语流,无生涩雕琢之病。

(三)王禹偁的诗歌

王禹偁(954—1001),字元之,济州钜野人,出身寒微,但少小即发愤读书,5岁能诗,9岁能文,太平兴国八年(983)考中进士,晚年曾知黄州,故人称"王黄州"。有《小畜集》传世。

王禹偁秉性刚直,生在宋室初建之时,怀有一种强烈的使命感,虽然政治上多次碰壁,一生三遭黜罢,内心世界也不免陷入矛盾郁愤之中,但仍然顽强执着,不改初衷。

王禹偁在诗歌创作上发扬了白居易关注现实的精神,除了效法白居易的新乐府体来反映民生疾苦,也学习其杂律诗、闲适诗以抒情、遣怀和酬赠。但相比同时的白体诗人,王禹偁的诗在浅俗之中显出分量。

王禹偁的早期闲适诗多是闲吟抒怀之作,成就并不突出,其创作方式与方法和白居易的闲适诗相似,例如《游虎丘寺》:

寺墙围着碧孱颜,曾是当年海涌山。
尽抱好峰藏院里,不教幽景落人间。
剑池草色经冬在,石座苔花自古斑。
珍重晋朝吾祖宅,一回来此便忘还。

在这首诗中,王禹偁只是对虎丘寺进行了单纯的描写,表达了对虎丘寺景色的留恋,韵味并不很浓。

谪居商州之后,王禹偁开始转向对白居易乐府诗和讽喻诗的学习,从而创作出了很多反映社会现实、充满忧国忧民情怀的诗篇,如《畲田词》五首:

其一
大家齐力斫孱颜,耳听田歌手莫闲。
各愿种成千百索,豆萁禾穗满青山。

其二
杀尽鸡豚唤劚畲,由来递互作生涯。
莫言火种无多利,林树明年似乱麻。

其三
谷声猎猎酒醺醺,斫上高山乱入云。
自种自收还自足,不知尧舜是吾君。

其四
北山种了种南山,相助力耕岂有偏?
愿得人间皆似我,也应四海少荒田。

其五
畲田鼓笛乐熙熙,空有歌声未有词。
从此商於为故事,满山皆唱舍人诗。

第六章　宋元时期诗歌的发展与创作研究

这五首诗歌颂了宋初农民之间的互助精神和开发山地的热情。在这五首中,每首诗的前两句都对农民的劳动场面进行了描写,后两句则是诗人发表的议论,表达了诗人希望天下百姓都能开荒种地,自给自足,过上好日子。这五首诗还体现出了浓郁的民歌风味。

《对雪》是一首五言长诗,是王禹偁揭露现实、针砭自身的代表作。

> 帝乡岁云暮,衡门昼长闭。
> 五日免常参,三馆无公事。
> 读书夜卧迟,多成日高睡。
> 睡起毛骨寒,窗牖琼花坠。
> 披衣出户看,飘飘满天地。
> 岂敢患贫居,聊将贺丰岁。
> 月俸虽无余,晨炊且相继。
> 薪刍未阙供,酒肴亦能备。
> 数杯奉亲老,一酌均兄弟。
> 妻子不饥寒,相聚歌时瑞。
> 因思河朔民,输税供边鄙。
> 车重数十斛,路遥几百里。
> 羸蹄冻不行,死辙冰难曳。
> 夜来何处宿,阒寂荒陂里。
> 又思边塞兵,荷戈御胡骑。
> 城上卓旌旗,楼中望烽燧。
> 弓劲添气力,甲寒侵骨髓。
> 今日何处行,牢落穷沙际。
> 自念亦何人,偷安得如是。
> 深为苍生蠹,仍尸谏官位。
> 謇谔无一言,岂得为直士。
> 褒贬无一词,岂得为良史。
> 不耕一亩田,不持一只矢。
> 多惭富人术,且乏安边议。
> 空作对雪吟,勤勤谢知己。

诗中先写自己同家人在京都团聚赏雪,生活安闲自得,继而宕开一笔,由当前景象联想到"输挽供边鄙"和"荷戈御胡骑"的民夫、边兵,描写他们冒雪服役的苦况。由这种苦乐对比,触发了他作为一个正直官吏的强烈责任感与深切内疚,这种推己及人、勇于自责的精神实质,在白居易和杜甫的诗

155

中是反复展现的。

《感流亡》也是王禹偁的一篇代表性作品：

> 谪居岁云暮，晨起厨无烟。赖有可爱日，悬在南荣边；高春已数丈，和暖如春天。
>
> 门临商於路，有客憩檐前：老翁与病妪，头鬓皆皤然；呱呱三儿泣，惸惸一夫鳏。
>
> 道粮无斗粟，路费无百钱；聚头未有食，颜色颇饥寒。
>
> 试问"何许人"？答云"家长安，去年关辅旱，逐熟入穰川。妇死埋异乡，客贫思故园。故园虽孔迩，秦岭隔蓝关。山深号六里，路峻名七盘。襁负且乞丐，冻馁复险艰；惟愁大雨雪，僵死山谷间。"
>
> 我闻斯人语，倚户独长叹：尔为流亡客，我为冗散官；左宦无俸禄，奉亲乏甘鲜。
>
> 因思筮仕来，倏忽过十年；峨冠蠹黔首，旅进长素餐。
>
> 文翰皆徒尔，放逐固宜然。家贫与亲老，睹尔聊自宽。

该诗表达了诗人对于灾民挣扎于死亡线上不得解脱的深切同情，既有细致的描述，又有深刻的议论，作为"即事名篇"之作，在题材、写法上对杜甫的《石壕吏》有继承又有发展。

王禹偁的一些山水诗，写得很有情韵，艺术上也更有成就，如《村行》：

> 马穿山径菊初黄，信马悠悠野兴长。
> 万壑有声含晚籁，数峰无语立斜阳。
> 棠梨叶落胭脂色，荞麦花开白雪香。
> 何事吟余忽惆怅，村桥原树似吾乡。

写村行所见之景，意象清丽，语言明畅，写法上跟白居易的诗很相像，层次清晰，结构平正，娓娓道来，有浓郁的人情味。第四句诗以拟人手法写自然景物，正契合作者被贬谪后的苦闷与哀伤情绪，尤为奇警。

王禹偁的诗在宋初诗坛独树一帜，他的诗继承了唐诗的一些成就，又呈现出宋诗的诸多特点，从诗史上看，确实起着承上启下的重要作用。

二、晚唐体的诗歌

北宋初期，一批诗人向唐代诗人贾岛和姚合学习，所创作的诗歌讲究意

第六章　宋元时期诗歌的发展与创作研究

精词巧,偏重于构思,从而形成了晚唐体诗派,这一派中的主要诗人有保暹、文兆、行肇、简长、惟凤、惠崇、宇昭、怀古、许坚、伍彬、王元、林逋、魏野、曹汝弼、周启明、魏闲、潘阆、寇准等。这些诗人强调苦思苦吟,倾心于炼字锻句,他们也像贾、姚那样善用五律的体式表现出清淡幽静的诗风,但他们诗歌中所表现的风格是安贫乐道、恬淡平和的心态和冲淡闲逸的风格。在这群诗人中,以林逋、魏野和寇准三人的诗歌创作影响最大。

(一)林逋的诗歌

林逋(967—1028),字君复,钱塘(今浙江杭州)人,早年曾漫游江淮间,后结庐西湖孤山隐居,不娶不仕,养鹤种梅,称为"梅妻鹤子"。后人辑有《林和靖先生诗集》四卷。

林逋的诗以表现隐居生活和闲适心情为主,风格清淡,意趣高远。特别是描写西湖山水景物的作品,清逸幽深,颇得湖山之助,如《小隐自题》:

> 竹树绕吾庐,清深趣有余。
> 鹤闲临水久,蜂懒采花疏。
> 酒病妨开卷,春阴入荷锄。
> 尝怜古图画,多半写樵渔。

这首诗歌语言流畅平易,笔调清幽闲逸,流露出诗人恬然自得的生活情趣和高雅情志,精妙自然。

又如《宿洞霄宫》其二:

> 秋山不可尽,秋思亦无垠。
> 碧涧流红叶,青林点白云。
> 凉阴一鸟下,落日乱蝉分。
> 此夜芭蕉雨,何人枕上闻?

在这首诗中,诗人对秋天的景象进行了描写,从静与动、寂与声、远与近等多角度对秋天的黄昏景象进行了渲染,将秋思与秋景相融,形成了优美的意境。

林逋有8首咏西湖孤山梅花的七律,宋人称为"孤山八梅",最著名的是这首《山园小梅》:

> 众芳摇落独暄妍,占尽风情向小园。
> 疏影横斜水清浅,暗香浮动月黄昏。

霜禽欲下先偷眼,粉蝶如知合断魂。
　　幸有微吟可相狎,不须檀板共金樽。

诗中写梅花的孤高和风韵,实际上是作者个人性格与精神的写照。其中,颔联,从水边之影和月下之香写梅花的姿态和神韵,既突出了梅花的清幽高洁之美,又注入了作者的美感意识,历来是传诵的名句。

林逋的唱和诗也写得与众不同,常常能够写出新意,例如《和梅圣俞雪中同虚白上人见访》诗:

　　湖上玩佳雪,相将惟道林。
　　早烟村意远,春涨岸痕深。
　　地僻过三径,人闲试五禽。
　　归挠有馀兴,宁复比山阴。

这虽然是一首唱和诗,但是却不见庸语俗套,而是以"湖上佳雪"开篇,以"山阴馀兴"作结,中间以"早烟村意""春涨岸痕"铺染清幽景致,通过"地僻过三径,人闲试五禽"实现了动静结合,可见全诗构思之巧。整首诗的用语清淡自然,宛如一幅流连山水的工笔图画,全然不见唱和应酬之迹。

(二)魏野的诗歌

魏野(960—1019),字仲先,号草堂居士,原为蜀地人,后迁居陕州(今河南陕县),有《东观集》十卷,存诗359首。

魏野的诗中多有苦寒之色,景为僻景,情是幽情。如《冬暮郊居》:

　　村落欲黄昏,寒云片片凝。
　　隔城钟似磬,远岫烧如灯。
　　名利堪弹指,林泉但枕肱。
　　何由遂闲散,自喜本无能。

这首诗描写了冬日黄昏时候的景色。黄昏时的云的色彩本应是暖色,但因为是在冬天,因此,云是寒云,全诗将郊居生活之景的清寒描写了出来。又如《暮秋闲望》:

　　水阁闲登览,郊原欲刈禾。
　　坏檐巢燕少,积雨病蝉多。
　　砧隔寒溪捣,钟随晓吹过。
　　扁舟何日去,江上负烟蓑。

第六章　宋元时期诗歌的发展与创作研究

在这首诗中,诗人对暮秋的景色进行了描绘,"坏檐""积雨""寒溪"等意象的堆积,使苦寒之感扑面而来。

魏野的诗作中也有一些表现闲适之情的,例如《送高生归青社》:

> 去指沧溟畔,来辞翠霭间。
> 程遥过凤阙,家近见牛山。
> 红叶飘行色,清溪照别颜。
> 蹇驴看上处,拄杖出柴关。

这首诗富有自然别趣,诗中"沧溟""翠霭""凤阙""牛山""红叶""清溪""蹇驴""柴关"等几个意象时而纵思想象,时而回归现实,令人既有清新之感,又感乡村农居生活的闲适,以"红叶"对"清溪","行色"对"别颜",体现出了友人轻松回乡的愉悦之情。

(三)寇准的诗歌

寇准(961—1023),字平仲,汉族,华州下邽(今陕西渭南)人。北宋真宗时,累官尚书右仆射、同中书门下平章事,封莱国公,后贬雷州,徙衡州,谥号忠愍,今传有《寇忠愍诗集》三卷。

《四库全书总目》卷152评价他的诗"含思凄婉,绰有晚唐之致,然骨韵特高,终非凡艳所可比"。如《江南春》:

> 杳杳烟波隔千里,白蘋香散东风起。
> 日落汀洲一望时,愁情不断如春水。

此诗融情入景,情景相生,曼妙风光之中蕴含着无尽的离情别意,蕴藉深婉,风神秀逸,情韵悠长,有唐诗风调,无宋人习气。在宋初学晚唐的诗人中,寇准的气质内蕴是最接近晚唐的。

从整体上来看,寇准的诗多选取夕阳、暮烟、枫叶、杜宇等凄寒之物作为意象,从而呈现出了晚唐体诗人所特有的风貌。如《书河上亭壁》其三:

> 岸阔樯稀浪渺茫,独凭危槛思何长。
> 萧萧远树疏林外,一半秋山带夕阳。

这首诗对黄河沿岸的秋天景象进行了描绘,诗人将自己的情思融入了这秋天的景色之中,报答了诗人宦游他乡的孤独凄婉的情怀。整首诗语言淡雅自然,意境开阔,颇有唐人风韵。

又如《病中作》：

> 多病将经岁，逢迎故不能。
> 书惟看药录，客只待医僧。
> 壮志销如雪，幽怀冷似冰。
> 郡斋风雨后，无睡对寒灯。

这首诗作于诗人被贬雷州之时。此时诗人疾病缠身，已经年过六十，可以说无论是身体上还是精神上都是不如意的，但是在这首诗中，诗人并没有表现出太大的怨恨，而是用客观化的语言叙述了自己的境况和遭遇，把内心深处的伤痛深深地隐藏在了"无睡对寒灯"一句中。

总体来说，寇准学晚唐诗，但最终能有所突破，无论是在诗歌的内容、题材上，还是在风格技巧上都有所创新，是晚唐体诗人中较为特殊的一位诗人。

三、西昆体的诗歌

西昆体是在馆阁文人中形成的一种新诗体，诗风绵密富丽。景德二年（1005）秋，宋真宗命王钦若、杨亿等人秘阁编纂大型类书《册府元龟》。杨亿、刘筠、钱惟演等人在修书期间互相唱和，另外还邀约未参加修书的张咏、舒雅、丁谓等参加，后结为一集，取名为《西昆酬唱集》，其中杨亿、刘筠、钱惟演的作品占 4/5 以上，被视为西昆体的领袖和代表人物。

（一）杨亿的诗歌

杨亿（974—1020），字大年，建州浦城（今属福建浦城县）人。淳化年间中赐进士，曾为翰林学士兼史馆修撰，官至工部侍郎。性情耿介，尚气节，在政治上支持丞相寇准抵抗辽兵入侵，死后谥为文，世称杨文公。平生作诗甚多，有《武夷新集》20卷。但最有影响的还是他编写的、收录了自己和他人诗作的《西昆酬唱集》。

从《西昆酬唱集》中杨亿的诗作来看，他的诗歌多用优美的言辞来充分的想象状写自然景物或个人心绪，且在描述中能恰如其分地运用典故和故事。如《泪二首》其一：

> 锦字梭停掩夜机，白头吟苦怨新知。
> 谁闻陇水回肠后，更听巴猿拭袂时。
> 汉殿微凉金屋闭，魏宫清晓玉壶欹。
> 多情不待悲秋气，祗是伤春鬓已丝。

第六章　宋元时期诗歌的发展与创作研究

这首诗没有出现一个"泪"字,但是句句写泪,将《楚辞》、汉魏以来诗中的旧有意象和典实信手拈来,可见其用典之功之深。

又如《七夕》:

> 清浅银河暝霭收,汉宫还起曝衣楼。
> 共瞻月树怜飞鹊,谁泛星槎见饮牛。
> 弄杼暂应停素手,穿针空待贶明眸。
> 匆匆一夕填桥鹊,不似人间有造舟。

这首诗中既有写景,也有抒情、议论,还运用了多个典故,但无论是写景、抒情、议论,还是用典,都无生涩难懂之嫌。

由于有过做地方官的经历,在杨亿的咏史诗中,体现出了他对国计民生的关注,能够借古喻今,反映当时的社会现实。例如《明皇》:

> 玉牒开观检未封,斗鸡三百远相从。
> 紫云度曲传浮世,白石标年凿半峰。
> 河朔叛臣惊舞马,渭桥遗老识真龙。
> 蓬山钿合愁通信,回首风涛一万重。

这首诗所咏的是唐玄宗因盛宠杨妃而几招亡国之祸的史实。从表面上看,诗人对唐明皇的行为进行了劝讽,但实际上,当时宋真宗也宠幸刘妃,沉迷女色,诗人的这首诗也有奉劝宋真宗之意,希望通过历史上已有的事实来劝宋真宗醒悟。

在《西昆酬唱集》中,还有一些咏史、咏物之作,如《汉武》:

> 蓬莱银阙浪漫漫,弱水回风欲到难。
> 光照竹宫劳夜拜,露薄金掌费朝餐。
> 力通青海求龙种,死讳文成食马肝。
> 待诏先生齿编贝,那教索米向长安。

这首诗借古讽今,借助吟咏汉武帝海上求仙之事来暗指宋真宗妄信符瑞、东封泰山之事。诗的首联写武帝求仙海上之虚妄。颔联写武帝祈求长生之徒劳。颈联写武帝开边求马,迷信方士而不知醒悟。尾联诗人自叹清贫,倾吐怨尤,用才士待遇之菲薄反衬统治者为满足一己私欲的侈靡荒唐,衬跌十分有力。此诗句句用典,组织绵密。由于典故的运用,使格律诗表意的容量大大增加。不过,用典过多又有可能造成语意上的晦涩。

又如《馆中新蝉》：

碧城青阁好追凉，高柳新声逐吹长。
贵伴金貂尊汉相，清含珠露怨齐王。
兰台密侍初成赋，河朔欢游正举觞。
云鬓翠緌徒自许，先秋楚客已回肠。

这首诗由秋蝉之悲鸣感叹人生短暂，词旨凄凉。诗的前四句咏蝉，后四句写人，有分有合，摇曳生姿。

杨亿受李商隐诗歌的影响很深，如《南朝》：

五鼓端门漏滴稀，夜签声断翠华飞。
繁星晓埭闻鸡度，细雨春场射雉归。
步试金莲波溅袜，歌翻玉树涕沾衣。
龙盘王气终三百，犹得澄澜对敞扉。

这首诗将南朝君主的游幸、狩猎、歌舞享受、吟诗作赋及最终的王气终消用典故巧妙地组合在一起，工稳妥贴。中间一联对仗精工，全诗音节铿锵，用意深密，艺术上很接近李商隐的同类诗歌。

（二）刘筠的诗歌

刘筠(971—1031)，字子仪，大名(今河北人名)人。咸平元年(998)进士，景德元年(1004)，为大名府观察判官。大中祥符七年(1014)，迁右司谏、知制诰，加史馆修撰。乾兴元年(1022)，迁给事中，复召为翰林学士。仁宗天圣二年(1024)，进枢密直学士、礼部侍郎、知颍州。天圣四年(1026)，为翰林学士承旨、权判都省。天圣六年(1028)，以龙图阁直学士再知庐州。天圣九年(1031)卒，谥文恭。

西昆体诗善用典，词句华丽，这一点在刘筠的诗歌中也有所体现，如《馆中新蝉》：

庭中嘉树发华滋，可要螳螂共此时。
翼薄乍舒宫女鬓，蜕轻全解羽人尸。
风来玉宇乌先转，露下金茎鹤未知。
日永声长兼夜思，肯容潘乐到秋悲。

这首诗中写到蝉翼的薄就用魏文帝宫人的蝉鬓的典。写到蝉蜕皮就出自《史记·屈原列传》《淮南子·说林训》《楚辞·远游》《山海经·大荒南经》

第六章 宋元时期诗歌的发展与创作研究

《抱朴子·论仙》的记载。诗中未出现"蝉"字,却处处在写蝉。作为歌咏对象的蝉,寓托了歌咏的主题。

又如《泪》其二:

> 含酸茹叹几伤神,呜咽交流忽满巾。
> 建业江山非故国,灞陵风雨又残春。
> 虞歌决别知亡楚,宴酒初酣待报秦。
> 欲断青天销积恨,月娥孀独更愁人。

在这首诗中,刘筠选用了与杨亿诗中不同的典故,虽然是写泪,但依然是终篇不见泪字。通过对历史上有名的几个与泪有关的场景的描写,突出了"泪"所承载的情感,整首诗有雅、丽的特点。

刘筠的咏物诗往往能够超越物的本身,使其承载自己所要表达的情感,如《荷花》:

> 水国开良宴,霞天湛晚晖。
> 凌波宓妃至,荡桨莫愁归。
> 妆浅休啼脸,香清愿袭衣。
> 即时闻鼓瑟,他日问支机。
> 绣骑翩翩过,珍禽两两飞。
> 牢收交甫佩,莫遣此心违。

这首诗极力渲染了荷花生长的环境,展现出一幅傍晚水国晚宴图,其中霞光与晚晖,美丽的女子,清幽的花香,鼓瑟的乐音,禽鸟在空中飞翔,美好的时光使人感慨,末句"莫遣此心违"指出要好好保存采莲女赠送的礼物,不要有违她的心愿。

除了咏物外,刘筠的写景诗也写得较为典雅,例如《舟行淮上遇水暴涨作》:

> 行行极目天无柱,渺渺横流浪有花。
> 客子方思舟下碇,阴虬自喜海为家。
> 村遥树列秦川雾,岸阔牛分触氏蜗。
> 鸢啸风高良可畏,此情难论坎中蛙。

在这首诗中,诗人以"行行极目""渺渺横流"展开眼界,用逼真的景物与切实的感受纪录下当时的灾情,结尾的"鸢啸风高良可畏,此情难论坎中蛙"表现出了诗人忧国忧民的情感。

刘筠的咏史诗能够在更为广阔的时空背景上形成对历史的纵览,如

《汉武》：

> 汉武天台切绛河，半涵非雾郁嵯峨。
> 桑田欲看他年变，瓠子先成此日歌。
> 夏鼎几迁空象物，秦桥未就已沉波。
> 相如作赋徒能讽，却助飘飘逸气多。

这首诗咏汉武不写其尊儒术、破匈奴等功业，反而集中咏其晚年好神仙、求长生的事迹，语带讥刺。尤其是尾联诗人以司马相如自喻，希望宋真宗不要像汉武帝，误解诗意，辜负自己的苦衷。这对宋真宗在咸平、景德年间崇信符瑞、求仙祀神的迷信活动显然有旁敲侧击的讽喻意味，故而体现了批判时政的现实意义。

（三）钱惟演的诗歌

钱惟演（977—1034），字希圣，杭州临安（今浙江杭州）人，吴越忠懿王钱俶第十四子，从俶归宋。累迁翰林学士、枢密使，官终崇信军节度使，博学能文，卒谥思，后改谥文僖。

受《西昆酬唱集》创作主旨的影响，钱惟演的作品其内容也多是与其他诗人相同的同题之作，但是同中有异。如《南朝》：

> 结绮临春映夕霏，景阳钟动曙星稀。
> 潘妃宝钏光如昼，江令花笺落似飞。
> 蚱蜢凌波朱火度，解棱拂汉紫烟微。
> 自从饮马秦淮水，蜀柳无因对殿帏。

这首诗首联以写景的方式将人们带到了南朝的历史氛围中，从夕阳的余辉笼罩宫殿写到晨钟敲动暗寓君臣的彻夜寻欢，荒淫无度。颔联和颈联承此而写宫中的游乐之胜，其间用到了齐废帝东昏侯潘妃宝钏价值百万的典故。尾联转跌出强烈的兴亡之慨。整首诗对仗工稳、节奏谐和，具有一种雍容安雅的气度，虽有讽意，却表现得含蓄婉曲。

又如《明皇》：

> 山上汤泉架玉梁，云中复道拂瑶光。
> 丝囊暗结三危露，翠幌时遗百和香。
> 枉是金鸡近便坐，更抛珠被掩方床。
> 匆匆一曲凉州罢，万里桥边见夕阳。

第六章　宋元时期诗歌的发展与创作研究

在这首诗中,诗人对唐明皇宠爱杨贵妃最终导致兵变、几乎招致亡国的事情进行了吟咏,该诗以景作结,虽无直接的讥讽之辞,但是整首诗却能引起人们更深的思考。

钱惟演的诗作也引用很多典故,如《荷花》：

> 水阔雨萧萧,风微影自摇。
> 徐娘羞半面,楚女妒纤腰。
> 别恨抛深浦,遗香逐画挠。
> 华灯连雾夕,枷合映霞朝。
> 泪有纹人见,魂须宋玉招。
> 凌波终未度,疑待鹄为桥。

这首诗将荷花的袅娜风姿,用多个典故巧妙表现出来,"徐娘岁老,犹尚多情"之典出自《南史·梁元帝徐妃传》,"楚灵王好细腰"的典出自《韩非子》,荷花的多情令徐娘羞面,她的柔媚纤弱又让以细腰著称的楚女嫉妒。接下来对荷花的香气、形态进行了描述,并描写了荷花在傍晚华灯初放,夕阳映照的雾霭中一直到明朝红霞辉映下的身姿,描写细腻,让人有亲睹其景之感。

作为西昆体诗人的骨干之一,钱惟演等人皆是饱学经纶之士,他们的这种典丽诗风本身已体现了其深厚学养。但是,用典之频繁,也难免有堆砌之嫌。

四、欧阳修的诗歌

欧阳修(1007—1072),字永叔,号醉翁,晚年号六一居士,吉州永丰(今属江西)人。吉州原属庐陵郡,故欧氏自称庐陵人。他 4 岁丧父,寡母郑氏以荻杆画地教他识字读书。仁宗天圣八年(1030)进士,曾任枢密刚使、参知政事。谥文忠。与宋祁合撰《新唐书》,并独提《新五代史》。自著有《欧阳文忠公全集》共一百五十三卷,附录五卷,由南宋周必大编定。今存《四部丛刊》影元刊本及《四部备要》排印本等多种,收罗完备,几乎包括了欧阳修的全部诗、文、词及杂著。其中《居士集》五十卷,分古诗、律诗、赋、杂文等,系作者晚年自己编定,各文体内部按年代先后排次,可以看作欧阳修的一部较好的选集。

欧阳修诗的内容大致有以下几方面。

第一是反映现实国计民生的。如《边户》：

家世为边户，年年常备胡。
儿僮习鞍马，妇女能弯弧。
胡尘朝夕起，虏骑蔑如无。
邂逅辄相射，杀伤两常俱。
自从澶州盟，南北结欢娱。
虽云免战斗，两地供赋租。
将吏戒生事，庙堂为远图。
身居界河上，不敢界河渔。

这首诗揭露了屈辱的澶渊之盟①给国家和人民带来的深重灾难，在抨击朝廷的腐败无能的同时对边户的不幸遭遇表达了深厚的同情。诗中的边户是指与辽交界处的居民。整首诗以边民的口吻来进行叙述，前八句叙说澶渊之盟以前边民对契丹的抵抗和斗争。诗的后八句写了澶渊之盟后边民的生活。整首诗把澶渊之盟的前后作为对照，对朝廷主和派进行了深刻有力的揭露，并进行了深刻的讽刺。

又如《答杨辟喜雨长句》：

吾闻阴阳在天地，升降上下无时穷。
环回不得不差失，所以岁时无常丰。
古之为政知若此，均节收敛勤人功。
三年必有一年食，九岁常备三岁凶。
纵令水旱或时遇，以多补少能相通。
今者吏愚不善政，民亦游惰离於农。
军国赋敛急星火，兼并奉养过王公。
终年之耕幸一熟，聚而耗者多於蜂。
是以比岁屡登稔，然而民室常虚空。
遂令一时暂不雨，辄以困急号天翁。
赖天闵民不责吏，甘泽流布何其浓。
农当勉力吏当愧，敢不酌酒浇神龙。

这首诗揭露了朝廷赋敛、兼并、力役之苦，叙述了农民的悲惨遭遇，具有丰富的社会政治内容，使诗作有较强的感染力。

---

① 澶州又名澶渊，因此将1005年北宋与辽之间订立和约之事称为"澶渊之盟"。

第六章 宋元时期诗歌的发展与创作研究

第二是慨叹人生世态的。如《戏答元珍》：

春风疑不到天涯，二月山城未见花。
残雪压枝犹有橘，冻雷惊笋欲抽芽。
夜闻归雁生乡思，病入新年感物华。
曾是洛阳花下客，野芳虽晚不须嗟。

此诗历来被看作是欧阳修的代表作，虽然诗人遭受贬谪，但是仍以坦荡的胸怀和旷达的精神在困境中奋发向上，抒发了自己倔强不屈的心境。

又如《去思堂手植双柳今已成荫，因而有感》：

曲栏高柳拂层檐，却忆初栽映碧潭。
人昔共游孰在？树犹如此我何堪！
壮心无复身从老，世事都销酒丰酣。
后日更来知有几，攀条莫惜驻征骖。

在这首诗中，诗人将眼前的景与深沉的感慨结合在一起，边叙写，边议论，从而传达出一种惜别的忧伤之情。

第三是以写景咏物为主的。如《远山》：

山色无远近，看山终日行。
峰峦随处改，行客不知名。

这首诗与苏轼的《题西林壁》有着异曲同工之妙，充分显示出了欧阳修本人凝练的诗风。

又如《画眉鸟》：

百啭千声随意移，山花红紫树高低。
始知锁向金笼听，不及林间自在啼。

在这首诗中，诗人借咏画眉以抒发了自己所认识到的人生哲理。诗人面对"山花红紫"之中画眉鸟的"自在啼啭"，并未多作欣赏和描述。而是突然联想到"锁向金笼"中的画眉鸟，在对两种处境的比较中，以"不及"显示出诗人自身鲜明的主观意向，蕴含了深广的社会意义和人生价值的评判。

欧阳修今存诗八百六十余首，在当时推为大家。欧阳修作诗，力矫西昆体的浮艳诗风，"以气格为主"，在"平易疏畅"上下功夫。如《再至汝阴三绝》（其一）：

> 黄栗留鸣桑葚美,紫樱桃熟麦风凉。
> 朱轮昔愧无遗爱,白首重来似故乡。

这首诗风格清新自然,语言平易舒畅,写景述道皆娓娓道来,无雕饰痕迹,代表了欧诗独特的艺术风貌。

欧阳修的诗歌在表现手法上,则继承韩愈"以文为诗"的传统,表现出散文化的艺术倾向,开一代宋诗风气。欧诗的散文化,首先表现在以古文章法写诗,讲究转折顿挫,虚实正反。如《飞盖桥玩月》:

> 天形积轻清,水德本虚静。云收风波止,始见天水性。
> 澄光与粹容,上下相涵映。乃于其两间,皎皎挂寒镜。
> 馀晖所照耀,万物皆鲜莹。矧夫人之灵,岂不醒视听。
> 而我于此时,翛然发孤咏。纷昏忻洗涤,俯仰恣涵泳。
> 人心旷而闲,月色高愈迥。惟恐清夜阑,时时瞻斗柄。

这首诗写作者于盛夏之夜在飞盖桥下观赏湖光月色尽情歌咏的情景,全用散文笔法。开头六句写天形水性之清幽和天光水色之涵映,一虚一实。随后四句以寒镜作比,写出月下万物一片清幽皎洁的景象。再以"矧夫"二句一转,正反相生,描写自己高歌、游泳之欢快。最后以"惟恐"二句综合全诗。寓情于景,转折顿挫,使诗的节奏和声律在和谐中又有错落之美,悦人耳目。

其次是句子结构的散文化。欧阳修的古诗几乎通首散行,长短句杂出,骈偶对仗者甚少,句子结构与散文无异。如《食糟民》:

> 田家种糯官酿酒,榷利秋毫升与斗。
> 酒沽得钱糟弃物,大屋经年堆欲朽。
> 酒醅漉潴如沸汤,东风吹来酒瓮香。
> 累累罂与瓶,惟恐不得尝。
> 官沽味醲村酒薄,日饮官酒诚可乐,
> 不见田中种糯人,釜无糜粥度冬春。
> 还来就官买糟食,官吏散糟以为德。
> 嗟彼官吏者,其职称长民,
> 衣食不蚕耕,所学义与仁,
> 仁当养人义适宜,言可闻达力可施。
> 上不能宽国之利,下不能饱民之饥。
> 我饮酒,尔食糟。
> 尔虽不我责,我责何由逃!

第六章　宋元时期诗歌的发展与创作研究

在这首诗中,诗句以七言为主,三、五言杂出其间,句子结构复杂,构成一种平易朴质、参差错落之美,既标志着欧诗独特的艺术形式美,也开启有宋一代诗风的先河。

再次是诗中直接运用散文常用的语气助词或在句中用介词和结构助词等。如"旁斯石篆何奇哉"(《石篆诗》),"得闲何鲜焉"(《偶书》)等,用于句尾;又如"甚者云黜周"(《送黎生下第还蜀》),"信哉奇且秀"(《送县颍归庐山》)等,句中皆含有助词和介词。又如"矧夫人之灵,岂不醒视听"(《飞盖桥玩月》),"上不能宽国之利,下不能饱尔之饥"(《食糟民》)等句式与散文无异。诗歌中用之、乎、者、也这类古文词语,并非自宋人始,然而用语助词之多而普遍,则当以宋诗为最。

总体来说,欧阳修的诗以议论和散文笔法入诗,开拓了诗歌艺术美的新领域,同时又多家借鉴,自成一家,有力地促进诗歌革新运动的发展,对王安石、苏轼等人的诗歌也产生了很大影响。

五、苏轼的诗歌

苏轼(1037—1101),字子瞻,号东坡居士,眉州眉山(今四川省眉山县)人。是北宋杰出的散文家和诗人。他的父亲苏洵、弟弟苏辙,都是当时有名的文学家,合称"三苏",而苏轼的成就最大。宋仁宗嘉祐二年(1057)考中进士,入朝做官。他思想比较保守,是保守派。王安石当政时推行新法,他极力反对,遭到打击和排斥。后来又因作诗获罪,被捕入狱,贬为黄州团练副使(掌握地方军事的助理官)。宋哲宗时,旧党当权,被召回为翰林学士。后来新党执政,他又被贬到惠州(今广东省惠阳县)。63岁时又远徙琼州(今海南岛)。后赦还,死于常州(今江苏省常州市)。他的一生是在激烈的政治斗争中度过的。

苏轼诗现存两千七百多首,风格多样,题材丰富,手法多变,既继承了唐诗注重意境的优长,又独辟蹊径,将情感、意象、哲理三者完美结合,形成了议论化、散文化、哲理化的特点。

从题材上看,反映民生疾苦和时政得失的篇章,在苏轼诗中数量并不很多,而这些作品在思想和艺术上也缺乏特色,反倒是一些写农村风物的诗,笔调清新,给人以别开生面之感。比如《新城道中》其一:

东风知我欲山行,吹断檐间积雨声。
岭上晴云披絮帽,树头初日挂铜钲。
野桃含笑竹篱短,溪柳自摇沙水清。

西崦人家应最乐,煮芹烧笋饷春耕。
　　身世悠悠我此行,溪边委辔听溪声。
　　散材畏见搜林斧,疲马思闻卷旆钲。
　　细雨足时茶户喜,乱山深处长官清。
　　人间岐路知多少,试向桑田问耦耕。

在这首诗中,诗人对出巡途中所见的美丽景色进行了描写,愉快地赞美了山村人家和平的劳动生活。

苏轼诗歌中最为人称道且成就最高的是那些抒发人生情怀的作品,在这些作品中,苏轼往往通过佛禅老庄思想来理解人生,从而使这些作品具有很强的哲理性,但苏轼的哲理诗又不是生硬地说理,枯燥地议论,而是将自己的人生体验融入其中,这样往往会将一些习见的题材提升到一个很高的层次,从而使诗歌的内涵显得非常深厚。如《和子由渑池怀旧》:

　　人生到处知何似?应似飞鸿踏雪泥。
　　泥上偶然留指爪,鸿飞那复计东西?
　　老僧已死成新塔,坏壁无由见旧题。
　　往日崎岖还记否?路长人困蹇驴嘶。

这首诗写的是传统的兄弟之情,但又不限于此,更有一种对于人生的体味和感悟。诗的前四句认为人生充满了不可知,就像鸿雁在飞行过程中,偶一驻足雪上,留下印迹,而鸿飞雪化,一切又都不复存在。后四句写老僧、题壁和往日的坎坷也不过是泥上爪印而已,进一步感叹了人生的无常。

如《赠刘景文》:

　　荷尽已无擎雨盖,菊残犹有傲霜枝。
　　一年好景君须记,正是橙黄橘绿时。

诗人在写景的同时表现出对苦难的傲视和对痛苦的超越,表现出一种旷达乐观的人生态度。

但苏轼的一生实在是过于坎坷,因此在他的一些诗中我们仍然能够体会到那种不时袭来的失意、悲哀与痛苦,虽然大多数时间里都为豁达旷放所掩盖。如《纵笔三首》其一:

　　寂寂东坡一病翁,白须萧散满霜风。
　　小儿误喜朱颜在,一笑那知是酒红。

第六章 宋元时期诗歌的发展与创作研究

> 父老争看乌角巾,应缘曾现宰官身。
> 溪边古路三叉口,独立斜阳数过人。
> 北船不到米如珠,醉饱萧条半月无。
> 明日东家知祀灶,只鸡斗酒定膰吾。

这首诗中既有对人生的感慨,又有一种挥之不去的落寞与失意,而这种失意的愁苦又以他一贯的旷达排遣开来。东坡晚年的很多诗表露的都是这样一种极为复杂的情怀,旷达之中蕴含着深深的悲哀。

苏轼才高学博,各体无所不能,尤以七言古体最为杰出,笔锋锐利,语言畅快,多淋漓尽致之语,少含蓄蕴藉之致,能够充分体现其性格中豪放的一面。比如《游金山寺》:

> 我家江水初发源,宦游直送江入海。
> 闻道潮头一丈高,天寒尚有沙痕在。
> 中泠南畔石盘陀,古来出没随涛波。
> 试登绝顶望乡国,江南江北青山多。
> 羁愁畏晚寻归楫,山僧苦留看落日。
> 微风万顷靴文细,断霞半空鱼尾赤。
> 是时江月初生魄,二更月落天深黑。
> 江心似有炬火明,飞焰照山栖乌惊。
> 怅然归卧心莫识,非鬼非人竟何物?
> 江山如此不归山,江神见怪惊我顽。
> 我谢江神岂得已,有田不归如江水。

这首诗由万里宦游入手,继而写江景、晚景、夜景,以"望乡国"统合全篇,视野广阔,气势纵横,语言酣畅,确实是东坡古体诗的代表作。

苏轼一生喜欢登山临水,探访名胜。各地的山川妙境,奇景风光,构成了苏轼诗歌瑰丽的艺术画卷。苏轼的这类山水诗,善于把握瞬间变幻的感受,捕捉稍纵即逝的境界,诗思超逸,造语新奇。如《饮湖上初晴后雨》其二:

> 水光潋滟晴方好,山色空濛雨亦奇。
> 欲把西湖比西子,淡妆浓抹总相宜。

在这首诗中,诗人对西湖的景色进行了赞美。诗的前两句写西湖晴雨之景,后两句以西湖比西子,意境深远,想象奇特,显示出西湖绝佳胜景,从而使得这首诗成为歌咏西湖的名篇。

总体来说,苏轼继续发展了韩愈以文为诗的传统,笔力纵横驰骋,议论滔滔不绝,宋诗好说理、好议论、以散文入诗的特点,在苏轼诗中都得到极大的发挥。

六、王安石的诗歌

王安石(1021—1086),字介甫,晚年号半山,抚州临川(今江西省临川县)人。他在少年时代就喜欢读书,擅长写文章。20岁以前,曾随父游历南北各地,看到了社会的深刻矛盾。22岁考中进士,做了十多年的地方官,干了许多利国利民的事情。宋神宗时,任参知政事(相当于副宰相),后又任同中书门下平章事(相当于宰相),他不顾满朝大官僚地主的反对,推行新法,改革旧政。但是,由于保守派的反对、破坏和攻击,新法失败,他被迫辞职,忧愤成疾而死。因为他曾被封为荆国公,所以人称"王荆公"。

王安石存诗一千五百多首,诗歌创作以退居江宁为界,前后两期诗风有很大差别:前期宗杜,学习杜甫关心政治时事,同情人民疾苦的写实精神。其《杜甫画像》诗云:

吾观少陵诗,为与元气侔。
力能排天斡九地,壮颜毅色不可求。
浩荡八极中,生物岂不稠。
丑妍巨细千万殊,竟莫见以何雕锼。
惜哉命之穷,颠倒不见收。
青衫老更斥,饿走半九州。
瘦妻僵前子仆后,攘攘盗贼森戈矛。
吟哦当此时,不废朝廷忧。
常愿天子圣,大臣各伊周。
宁令吾庐独破受冻死,不忍四海寒飕飕。
伤屯悼屈止一身,嗟时之人死所羞。
所以见公像,再拜涕泗流。
惟公之心古亦少,愿起公死从之游。

从这首诗中可以看出王安石对杜甫的崇拜之情,溢于言表。同时,他从治国平天下的高度去认识杜甫,所以能揭示出杜甫忠君爱国、悯人省身的仁学内涵。

这个时期王安石的诗歌多政治诗,能紧密结合时事政治,反映面广,提出的问题尖锐;创作态度严肃,能把自己长期观察、分析社会现实的感受和渴望济世国俗的理想抱负写进诗中,内容充实,富有鲜明的政治倾向性。如

第六章　宋元时期诗歌的发展与创作研究

《感事》《收盐》《省兵》《兼并》《读诏书》《发廪》等诗篇,密切联系现实人生,涉及政治、经济、军事各个方面,表现了他主张革除弊政、关心民生疾苦的思想和博大胸怀。艺术上近体多仿杜诗句法,古体则吸取韩诗健拔雄奇、以文为诗的艺术特色,具有劲峭雄直之气。

除政治诗外,王安石还有大量咏史诗。如《商鞅》:

> 自古驱民在信诚,一言为重百金轻。
> 今人未可非商鞅,商鞅能令政必行。

这首诗不仅是替商鞅翻案,也是为变法正名。

又如《贾生》:

> 一时谋议略施行,谁道君王薄贾生?
> 爵位自高言尽废,古来何曾万公卿。

在这首诗中,诗人选取了与众不同的角度对贾谊进行吟咏,整首诗采用反诘句,寓答于反问之中,以贾谊的"谋议略施行"与身居高位的达官贵人"言尽废"相对照,突出了贾谊超群的才能与汉文帝的爱惜贤才,写出了与唐代诗人李商隐《贾生》一诗所不同的历史看法。

王安石后期的诗歌是指他在熙宁九年罢相后的创作。仕途的丰富经历,变法失败的复杂心情,使他的诗风发生很大变化:前期诗歌中洋溢的那种政治热情已逐渐消退,大量的写景诗取代了政治诗的位置;艺术上注重对仗、用典、声律的精益求精,吸收王维诗歌的取境之长,追求诗歌的艺术美。他博观约取,熔铸前人,以独特的抒情方式和艺术风格,创立了为严羽《沧浪诗话》所标举的"王荆公体"。名作很多,如《江上》:

> 江北秋阴一半开,晓云含雨却低徊。
> 青山缭绕疑无路,忽见千帆隐映来。

这首诗的头两句写了江面上的景色,突出了天气的阴晴不定,后两句写远望之景,"青山缭绕疑无路,忽见千帆隐映来"与陆游的"山重水复疑无路,柳暗花明又一村"有着异曲同工之妙。

又如《书湖阴先生壁》其一:

> 茅檐长扫净无苔,花木成畦手自栽。
> 一水护田将绿绕,两山排闼送青来。

这首诗的前两句对湖阴先生家庭院的环境清幽进行了赞美,暗示主人

173

生活情趣的高雅。后两句写山水对湖阴先生的深情,并用"护田"与"排闼"两个词语将山水化成了具有生命感情的形象。整首诗清新隽永,韵味深长。

宋叶梦得《石林诗话》说"王荆公晚年诗律尤精严,造语用字,间不容发;然意与言会,言随意遣,浑然天成,殆不见有牵率排比处"(卷上);清吴之振《宋诗钞》说他"遗情世外,其悲壮即寓闲澹之中"(《临川诗钞序》),都比较恰当地指出了王安石后期诗歌的艺术特征。王安石学杜及其诗歌创作,熔论议、学问、诗律于一炉,达到"致用""务本"的融合为一,以精严深刻见长,而又以闲淡新奇出之,反映了宋人对诗歌从价值选取到审美理想的全面要求。

七、黄庭坚的诗歌

黄庭坚(1045—1105),字鲁直,自号山谷道人,晚号涪翁,又称豫章黄先生,洪州分宁(今江西修水)人。黄庭坚是北宋英宗治平四年进士,历官叶县尉、北京国子监教授、校书郎、著作佐郎、秘书丞、涪州别驾、黔州安置等。绍圣初以校书郎坐修《神宗实录》失实被贬职,后来新党执政,屡遭贬,1105年农历九月三十日(11月8日)死于宜州贬所。

黄庭坚论诗,强调推陈出新,追求"夺胎换骨"和"点铁成金"。黄庭坚在《答洪驹父书》中说:

> 自作语最难,老杜作诗,退之作文,无一字无来处;盖后人读书少,故谓韩、杜自作此语耳。古之能为文章者,真能陶冶万物,虽取古人之陈言入于翰墨,如灵丹一粒,点铁成金也。

又释惠洪《冷斋夜话》卷一引黄庭坚语:

> 诗意无穷,而人之才有限;以有限之才,追无穷之意,虽渊明、少陵不得工也。然不易其意而造其语,谓之换骨法;窥入其意而形容之,谓之夺胎法。

所谓"夺胎换骨",就是体味和模拟古人的诗意而进行新的加工创造。所谓"点铁成金",就是以"陶冶万物"为基础,取"古人陈言"加以点化,赋予新的意蕴。

黄庭坚的诗歌立意曲深,富有思致,耐人寻绎,给人以初读觉枯涩平淡,细味之则倍感齿颊回甘,余味无穷之感。如《题竹石牧牛》:

> 野次小峥嵘,幽篁相倚绿。
> 阿童三尺棰,御此老觳觫。

第六章 宋元时期诗歌的发展与创作研究

> 石吾甚爱之,勿遣牛砺角。
> 牛砺角尚可,牛斗残我竹。

这首诗的前四句寥寥几笔,就将石之怪、竹之幽、童之神情、牛之老态等惟妙惟肖地现于纸上;后四句写观感,诗人以对画中小牧童谆谆嘱咐的手法出之,妙趣横生,别致新颖,而描画之生动逼真,诗人酷爱自然之情,自在不言之中。

又如《题落星寺》其三:

> 落星开士深结屋,龙阁老翁来赋诗。
> 小雨藏山客坐久,长江接天帆到迟。
> 宴寝清香与世隔,画图妙绝无人知。
> 蜂房各自开户牖,处处煮茶藤一枝。

这首诗的首联点出寺院的幽深因而吸引着文人雅士的题咏。颔联中描写了诗人因小雨在寺中闲坐,极目一望所见之景,诗人看到远接天涯的长江上不时会有星星点点的风帆慢慢驶近,但因相距太远,给人以仿佛永远也驶不到跟前之感。颈联写佛寺便室,清香一炷,淡淡氤氲,使人生出与世隔绝的感觉,诗人乘着游兴去看寺壁上的佛画,佛画虽妙,但不为世人所知,言外之意是此处真的如同与世隔绝一般。尾联写寺中的僧房都各自敞开着窗户时的情景,描绘形象生动。整首诗奇崛劲挺,营造出了一种清幽的意境。

黄庭坚的诗多数以讲究法度,求深求异,生新瘦硬为美,由此也给宋诗带来了一定的发展。如《六月十七日昼寝》:

> 红尘席帽乌靴里,想见沧州白鸟双。
> 马龁枯萁喧午枕,梦成风雨浪翻江。

这首诗岁时写梦,但是却从江湖之念泄气,到最后才点出梦字来,章法构想新奇,能够给人耳目一新的感觉。

黄庭坚善于以口语入诗,形成了一种近似游戏的风格。如《子瞻诗句妙一世,乃云效庭坚体,次韵道之》:

> 我诗如曹郐,浅陋不成邦;
> 公如大国楚,吞五湖三江。
> 赤壁风月笛,玉堂云雾窗;
> 句法提一律,坚城受我降。
> 枯松倒涧壑,波涛所舂撞;

>   万牛挽不前,公乃独立扛。
>   诸人方嗤点,渠非晁张双;
>   坦怀相识察,床下拜老庞。
>   小儿未可知,客或许敦厖;
>   诚堪婿阿巽,买红缠酒缸。

该诗的前四句写自己的诗不如苏轼的诗开阔雄浑,中间写了苏轼对自己的赏识,从其中的比喻可以看出作者高标兀傲的性格,最后四句是说自己的儿子或许可以与苏轼的孙女阿巽相配,意谓自己的诗比苏轼要低一等。这是后来的江西诗派所说的"打猛浑入,打猛浑出"的做法。

黄庭坚晚年的诗作刻意为诗的痕迹少了,奇险生硬的缺点几乎不复在,如《跋子瞻和陶诗》:

>   子瞻谪岭南,时宰欲杀之。
>   饱吃惠州饭,细和渊明诗。
>   彭泽千载人,东坡百世士。
>   出处虽不同,风味乃相似。

这首诗意境清新,语言流畅,有骨鲠之气。
又如《雨中登岳阳楼望君山》其一:

>   投荒万死鬓毛斑,生出瞿塘滟滪关。
>   未到江南先一笑,岳阳楼上对君山。

这首诗写于诗人遇赦归来之时。诗的首句写历尽坎坷,九死一生,次句写不曾想还活着出了瞿塘峡和滟滪关,表示劫后重生的喜悦。三四句进一步写放逐归来的欣幸心情。此诗用典自然贴切,语言流畅,意兴洒脱,映照出诗人不畏磨难、豁达洒脱的情怀,意境清新。

总体来说,黄庭坚的诗歌大多都包含多层的意思,讲究先章法的回旋曲折,具有鲜明的艺术个性。

第二节　南宋时期诗歌的发展与创作研究

公元1127年,北宋被金人灭亡,南宋建立。这是中国历史上一个重大的转折,空前的社会动荡和民族危机,给文学发展带来了巨大的影响。北宋

第六章　宋元时期诗歌的发展与创作研究

后期那些粉饰太平的作品彻底失去了生存的土壤,面对国难家仇,文人的创作自觉地与现实结合起来,从而为南宋一代文学奠定了爱国主义的基调。南宋前期的诗坛占主导的是以吕本中、陈与义、曾几等为代表的江西诗派,他们在继承黄庭坚、陈师道师法的基础上开始有所改变,更强调循规矩而多变化,重锤炼而归于自然,适应了南渡以后的诗坛变化。陈与义、吕本中等人去世后,一批出生于靖康前后的诗人登上了诗坛,由于他们切身感受到了山河破碎的动荡,因此在诗歌创作中多选择了平易自然,没有生硬晦涩的毛病。这些诗人中以陆游、杨万里、范成大为代表。南宋后期,随着国势的衰微,士风的萎靡,诗坛也日渐衰落,只有永嘉四灵的创作和以刘克庄为主的江湖诗派的创作产生了一定的影响,到了南宋几乎灭亡的时候,才出现了以文天祥为代表的一批遗民诗人,重振了诗歌中的爱国主题,对南宋的古典诗歌作了最后的总结。由于南宋的诗人与流派较多,限于篇幅本节我们主要对陈与义、陆游、杨万里、范成大和文天祥的诗歌创作进行阐述。

一、陈与义的诗歌

陈与义(1090—1138),字去非,号简斋居士,洛阳人。24 岁登太学上舍甲科,曾任太学博士、著作佐郎等。高宗南迁,陈与义经过一段流亡生活,到达临安。迁中书舍人、知制诰、参知政事。有《简斋集》。

陈与义的诗歌创作以 1126 年汴京陷落为界,明显地分为前后两期。前期多为咏物写景抒发个人情怀之作,或写闲情逸致,或写哀怨牢骚,清新淡雅,自成一家。如《雨》：

> 沙岸残春雨,茅檐古镇官。
> 一时花带泪,万里客凭栏。
> 日晚蔷薇重,楼高燕子寒。
> 惜无陶谢手,尽力破忧端。

这首诗借凄凄苦雨抒发去国怀乡之感,有杜甫诗歌中沉郁的风韵。
又如《襄邑道中》：

> 飞花两岸照船红,百里榆堤半日风。
> 卧看满天云不动,不知云与我俱东。

这首诗生动地描绘了诗人在春末夏初时节,从京城开封前往襄邑途中的景色。诗人乘船东行,天气晴朗,河岸野花纷纷。这些盛开的鲜花将河水都映红了,甚至连船帆都似乎染上了淡淡的红色。由于顺风顺水,小船一路轻扬,半日的功夫就到了离京百里之外的地方。诗人躺在船头,看着满天云彩,生出云彩伴我东行的念头,写出了自己悠闲的情趣。语言明白晓畅,情调轻快。

南渡以后,巨大的社会变动增强了诗人的现实感受,反映时局、感慨国事,表现爱国思想的诗逐渐多了起来,即使是一些登临或咏物之作也苍凉激越,寄托遥深。这一时期的作品,描绘了诗人国难当头时的抑郁而复杂的心情,塑造了诗人忧国忧民的形象。无论在风格上还是在精神上都更逼近杜甫,带有沉郁雄浑、慷慨悲凉的色彩。如《伤春》诗:

庙堂无计可平戎,坐使甘泉照夕峰。
初怪上都闻战马,岂知穷海看飞龙。
孤臣霜发三千丈,每岁烟花一万重。
稍喜长沙向延阁,疲兵敢犯犬羊锋。

这首诗写建炎三年(1129),宋高宗逃离临安躲避金兵,而臣子却率军民坚决阻击的史实。从造语用词等艺术技巧上看明显有学杜诗的痕迹,但在其中渗透着诗人真挚的感情。

陈与义长于七律,艺术上有显著的特色,如"客子光阴诗卷里,杏花消息雨声中"(《怀天经智老因访之》)等,语言清俊,对仗灵活,是圆转灵动的佳作,流丽之中不失劲峭之风。

二、陆游的诗歌

陆游(1125—1210),字务观,号放翁,越州山阴(今浙江绍兴)人。绍兴二十三年(1153)进士试第一,因位列秦桧孙子之前,次年礼部试时被黜落,直到秦桧死后才得以入仕。宋孝宗即位,赐进士出身。隆兴和议后不久,他被诬以"交结台谏,鼓唱是非,力说张浚用兵"(《宋史》本传),罢官闲居。乾道六年(1170),陆游出任夔州通判,他沿长江西上,一路饱览壮丽河山,并写成了著名的记游文字《入蜀记》。乾道八年(1172),陆游入四川宣抚使王炎军幕,参赞军务,短暂的军旅生涯激发了他的雄心壮志,也丰富了他创作的内容,一直到晚年所写的诗中,还经常出现这一时期"拥马横戈"的战斗场景。淳熙二年(1175),他到四川制置使范成大幕中任议官。言行不拘礼法,人讥其颓放,因自号放翁。淳熙五年(1178),陆游奉诏离开四川,后历任严州知府、礼部郎中等职。淳熙十六年(1189),被人弹劾而罢职,罪名之一是"嘲咏风月"。此后他长期居住在故乡山阴。嘉泰二年(1202),曾一度出

第六章　宋元时期诗歌的发展与创作研究

山担任史官,但不久失望而归。嘉定二年(1210)卒于山阴。

陆游现存诗九千三百多首,内容很丰富,这些诗歌内容广博,情感热烈,风格宏肆,是陆游诗集中最精华的部分。如《剑门道中遇微雨》:

　　衣上征尘杂酒痕,远游无处不消魂。
　　此身合是诗人未?细雨骑驴入剑门。

这首诗作于乾道八年(1172)陆游从抗金前线调到成都府安抚司任参议官的途中遇雨的情景,诗中并没有描写剑门关及微雨的具体情景,而是写了诗人自己的形象和此时此地的自我感觉。全诗之旨在于提出这样一个问题:我只配当个诗人么?蕴含了诗人从前线调到后方的深沉的感慨,表达了自己怀才不遇、报国无门、衷情难诉、壮志难酬的情怀。

又如《金错刀行》:

　　黄金错刀白玉装,夜穿窗扉出光芒。
　　丈夫五十功未立,提刀独立顾八荒。
　　京华结交尽奇士,意气相期共生死。
　　千年史策耻无名,一片丹心报天子。
　　尔来从军天汉滨,南山晓雪玉嶙峋。
　　呜呼,楚虽三户能亡秦,岂有堂堂中国空无人!

全诗情韵富饶,描绘简省,形象鲜明,表达了诗人的抗战理想和为国立功的壮志,写出了南宋军民不甘屈服的气概。

陆游诗歌中最突出的是反映民族矛盾的爱国诗歌。这些诗歌,洋溢着诗人的爱国热情,具有强烈的战斗性,如《书愤》:

　　早岁那知世事艰,中原北望气如山。
　　楼船夜雪瓜洲渡,铁马秋风大散关。
　　塞上长城空自许,镜中衰鬓已先斑。
　　出师一表真名世,千载谁堪伯仲间。

这首诗写于公元1186年春天,当时,陆游正在家乡山阴闲居,他看到黄河以南、淮河以北的广大地区都被金兵占领,而苟且偷安的南宋朝廷,除了向敌人称臣进贡之外什么作为都没有。他在悲愤失望之中写下了这首诗。在诗中,他一面回忆起早年豪迈的斗争生活,联想到一些抗敌英雄的辉煌战迹;一面又感到自己报国的壮志难以实现,慨叹朝中无人像诸葛亮那样出兵北伐,表达了自己愤恨的心情。

在山阴闲居期间,他参加了一些农业劳动,与农民建立了深厚的感情。有时他还骑着毛驴,带上药囊,到附近的村子里给农民治病施药,受到人们的热爱和尊敬。这时他写下了许多反映农村现实和描写田园风光的诗,风格虽然趋向平淡,但爱国思想更加深沉,直到临终时,还念念不忘恢复中原。他在写给儿子的遗嘱诗《示儿》中写道:

死去元知万事空,但悲不见九州同。
王师北定中原日,家祭无忘告乃翁。

这是诗人的遗嘱,也是诗人的最后号召。这首诗集中表现了他的爱国主义精神,抒发了他对南宋统治集团向金屈辱投降的悲愤感情,提出了坚持抗战、收复失地的希望和要求,表达了正义事业必定胜利的信念。

陆游是一位封建士大夫,他的作品中也有一定数量的诗歌是表现诗人闲情逸致的,如《临安春雨初霁》:

世味年来薄似纱,谁令骑马客京华?
小楼一夜听春雨,深巷明朝卖杏花。
矮纸斜行闲作草,晴窗细乳戏分茶。
素衣莫起风尘叹,犹及清明可到家。

这首诗作于淳熙十三年(1186)春,当时陆游已经62岁了,在故乡山阴赋闲了五年。这时,诗人虽然壮志未衰,但少年时期的裘马轻狂已经一去不返,因而对南宋朝廷偏安一隅的状况看的越发明了了。在这一年,陆游被起用为严州知府,赴任前去西湖边的客栈等候皇帝召见,百无聊赖之下创作了这首诗歌。诗中极为生动地描写出春雨初晴时的明媚风光,"小楼"一联尤为脍炙人口。同时,诗中还透露了诗人对官场生涯的厌倦情绪。

此外,陆游年轻时经历过一段不幸的爱情生活。他与表妹唐婉互相爱慕,并且顺利结为夫妻,但由于陆游的母亲不喜欢唐婉,两人被迫离婚,后来唐婉抑郁而死。在以后的五十年间,陆游一直把悲痛深藏心底,偶尔也形诸篇咏,创作了一系列爱情诗,其中最著名的就是《沈园二首》其一:

城上斜阳画角哀,沈园非复旧池台。
伤心桥下春波绿,曾是惊鸿照影来。
梦断香消四十年,沈园柳老不吹绵。
此身行作稽山土,犹吊遗踪一泫然!

陆游与表妹唐婉结婚后伉俪情深,但迫于母命而离异,十年后两人相遇

第六章　宋元时期诗歌的发展与创作研究

于沈园,不久唐婉郁郁而卒。四十年后陆游重游沈园,触景伤情,写下此诗,感情深沉。在宋代,爱情诗作极为寥落,像陆游这种触犯了封建家长制的爱情,更是几乎无人敢写,所以他这类诗就弥足珍贵了。

作为宋代诗坛的一位大家,陆游的诗在当时深受朱熹、范成大、杨万里、戴复古等人的称许,有"剑南之作传天下"(郑师尹《剑南诗稿序》)之说。

三、杨万里的诗歌

杨万里(1127—1206),字廷秀,吉州吉水(今属江西)人。绍兴二十四年(1154)举进士,历任国子博士、秘书少监等职,因弹劾洪迈,得罪孝宗,出知筠州。光宗即位后,又召为秘书监,并以焕章阁学士的身份做过伴金使。后因得罪权臣,以宝文阁侍制致仕,家居15年,屡召不赴。有《诚斋集》传世。

杨万里在创作上始终推崇脱胎换骨、点铁成金、讲究悟入的理论,但他又认为作诗应该直接师法自然,提倡到"山中物物是诗题"的大自然中去寻觅无尽的诗题诗料。他提倡以才气为诗,从而形成了风格独特的"诚斋体"。"诚斋体"可以用一个"活"字来概括。从语言上来讲,句法完整、意脉连贯,较多采用口语、俗语入诗,造成一种新颖、活泼、风趣、轻快的效果。杨万里诗的构思非常奇巧,曲折多变、灵动活脱。如《都下无忧馆小楼春尽旅怀》:

不关老去愿春迟,只恨春归我未归。
最是杨花欺客子,向人一一作西飞。

本来人老去之时于春天不再有少年人那般思绪,作者却偏偏愿春迟归,惜春之意未了,便一转而恨春已归去,又一转而自恨未能返乡。后两句不直写如何自恨,却写杨花尚能借东风而返,而自己在春尽时节仍客寓临安不能返乡,杨花西飞,正欺我客子也。直意曲说,正意反说,曲折回环,使全诗情致多变,意味深长。

杨万里的很多诗往往在别人意想不到处落笔,选择新颖的素材,并注意融入自己的主观体验,使之带有一种与众不同的理趣。如《新柳》:

柳条百尺拂银塘,且莫深青只浅黄。
未必柳条能蘸水,水中柳影引他长。

这种生动活泼的手法,把自己与自然景物息息相通的感情表达得十分深刻,是他把理学及禅宗观物体验的方式引入诗歌创作的产物。

  从内容和题材上看,杨万里最擅长描写山川风光、自然景色,所到之处,无不题咏,以至姜夔戏言"处处山川怕见君"(《送〈朝天续集〉归诚斋,时在金陵》)。在写景时,他善于发现平凡景物中的不平凡情趣,表达日常生活的瞬间感受,往往具有出人意表的艺术效果。比如《小池》:

  泉眼无声惜细流,树阴照水爱晴柔。
  小荷才露尖尖角,早有蜻蜓立上头。

  这首诗通过对小池中的泉水、树阴、小荷、蜻蜓的描写,描绘出一种具有无限生命力的朴素、自然,而又充满生活情趣的生动画面,表现了作者热爱生活的感情。

  又如《晓出净慈寺送林子方》:

  毕竟西湖六月中,风光不与四时同。
  接天莲叶无穷碧,映日荷花别样红。

  这首诗生动地描绘出了杭州西湖夏季时的不胜美景,表达了作者对西湖的赞美,同时也表现了作者送别好友时的依依不舍之情。

  与南宋的很多诗人一样,杨万里对南宋的偏安一隅的做法也有着深深的不满,在他的一些诗歌作品中流露出了对祖国山河破碎的悲痛和对南宋朝廷任用奸党、迫害忠良的做法的抨击。如《初入淮河四绝句》:

其一
船离洪泽岸头沙,人到淮河意不佳。
何必桑乾方是远,中流以北即天涯!
其二
刘岳张韩宣国威,赵张二相筑皇基。
长淮咫尺分南北,泪湿秋风欲怨谁?
其三
两岸舟船各背驰,波浪交涉亦难为。
只余鸥鹭无拘管,北去南来自在飞。
其四
中原父老莫空谈,逢着王人诉不堪。
却是归鸿不能语,一年一度到江南。

  这组诗的第一首写诗人入淮时的心情。"船离洪泽岸头沙,人到淮河意

第六章 宋元时期诗歌的发展与创作研究

不佳。"两句总起、入题。交代了出使的行程和抑郁的心情,为这一组诗奠定了基调。第二首是对造成山河破碎的南宋朝廷的谴责。第三首由景物写起,借景抒情。在这首诗中,诗人采取了虚实相生的写法,诗前两句实写淮河两岸舟船背弛、波痕相接也难以做到,虚写作者对国家南北分离的痛苦与无奈。后两句实写鸥鹭可以南北自由飞翔,虚写作者对国家统一、人民自由往来的愿望。第四首写中原父老不堪忍受金朝统治之苦以及他们对南宋朝廷的向往。含不尽之意于言外。

杨万里的诗歌中也有描写农民的劳动场面,对他们表示深切同情的作品。如《插秧歌》:

> 田夫抛秧田妇接,小儿拔秧大儿插。
> 笠是兜鍪蓑是甲,雨从头上湿到胛。
> 唤渠朝餐歇半霎,低头折腰只不答。
> 秧根未牢莳未匝,照管鹅儿与雏鸭。

在这首诗中,诗人描写了雨中抢插稻秧的情景,形象生动,场面紧张,真实地表现了农民的劳动生活。

总体来说,杨万里师法自然,创造出一种新鲜活泼、自然晓畅的诗歌语言,使当时的诗坛风气为之一变,成就斐然。虽然有些诗有取材琐碎、语言粗率乃至于油滑庸俗的毛病,但不能抹杀他开创新风的功绩。

在当时的诗坛,杨万里独执牛耳,陆游自己也说:"我不如诚斋,此评天下同。"(《谢王子林判院惠诗编》)南宋后期,陆游诗名渐渐高过杨万里,但直到明清,推崇杨万里的诗人仍有不少,像公安三袁、袁枚等都受其影响。

四、范成大的诗歌

范成大(1126—1193),字致能,号石湖居士,吴郡(今江苏苏州)人。绍兴二十四年(1154)进士及第后,步入仕途,政绩颇佳,一直做到参知政事,晚年退职闲居,归隐于苏州石湖。有《石湖居士诗集》传世。

范成大曾长年在各地任地方官,周知四方风土人情,诗歌反映的生活面比较广阔。他继承了唐代杜甫及元、白的新乐府的精神,不断以诗歌来反映民生疾苦,如《后催租行》:

> 老父田荒秋雨里,旧时高岸今江水。
> 佣耕犹自抱长饥,的知无力输租米。
> 自从乡官新上来,黄纸放尽白纸催。

卖衣得钱都纳却,病骨虽寒聊免缚。
去年衣尽到家口,大女临歧两分首。
今年次女已行媒,亦复驱将换升斗。
室中更有第三女,明年不怕催租苦。

这首诗客观叙写了一位老农一家的遭遇,深刻地反映出农民在官府苛重租税下的苦难生活。

孝宗乾道五年(1169),范成大以资政殿大学士身份出使金国,在朝见金主时词气慷慨,大义凛然,并冒死违例私自上书,为南宋利益竭力抗争,险被金太子所杀,最终全节而归,为时人所推重。在使金途中,范成大写下了72首纪行绝句,赞颂了忠臣义士的报国壮举,抒发了对故国荒废的黍离之感,讽刺了南宋朝廷的软弱政策,从不同角度刻画了沦陷区百姓的苦难,以及他们对收复中原的热切期望等。贯穿其中的是对国家民族危机的忧患意识与悲愤情感。比如《清远店》《翠楼》《州桥》:

清远店
女僮流汗逐毡軿,云在淮乡有父兄。
屠婢杀奴官不问,大书黥面罚犹轻。

翠楼
连衽成帷迓汉官,翠楼沽酒满城欢。
白头翁媪相扶拜,垂老从今几度看!

州桥
州桥南北是天街,父老年年等驾回。
忍泪失声询使者,几时真有六军来?

这三首诗,诗人从沦丧区人民的角度着笔,写他们倍受凌辱、蹂躏的遭遇,写他们盼望收复中原的心情,从这些描写中表现了诗人的爱国之情。

在退隐石湖的十年中,范成大写了很多的田园诗,全面、真切地描写了农村生活的各种细节,例如《四时田园杂兴》其二:

梅子金黄杏子肥,麦花雪白菜花稀。
日长篱落无人过,唯有蜻蜓蛱蝶飞。

这首诗的前两句用梅子黄、杏子肥、麦花白和菜花稀,写出了夏季南方农村景物的特点,有花有果,有色有形。第三句从侧面写出了农民劳动的情况:初夏农事正忙,农民早出晚归,所以白天很少见到行人。结尾一句以"唯有蜻蜓蛱蝶飞"以动衬静,更加突出了寂静。

第六章　宋元时期诗歌的发展与创作研究

五、文天祥的诗歌

文天祥(1236—1283),字履善,又字宋瑞,自号文山,庐陵(今江西吉安)人。宋理宗宝祐四年(1256),考取进士第一名。历任湖南、赣州等地方官,官至江西安抚使。德祐二年(1276),元兵迫近临安,他被任命为右丞相兼枢密使,代表南宋与元朝谈判,被扣留,解送北方。途中逃脱,至福建、江西一带,再度起兵抗元。景炎三年(1278),于广东兵败被俘,囚于燕京四年,拒绝元朝多次劝降,终被害。有《文山先生全集》。

文天祥前期的诗受江湖诗人的影响较深,后期主要继承杜甫忧国忧民的爱国思想和悲凉沉郁的风格,尤其他在奉使被拘之后所写的《指南录》《指南后录》《吟啸集》等,记叙自己抗元斗争的经历,抒发慷慨悲壮的爱国情怀,沉郁顿挫、警拔练达,有老杜之风。比如《过零丁洋》:

> 辛苦遭逢起一经,干戈寥落四周星。
> 山河破碎风飘絮,身世浮沉雨打萍。
> 惶恐滩头说惶恐,零丁洋里叹零丁。
> 人生自古谁无死?留取丹心照汗青。

这首诗表达了自己身当国事飘摇之时虽九死其犹未悔的爱国情怀,情调激越,风格悲壮。

又如《扬子江》:

> 几日随风北海游,回从扬子大江头。
> 臣心一片磁针石,不指南方不肯休。

这首诗以磁针石永远指南为喻,表示他永远忠于国家民族的坚贞气节,境界极为开阔。

再如《金陵驿》其一:

> 草合离宫转夕晖,孤云飘泊复何依!
> 山河风景元无异,城郭人民半已非。
> 满地芦花和我老,旧家燕子傍谁飞?
> 从今别却江南路,化作啼鹃带血归。

这首诗是文天祥北行途中路经金陵时所写,表现了深切的亡国之痛以及故土难忘的情怀。

文天祥被囚时所作的《正气歌》,更为全面深刻地表现了他的忠义情怀和英雄气概,是一首光照千古之作:

> 天地有正气,杂然赋流形。
> 下则为河岳,上则为日星。
> 于人曰浩然,沛乎塞苍冥。
> 皇路当清夷,含和吐明庭。
> 时穷节乃见,一一垂丹青。
> 在齐太史简,在晋董狐笔。
> 在秦张良椎,在汉苏武节。
> 为严将军头,为嵇侍中血。
> 为张睢阳齿,为颜常山舌。
> 或为辽东帽,清操厉冰雪。
> 或为出师表,鬼神泣壮烈。
> 或为渡江楫,慷慨吞胡羯。
> 或为击贼笏,逆竖头破裂。
> 是气所磅礴,凛烈万古存。
> 当其贯日月,生死安足论。
> 地维赖以立,天柱赖以尊。
> 三纲实系命,道义为之根。
> 嗟予遘阳九,隶也实不力。
> 楚囚缨其冠,传车送穷北。
> 鼎镬甘如饴,求之不可得。
> 阴房阒鬼火,春院闭天黑。
> 牛骥同一皂,鸡栖凤凰食。
> 一朝蒙雾露,分作沟中瘠。
> 如此再寒暑,百疠自辟易。
> 哀哉沮洳场,为我安乐国。
> 岂有他缪巧,阴阳不能贼。
> 顾此耿耿存,仰视浮云白。
> 悠悠我心悲,苍天曷有极。
> 哲人日已远,典刑在夙昔。
> 风檐展书读,古道照颜色。

这首诗是文天祥就义前在狱中所写的。所谓"正气",就是气贯长虹的"浩然之气",是中华民族数千年精神的集中体现。诗中遍举、颂扬古代胸怀

第六章　宋元时期诗歌的发展与创作研究

"正气"之士的高风亮节以自勉,树立起了一个道德与正义的楷模,集中体现了诗人的凛然正气、英雄气概、爱国情怀和"忠肝义胆",歌颂了中华民族的浩然正气。全诗慷慨激昂,体现了文天祥坚贞不屈的爱国情操。

第三节　元代诗歌的发展与创作研究

元代诗歌的主流创作倾向,是力主性情、追踪风雅,主张宗唐得古,在注重说理的宋诗之后,重新回到缘情而作的道路上来,从而使元诗在一定程度上呈现出新的面貌。元代诗歌以延祐(1314—1320)为界,分为前、后两个时期。前期诗歌以北方的耶律楚材、刘因、姚燧、卢挚和南方的戴表元、赵孟頫为代表。从总体上说,北方文学受元好问的影响较大,呈现出雄放粗犷的风格;南方文学则延续了南宋江湖诗派的风格,以清雅婉丽为特色。到了元代中后期,政治统治较为稳定,经济也有显著的恢复和发展。同时,由于儒学得到官方的承认,科举得到恢复,社会文化进一步发展,这都极大地影响到文人的心态。诗歌的创作也相应地发生着变化。其主要诗人,稍早有并称为"元四家"的虞集、杨载、范梈和揭傒斯。他们在大德、延祐间先后任职于京城,相互唱和切磋,影响了整个诗坛。稍后一点,萨都剌、杨维桢等崛起于诗坛,成就要超过"元四家"。限于篇幅,下面仅对耶律楚材、刘因、赵孟頫和杨维桢的诗歌进行研究。

一、耶律楚材的诗歌

耶律楚材(1190—1244),字晋卿,契丹贵族出身,曾仕金。蒙元时期,官至中书令,在政治上颇有作为。著有《湛然居士文集》14卷。

耶律楚材存诗七百二十多首。他曾随成吉思汗西征,驰骋万里,其诗不事雕琢而有雄浑之风,如《和移剌继先韵》:

> 旧山盟约已愆期,一梦十年尽觉非。
> 瀚海路难人去少,天山雪重雁飞稀。
> 渐惊白发宁辞老,未济苍生曷敢归。
> 去国迟迟情几许,倚楼空望白云飞。

这首七律诗句流畅沉稳,风骨遒健,写得动荡开阖、气象万千。
又如《辛巳闰月西域山城值雨》:

冷云携雨到山城,未敢冲泥傍险行。
　　夜听窗声初变雪,晓窥檐溜已垂冰。
　　泪凝孤枕三停湿,花结残灯一半明。
　　又向茅亭留一宿,行云行雨本无情。

这首诗描写了途中遇雨的情景,由于下雨,道路凶险,因此选择了避雨,雨下着下着就变成雪,突出了西域天气的多变。整首诗描写精当,对仗工整。

耶律楚材古近体兼擅,近体诗创作尤为突出,境界开阔,风格苍劲,在元人创作中颇为杰出。比如《阴山》:

　　八月阴山雪满沙,清光凝目眩生花。
　　插天绝壁喷晴月,擎海层峦吸翠霞。
　　松桧丛中疏畎亩,藤罗深处有人家。
　　横空千里雄西域,江左名山不足夸。

这首诗写阴山之景,诗意雄奇豪壮,文字自然奔放,气势不凡。他还有很多写边塞风光与山水游历的作品,能够体现出元代山水旅游诗文的典型特征。

耶律楚材本为辽皇族后裔而仕金,后又入蒙古王朝为官,政治上的倾轧不可避免,所以在他的诗中时有"黍离之叹",也不乏悲苦之情。比如《和张敏之诗七十韵》中说"避祸宜缄口,当言肯括囊。遭谗心欲剖,涉苦胆先尝"就反映了他政治上的惆怅苦闷心理。

二、刘因的诗歌

刘因(1249—1293),字梦吉,号静修,保定容城(今河北徐水)人。出身世儒家庭,尊崇儒道,精研性理之说,是当时北方著名的大儒。他在政治生活中与蒙元政府采取不合作的态度,曾短暂出仕,但很快辞官归隐,说:"不如此,则道不尊。"有《静修先生文集》传世。

刘因基本上继承了元好问的论诗主张,提倡诗歌要有风骨。所以他的一些诗颇有沉郁悲壮、清刚劲健之气,如《渡白沟》:

　　蓟门霜落水天愁,匹马冲寒渡白沟。
　　燕赵山河分上镇,辽金风物异中州。
　　黄云古戍孤城晚,落日西风一雁秋。
　　四海知名半凋落,天涯孤剑独谁投?

第六章 宋元时期诗歌的发展与创作研究

蓟门霜冷,西风残照,诗人匹马冲寒,独行天涯,诗意苍凉悲壮,颇有侠士之风。

刘因由于生活在蒙古统治的北方,他对宋、金时事多有与众不同的卓见,如《白沟》:

宝符藏山自可攻,儿孙谁是出群雄?
幽燕不照中天月,丰沛空歌海内风。
赵普元无四方志,澶渊堪笑百年功。
白沟移向江淮去,止罪宣和恐未公。

诗中指出北宋开国以后一贯的对外妥协政策,种下靖康南渡的祸根,精辟深刻,能言人所未能言。

刘因还有一些诗比较典型地体现了当时遗民的思想感情,反映了深厚的民族情结,如《白雁行》:

北风初起易水寒,北风再起吹江干。
北风三起白雁来,寒气直薄朱崖山。
乾坤噫气三百年,一风扫地无留钱。
万里江湖想潇洒,伫看春水雁来还。

这首诗通过对深秋萧瑟肃杀景物的描写,表现出对南宋王朝灭亡的深切的哀痛。

辞官归隐之后,由于精神境遇与陶渊明相似,刘因写了很多和陶诗,诗风也趋于清雅淡远,有些小诗描绘自然景物和生活情趣,想象丰富奇特,语言清新生动,很有特点。比如《偶成》:"梦回闻雨声,忽觉是风叶;问予何以知,仰见梁间月。"就是其中的代表作。

三、赵孟頫的诗歌

赵孟頫(1254—1322),字子昂,号松雪道人,一号水精宫道人,湖州(今浙江吴兴)人。他是宋代宗室之后,入元后经程钜夫荐举出仕,历任兵部郎中、翰林学士承旨等职,死后追封魏国公。工诗文,尤擅书画。有《松雪斋集》。

赵孟頫各体兼工,而七律尤为后人所推崇。如《岳鄂王墓》:

鄂王坟上草离离,秋日荒凉石兽危。
南渡君臣轻社稷,中原父老望旌旗。

英雄已死嗟何及,天下中分遂不支。
　　莫向西湖歌此曲,水光山色不胜悲。

　　诗中将对岳飞的钦佩之情和对南宋君臣的愤怒谴责融为一体,情感真挚,沉郁顿挫,写法上情景交融,寓议论于抒情之中,对仗工整,气韵生动,为七律佳作。其他如《钱塘怀古》等,在情感与意蕴上与此诗都有相通之处,可见其故国凄凉之感。

四、杨维桢的诗歌

　　杨维桢(1296—1370),字廉夫,号铁崖,又号铁笛道人,绍兴会稽(今属浙江)人。泰定四年(1327)进士,授天台县尹,后为江西等处儒学提举。晚年隐居松江。明初应召至南京,纂修礼乐书,不久归里。有《铁崖古乐府》《东维子文集》等。

　　杨维桢个性率真,主张文学应该真实地表达人的自然之性。他强调作诗要纯任"性情",说:"诗者,人之情性也。人各有情性,则人各有诗也。"(《李仲虞诗序》)实际上已开了明代"性灵派"的先河。

　　杨维桢崇尚自由,排斥律诗,其"铁崖体"以自由奔放的古乐府为主要体式。杨维桢的古乐府取法汉魏、六朝、李白、李贺,善用古韵,但多数题目得自新创,在创作中又着意翻新,所以诗思跳跃,诗风瑰奇,有自己的鲜明特点。比如《鸿门会》是他的古乐府代表作:

　　天迷关,地迷户,东龙白日西龙雨。
　　撞钟饮酒愁海翻,碧火吹巢双狖鼬。
　　照天万古无二乌,残星破月开天馀。
　　座中有客天子气,左股七十二子连明珠。
　　军声十万振屋瓦,排剑当人面如赭。
　　将军下马力排山,气卷黄河酒中泻。
　　剑光上天寒彗残,明朝画地分河山。
　　将军呼龙将客走,石破青天撞玉斗。

　　这首诗明显是学李贺的《公莫舞歌》,但是他自己认为"贵袭势,不袭其辞"(《大数谣》吴复注引),所以真正能够学得李贺诗歌的精神内涵并有自己的创造性发挥。

　　杨维桢的另一首古乐府《五湖游》也能够学得李贺诗的神韵,诗思跳荡,想象奇特诡谲:

第六章　宋元时期诗歌的发展与创作研究

　　鸱夷湖上水仙舟,舟中仙人十二楼。
　　桃花春水连天浮,七十二黛吹落天外如青沤。
　　道人谪世三千秋,手把一枝青玉虬。
　　东扶海日红桑椹,海风约在吴王洲。
　　吴王洲前校水战,水犀十万如浮鸥。
　　水声一夜入台沼,麋鹿已无台上游。
　　歌吴歌,舞吴钩,招鸱夷兮狎阳侯。
　　楼船不须到蓬丘,西施郑旦坐两头。
　　道人卧舟吹铁笛,仰看青天天倒流。
　　商老人,橘几奕?东方生,桃几偷?
　　精卫塞海成瓯窭,海荡邛山漂髑髅。
　　胡为不饮成春愁。

　　诗中仙境与人世杂陈,战争与游乐更迭,时空随意转换,想象跳跃奇幻,人称"真天仙之悟民"。

　　杨维桢对个人精神的注重,体现了一种蔑视现世权威的反抗精神。他诗中对城市生活和世俗快乐的讴歌,则体现着市民文化形态的鲜明特征。因此杨维桢诗的审美情趣和前人有很大不同,背离了诗歌传统的"雅正"要求,而与宋元以来小说、戏剧、散曲等市井文艺的艺术趣味相通,热烈奔放,情感直露。他的诗代表了中国古典诗歌在新的历史状态中发生变化的新趋向,在诗歌史上有着独特的价值。

第七章 明代诗歌的发展与创作研究

由于经历了元末动荡的战乱和明朝初期整饬政策下的高压统治,明朝初期的诗歌创作多以时代的创伤和个人的遭际为主,基调凝重悲壮。随着明朝经济的逐步复苏,人民的生活逐渐安定起来,士人的忧患意识呈现出减弱的趋势,另外,受思想文化上的专制主义和特务统治的影响,让整个创作环境有了一种不安全感。这个时期精神上贫乏的知识分子在追求仕进和自我平衡的心态中,欣赏的是一种平稳和谐、雍容典雅的美。这种美学追求使得台阁体诗在明朝前期的诗坛上盛行。到了明朝成化、弘治年间,台阁体逐渐趋向衰退,这一时期对诗坛具有重要影响的是茶陵派。到了明朝弘治、正德年间时,以李梦阳、何景明为首的"前七子"的文学流派开始重新审视文学现状,寻求文学出路,掀起了文学复古运动。前七子的文学活动在明朝嘉靖前期逐渐偃旗息鼓,到嘉靖中期时,以李攀龙、王世贞为首的后七子,重新在诗坛上举起了复古大旗。晚明时期,无论是文学观念还是创作倾向,都出现了新的特点。为了力矫前后七子文学复古所难以克服的拟古蹈袭的弊病,以袁宏道为代表的公安派,提出以"性灵说"为内核的文学主张,肯定了文学真实地表现人的个性化情感与欲望的重要性。继公安派之后,以钟惺、谭元春为首的竟陵派崛起于文坛,他们继承了公安派的某些文学趣味,而针对公安派的流弊,力图将文学引入"幽情单绪""孤行静寄"的境界,这在一定程度上显示出晚明文学中激进活跃精神趋于衰落的迹象。

第一节 开国勋臣刘基的诗歌

刘基(1311—1375),字伯温,青田人,年少博学,元至顺四年(1336)举进士,官至浙东行省郎中,后辞归。至正二十年(1360)为朱元璋所聘,成为开国功臣之一,后封为诚意伯,官至御史中丞。著有《诚意伯文集》。

刘基论诗力主"讽喻",提倡理、气并重,重视时代风格,强调经世致用。

第七章　明代诗歌的发展与创作研究

诗歌创作师法杜甫和韩愈,既沉郁顿挫又奇崛豪放,晚年之作归于哀婉悲凉。

刘基早期诗歌描绘了元末社会动乱,反映出人民的疾苦。如《野田黄雀行》:

> 野田雀,觜啄啄,朝食山下禾,暮食山上粟。
> 千百为群丛薄里,忽然惊飞若蜂起。
> 飞飞却落稻田中,众口齐啄稻为空。
> 农夫力田望秋至,沐雨梳风尽劳瘁。
> 王租未了私债多,况复尔辈频经过。
> 野田雀鹰隼,高翔不汝击,农夫田父愁何极!

这首诗写出了"王租未了私债多",农民在租税及高利贷双重剥削下的痛苦生活。

又如《雨雪曲》:

> 北风吹尘沙,雨雪日夜深。
> 三足之乌毛氄飞不远,白昼惨淡成幽阴。
> 青天冥冥不可睹,水有罔象路有虎。
> 平民避乱入山谷,编蓬作屋无环堵。
> 回看故里尽荆榛,野鸟争食声怒嗔。
> 盗贼官军齐劫掠,去住无所容其身。
> 呜呼,彼苍何日回春阳,北风雨雪断人肠!

这首诗歌对连年战乱中农民颠沛流离的惨状进行了描写,表达出了对农民深刻的同情。

他还在《孤儿行》《病妇行》《田家》等诗中,表达了对弱者的同情。在《夏夜台州城中作》《赠刘宗周六十四韵》等诗中,抒发了为民请命的志愿。

刘基兼善诸体诗,不过,其"乐府高于古体,古诗高于近体,五言近体又高于七言"①。

刘基的乐府诗能根据不同题材进行不同的艺术创造,有表现方法多样性的艺术特色。如《梁甫吟》:

> 谁谓秋月明?蔽之不必一尺翳。
> 谁谓江水清?淆之不必一斗泥。

---

① 钱基博.明代文学史[M].北京:中华书局,1993:904.

> 人情旦暮有翻覆,平地倏忽成山溪。
> 君不见桓公相仲父,竖刁终乱齐;
> 秦穆信逢孙,遂违百里奚。
> 赤符天子明见万里外,乃以薏苡为文犀。
> 停婚仆碑何震怒,青天白日生虹蜺。
> 明良际会有如此,而况童角不辨粟与稊。
> 外间皇父中艳妻,马角突兀连牝鸡。
> 以聪为聋狂作圣,颠倒衣裳行蒺藜。
> 屈原怀沙子胥弃,魑魅叫啸风凄凄。
> 梁甫吟,悲以凄。
> 岐山竹实日稀少,凤凰憔悴将安栖!

这首诗以参差不齐的句式、首尾诘问的方式,表达出诗人一种极其复杂、烦乱的心态。《明诗别裁集》曾评论此诗说:"拉杂成文,极烦冤聩乱之致,此《离骚》遗音也。"这种评论是比较贴切的。

刘基的律诗,尤其是五律,也有不少好的作品。其不仅具有较强的现实感,严谨的构思,还往往写得劲健深沉。如《古戍》:

> 古戍连山火,新城殷地笳。
> 九州犹虎豹,四海未桑麻。
> 天迥云垂草,江空雪覆沙。
> 野梅烧不尽,时见两三花。

在这首诗中,诗人用简单的语句将元代末期混乱的社会图景展示在人们面前,诗歌意境开阔,对仗工整。在诗歌的最后两句描写了野地上正在开放的野花,给人一种充满生机的希望。

刘基还有一首奇特宏伟的充满神话色彩的长诗《二鬼》:

> ……
> 郁仪手捉三足老鸦脚,脚踏火轮蟠九螭。
> 咀嚼五色若木英,身上五色光陆离。
> 朝发旸谷暮金枢,清晨还上扶桑枝。
> 扬鞭驱龙扶海若,蒸霞沸浪煎鱼龟。
> 辉煌焜耀启幽暗,燠煦草木生芳蕤。
> 结璘坐在广寒桂树根,潋咽桂露芬香菲。
> 啖服白兔所捣之灵药,跳上蟾蜍背脊骑。

第七章 明代诗歌的发展与创作研究

　　描光弄影荡云汉,闪奎烁壁葩花摘。
　　手摘桂树子,撒入大海中,散与蚌蛤为珠玑。
　　或落岩谷间,化作珣玗琪。
　　人拾得吃者,胸臆生明鲝。
　　内外星官各职职,惟有两鬼两眼昼夜长相追。
　　……

　　这首诗长达一千二百多字,叙写管理日月的结邻、郁仪二鬼违背天帝意志,再造乾坤,终于得罪天帝,被幽囚于"银丝铁栅内"。二鬼无可奈何,只好等待天帝息怒,再重返天上。诗中二鬼据说隐喻自己和宋濂,曲折地表达了他在朱元璋猜忌压抑下的苦闷。全诗想象奇谲,语言瑰丽,是首难得的好诗。

第二节　不拘一格的"吴中四杰"

　　《文苑传》中提到的"高、杨、张、徐"分别指的是高启、杨基、张羽、徐贲,他们均为吴人,被称为"吴中四杰",其中以高启成就最高,杨基次之。

一、高启的诗歌

　　高启(1336—1374),字季迪,长洲州(今江苏苏州)人,号青丘子,又号槎轩,祖籍开封,后随宋室南渡,家于临安山阴。元末浙中战乱,避地吴门,卜居长洲北部,因博学多才而诗名甚高,为"吴中四杰"之一。元末张士诚占据吴地,高启曾被迫在张士诚部下饶介幕中做过宾客,后隐居青丘。洪武二年(1369),高启被征召参加《元史》的纂修,次年授翰林编修,又受命为诸王之师,后来被朱元璋放归田里,仍然居青丘,以教书为生。洪武七年(1374),魏观于张士诚宫室旧址建府衙,高启为作《上梁文》。魏观被告发下狱,株连高启。高启著有《吹台集》《江馆集》《凤台集》《娄江吟稿》《姑苏杂咏》等,共计有诗两千余首。自选近半数,定为《缶鸣集》,景泰元年(1450)徐庸掇拾遗佚,编为《大全集》,清代金檀整理加注名为《高青丘集》。
　　高启认为诗歌不是政治的附庸和工具,而是诗人聊以自适和自得的特殊的精神活动,是诗人发胸中所欲发的、自快其意的特殊的语言符号形式。他特别重视诗歌的自身特点,他在《独庵集序》中说:

诗之要,有曰格,曰意,曰趣而已。格以辨其体,意以达其情,趣以臻其妙也。体不辨则入于邪陋,而师古之义乖;情不达则堕于浮虚,而感人之实浅;妙不臻则流于凡近,而超俗之风微。三者既得,而后典雅、冲淡、豪俊、秾缛、幽婉、奇险之辞变化不一,随所宜而赋焉。如万物之生,洪纤各具乎天,四序之行,荣惨各适其职。又能声不违节,言必止义,如是而诗之道备矣。

在此基础上,高启又进一步讨论了作诗的方法,他认为作诗应"随事模拟""兼师众长",在此基础上成就自己的独特风格。

高启生活于元明交替之际,他的诗歌具有鲜明的时代特征,反映了战乱动荡给国家和民众带来的灾难,如《登凤凰山寻故宫遗迹》:

兹山势将飞,宫殿压其上。
江潮正东来,朝夕似奔向。
当时结构意,欲敌汴都壮。
我来百年后,紫气愁不王。
乌啼璧门空,落叶满阴障。
风悲度遗乐,树古罗严仗。
行人悼降王,故老怨奸相。
苍天何悠悠,未得问兴丧。
世运今复衰,凄凉一回望。

世事兴亡难以预料,抚今追昔,吊古伤怀,感叹如今世运衰颓,难以挽回,全诗凝重悲怆。

在高启诗中,最能显示他个性特色和艺术才华的作品是七言歌行和七言律诗。其中最为著名的是《登金陵雨花台望大江》:

大江来从万山中,山势尽与江流东。
钟山如龙独西上,欲破巨浪乘长风。
江山相雄不相让,形胜争夸天下壮。
秦皇空此瘗黄金,佳气葱葱至今王。
我怀郁塞何由开,酒酣走上城南台;
坐觉苍茫万古意,远自荒烟落日之中来!
石头城下涛声怒,武骑千群谁敢渡?
黄旗入洛竟何祥,铁锁横江未为固。
前三国,后六朝,草生宫阙何萧萧。

第七章 明代诗歌的发展与创作研究

> 英雄乘时务割据,几度战血流寒潮。
> 我生幸逢圣人起南国,祸乱初平事休息。
> 从今四海永为家,不用长江限南北。

全诗奔放恣肆,笔墨酣畅,怀古叹今,感慨万千,悲壮沉雄,豪迈苍凉。诗人登上金陵雨花台眺望滚滚东流的长江,怀古之幽情油然而生,金陵城的形胜,长江的天险都没有改变东吴与南朝的覆亡命运,今天终于又可以"四海永为家,不用长江限南北",表达了诗人对天下统一的喜悦,对安定生活的向往,堪称其怀古佳作。

他的七言律诗在艺术上也相当突出,如《初夏江村》:

> 轻衣软履步江沙,树暗前村定几家。
> 水满乳凫翻藕叶,风疏飞燕拂桐花。
> 渡头正见横渔艇,林外时闻响纬车。
> 最是黄梅时节近,雨余归路有鸣蛙。

这首诗作于洪武四年隐居江上之际,选取初夏时节江村的美景作为着笔之处,抒发了隐居生活的快乐。全诗笔触细腻,音节和谐流美。

又如《岳王墓》:

> 大树无枝向北风,千年遗恨泣英雄。
> 班师诏已来三殿,射房书犹说两宫。
> 每忆上方谁请剑?空嗟高庙自藏弓!
> 栖霞岭上今回首,不见诸陵白露中。

这首诗写岳飞的北伐事业被秦桧所破坏,被迫班师回朝,十年之功,毁于一旦。作者将自己的很多感慨和想法融入了诗歌创作当中,表现了对历史上具有崇高的民族气节的民族英雄、爱国将领的敬佩。

高启的许多诗作都反映了元末的文学精神,其中《青丘子歌》就是有代表性的一首:

> 青丘子,臞而清,本是五云阁下之仙卿。
> 何年降谪在世间,向人不道姓与名。
> 蹑屩厌远游,荷锄懒躬耕。
> 有剑任锈涩,有书任纵横。
> 不肯折腰为五斗米,不肯掉舌下七十城。
> 但好觅诗句,自吟自酬赓。

> 田间曳杖复带索,傍人不识笑且轻。
> 谓是鲁迂儒楚狂生,青丘子闻之不介意,吟声出吻不绝咿咿鸣。
> 朝吟忘其饥,暮吟散不平。
> 当其苦吟时,兀兀如被酲。
> 头发不暇栉,家事不及营。
> 儿啼不知怜,客至不果迎。
> ……

这首诗形象地反映出诗人的生活志趣与追求。在这首诗中,诗人以青丘子为自我化身,称自己为降谪在世间的"仙卿",他只想成为一个自由而独立的诗人,体现出强烈的个人主体意识。然而,在黑暗的社会现实面前,诗人的理想是难以实现的,即使欲全身远祸也是不可能的。诗人敏感地体会到这一点,因此他发出这样感喟:"诸田有遗粟,欲下群鸿猜。岂不怀苦饥,惧彼罗网灾","流藻舞波寒,惊虬翔壑冷",诗人的感觉是敏锐的,果然终遭腰斩之祸。

高启的诗歌语言有时又以细腻见长,如《楞伽寺》:

> 夕阳西下嶂,返照东湖水。
> 来寻古寺游,枫叶秋几里。
> 叩门山猿惊,维马林鸟起。
> 钟声出烟去,半落渔舟里。

夕阳照着粼粼湖水,红枫数里,一片幽静,这是写静;游人偶至,石惊鸟起,这是写动;动静相间,相得益彰。

高启在诗歌运用典故方面也有不少得意之作,如《阖闾墓》:

> 水银为海接黄泉,一穴曾劳万卒穿。
> 谩说深机防盗贼,难令朽骨化神仙。
> 空山虎去秋风后,废榭乌啼夜月边。
> 地下应知无敌国,何须深葬剑三千。

这首诗把几千年前吴王阖闾墓地的建造历史及墓地"虎丘剑池"的传说浓缩成了八句诗,既能增加诗歌的容量,又能把作者的感情表达得更为深沉强烈。

总之,高启的诗歌创作有着自己的独特之处,《四库全书总目提要》称誉高启"天才高逸,实据明一代诗人之上",说他的诗"拟汉魏如汉魏,拟六朝似六朝,拟唐似唐,拟宋如宋,凡古人所长,无不兼之。"清人汪端在《明三十家诗选》中说:"青丘诗众长成备,学无常师。才气豪健而不剑拔弩张,辞句秀逸而不字雕句绘。俊亮之节,醇雅之旨,施于山林江湖台阁边塞,无所不宜",可谓评价精当。

二、杨基的诗歌

杨基(1326—1378),字孟载,号眉庵,原籍嘉州(今四川乐山),明初十才子之一。元末,曾入张士诚幕府,为丞相府记室,后辞去。明初为荥阳知县,累官至山西按察使,后被诬夺官,死于工所。有《眉庵集》12卷。

杨基诗风清俊纤巧,造语精工,感情细腻,如五言律诗《岳阳楼》:

春色醉巴陵,阑干落洞庭。
水吞三楚白,山接九疑青。
空阔鱼龙气,婵娟帝子灵。
何人夜吹笛,风急雨冥冥。

这首诗意境开阔,格调秀逸,沈德潜《明诗别裁》评之曰:"应推五言射雕手,起结尤入神境。"

杨基本人自恃清高,可是一生坎坷,官场黑暗、友人遭难、仕途波折都给他带来很大的心理压力。因而,杨基的很多诗歌都表达了自己在当时环境中的生活遭际和复杂的心态,其诗歌也多有忧愁叹息,这既和他心思敏感细腻有关,也与时代特征相关联。如《惜昔行赠杨仲亨》:

嗟我忆昔来临濠,亲友相送妻孥号。
牵衣上船江雨急,霹雳半夜翻洪涛。
濠州里长我所识,怜我一月风波劳。
呼儿扫榻妾置酒,买鱼炊饭羞溪毛。
酒酣话旧各涕泣,邻里怪问声嘈嘈。
明朝府帖促盖屋,旋飘瓦砾除蓬蒿。
大竹为楹小榛桷,覆以菅草并索罥。
君时亦自长干来,为我远致书与袍。
密行细字读未了,苦语渫渫如蚕缲。
收书再拜问所历,灯影照夜吴音操。
异乡寂寞遇知己,欢喜岂止馈百牢。
藤牵萝绕互依附,濡沫相润脂和膏。

> 薰风昼眠竹几静,落叶夜掩柴门高。
> 黄须为汲东井水,翠袖或送西家醪。
> 中书大官捧檄下,霜鹘脱旋鹰解绦。
> 君前挽鞘我后策,陟险攀峻随猿猱。
> 饥肠午渴掬涧饮,甘滑不啻青葡萄。
> 到家仓卒席未暖,复此赴汴同轻舠。
> 崖高水涩石溜急,时复著力撑长篙。
> 予生有弟皆异域,漂泊幸与君逢遭。
> 君才自是伯者佐,比拟管乐卑萧曹。
> 方期补剜拯焚溺,讵肯析利穷秋毫。
> 比来县邑久芜废,亦有桑柘柤梨桃。
> 遗民可鸠业可复,应屈君辈挥牛刀。
> 他时解绶归故里,相期结居吴江皋。

诗人在当时因曾充当张士诚属臣饶介的幕客而被迁置临濠。此诗即描写了作者这段被迁置的经历,诗中写到亲友离别的痛苦,行途的困疲以及异乡遇友的欣喜,历历叙来,自然真切,字里行间流露出作者遭遇这段屈辱经历所饱尝的辛酸与孤寂。

又如《感怀》(其一):

> 剑可敌一人,书足记姓名。
> 学之十二年,书剑两不成。
> 归来吴楚间,豪杰已起兵。
> 揽镜照须眉,一二白发生。
> 老母在高堂,未敢即远行。
> 太息在长夜,鸡鸣星斗横。

诗人自负文武双全,想要做出一番事业,然而在豪杰起兵之时,却发现自己已经生白发,况且还要奉养年老的母亲,无法成就事业,对此不得不叹息。

杨基写景咏物之作也有佳品。杨基的咏物诗大多为赏花、赏柳等诗作,亦与诗人的心境相关联,比如《新柳》在咏柳的同时,表达着诗人忧虑不安的心情:

> 浓如烟草淡如金,濯濯姿容袅袅阴。
> 渐软已无憔悴色,未长先有别离心。

风来东面知春浅,月到梢头觉夜深。
惆怅吴宫千万树、乱鸦疏雨正沉沉。

另外,杨基以诗著称,也工书画,好题画题诗,因而,他也有不少题画诗。这些题画诗不仅数量多,而且涉及范围也很广,艺术成就也很高,比如他的《长江万里图》:

我家泯江更西住,正见泯江发源处。
三巴春霁雪初消,百折千回向东去。
江水东流万里长,人今漂泊尚他乡。
烟波草色时牵恨,风雨猿声欲断肠。

此诗由画入景,气象壮阔,由长江发源处联想起祖籍嘉州,引发漂泊他乡之思,感情自然真切。

又如《天平山中》:

细雨茸茸湿楝花,南风树树熟枇杷。
徐行不记山深浅,一路莺啼送到家。

这首诗巧妙地应用了绘画手法,对楝花、枇杷、莺的描写尤其细微。作者一路沉醉于花香鸟语之中的悠然自得心情跃然纸上。

第三节 台阁体与茶陵派

一、台阁体诗歌

在永乐、弘治年间,文坛上出现了"台阁体",体现着"台阁重臣"的文风和诗风。代表人物是杨士奇、杨荣、杨溥,号称"三杨"。三人都是"台阁重臣",地位甚高。他们虽然不满宦官擅权,痛责王振;而其作品却多是歌功颂德、粉饰太平的酬答唱和之作。

(一)杨士奇的诗歌

杨士奇(1365—1444),名寓,以字行,泰和(今属江西)人,建文初入翰林,历任四朝内阁大臣,太平宰相,卒赠太师,谥文贞。著有《东里全集》。少时从江西派梁兰学习诗文,论诗有江西派的渊源,为"三杨"中成就最高、地位最重的作家。

  杨士奇早期入阁前的诗,比较清新自然;入阁后,开始形成雍容闲雅、平正安和的诗风,内容则以歌咏升平为主。钱谦益在《列朝诗集小传》评云:"大都词气安闲,首尾停稳,不尚藻辞,不矜丽句,太平宰相之风度,可以想见。"如他的《从游西苑》:

  广寒宫殿属天家,晓从谌游驻翠华。
  琼液总颁仙掌露,金支皆播御前花。
  棹穿萍藻波间雪,旗飐芙蓉水上霞。
  身世直超人境外,预判亲捧枣如瓜。

  这首诗写随从皇帝游西苑,饮酒赏乐,游湖观花,真是人境桃源。
  杨士奇位高权重,就必定要引导整个国家的文化走向积极乐观的一面,所以其诗歌内容主要是反映社会太平、盛世浮华,最具代表性的莫如《元夕观灯诗》十首,如其一:

  春到人间夜不寒,银灯金烛映华阑。
  太平处处清光好,第一蓬莱顶上看。

  冬季转入初春,乍暖还寒,但诗人认为在人间,春天里的夜晚都不寒冷,因为"银灯金烛映华阑"。可见,诗人想表达的是国家富饶与平安,人间如蓬莱顶上的仙境般景色,又怎么会有寒冷呢?
  杨士奇诗歌里五言绝句写得非常清丽雅淡,有着陶渊明的淡雅之趣与归隐之情。如《西畴耕读》:

  幽栖寡世营,结庐在西墅。
  充室惟诗书,开门绕田圃。
  方春九扈鸣,俶载向南亩。
  高原燥宜黍,下隰湿宜稌。
  种植既得时,耘籽亦无苦。
  况当长养节,霡霂承膏雨。
  朝耕暮还息,潜心以稽古。
  上窥姚姒余,下摭姬孔绪。
  亹勉究微言,优游启玄悟。
  所得欣日新,逍遥自容与。
  年登秋获竟,穰穰溢我庾。

第七章　明代诗歌的发展与创作研究

击鼓荐牺牛,欢娱报田祖。
傍舍数老人,言行皆邹鲁。
相与知帝力,讴歌颂明主。
陶然墟里间,终岁同乐处。

全诗呈现了一个幽静且与世无争的安详和谐画面:幽静的田野边,有一座古朴的房子,室内是诗书,室外是田园,鸟语花香,农民按时令节气种植,精心培育,朝耕暮息,来年获得丰收。而专心读书研究学问的亦有心得、喜悦与畅快溢于全身,所有人和谐相处,这种祥和气象体现出其作为宰相的"安闲之气"。

在杨士奇诗歌中,题赠送别诗歌也占相当的数量,如《赠陆伯阳》三首:

其一
粲粲白玉琚,本生昆山阳。
一朝蒙采择,高列珩与璜。
佩服合其仪,和鸣日锵锵。
碱砆昔同椟,眺仰方自量。

其二
妖媚园中花,岂不当春荣。
孤高陵上柏,严霜厉坚贞。
匠氏来相求,藻绘升栋楹。
固知君子人,特立以成名。

其三
南岳有威凤,竹梧得其依。
五章备文采,鸣声合金徽。
圣皇莅九五,四海扬德辉。
翙翙初来仪,雍雍复旋归。

在这组诗中,作者吟咏昆山琚、园中花、南岳凤,托物言志,字里行间表达了陆伯阳对自己的知遇之恩情,同时也带有与好友的共勉之情。

(二)杨荣的诗歌

杨荣(1371—1440),字勉仁,初名子荣,建安(今属福建)人。永乐十六年至二十二年(1418—1424)任当朝首辅。因居地所处,时人称为"东杨"。杨荣既以武略见重,尤其擅长谋划边防事务。且又有文才,有《杨文敏集》。

杨荣的诗歌也多半为应制而作,咏歌太平,颂扬圣德,典稚雍容,四平八稳。如《元夕赐观灯》：

> 海宇升平日，元宵令节时。
> 彩云飘凤阙，瑞霭绕龙旗。
> 歌管春声动，星河夜色迟。
> 万方同燕喜，千载际昌期。

这首诗写元宵节皇帝赐大臣观灯，一派升平祥瑞气氛，举国欢庆，繁荣昌盛。诗歌缺乏实际内容，形式上工丽华贵，平庸乏味。

与杨士奇相比，杨荣诗歌中的歌颂成分更多。例如在《神龟诗》中，诗人写道：

> 于昭皇祖，圣神文武。德合干刚，功超前古。
> 肇基江左，虎踞龙蟠。鸿图巩固，宗社奠安。
> 际天极地，罔不臣服。朝贡以时，献琛执玉。
> 卉裳椎髻，接踵梯航。南金大贝，厥篚相望。
> 猗歟我皇，绍继大统。一遵成宪，天锡智勇。
> 念形羹墙，永言孝思。陵庙奕奕，未树穹碑。
> 圣德神功，纪于史氏。载勒贞珉，以诏后世。
> 贞石既获，厥趺是求。爰启爰斸，龙潭之丘。
> 有昂者龟，若瞻若顾。忽焉以呈，神物斯护。
> 其傍璀璨，果得巨石。相趺是宜，弗爽毫尺。
> 惟皇孝诚，孚于神明。有感斯应，神祇效灵。
> 濯以温泉，莹如紫玉。陈之丹陛，韫之宝椟。
> 窿然其分，间错以文。匪雕匪琢，气凝絪缊。
> 臣庶聚观，宛然天成。欢呼踊跃，幸覩嘉祯。
> 帝曰嘻哉，匪予之力。神瑞之应，皇考之德。
> 载蠲吉日，献于孝陵。陈之閟宫，纪之金縢。
> 昔闻神龟，负书出洛。夏后取则，洪范是作。
> 今逢圣明，文命诞敷。获此奇瑞，异世同符。
> 颂声洋溢，洽乎四海。福祚绵绵，亿千万载。

这首诗对天降奇瑞进行了颂扬，昭示盛世，同时也对君主进行了歌颂。诗歌先写太祖的功德无量"肇基江左，虎踞龙蟠。鸿图巩固，宗社奠安。"应昭示后世，但尚无立碑，这样便顺理成章地交代觅良石的过程，紧接着描写石龟的样子，最后颂扬天降奇瑞，昭示盛世。语言简洁，行笔从容。

第七章 明代诗歌的发展与创作研究

杨士奇在写山水诗时也常常融入对圣明君主与太平盛世的歌颂,只有一些题写山水画的诗作,能对山水进行描写,抒发自己的真情实感,呈现出清新的特点。例如《题王侍讲山水》:

> 木落霜气清,秋山净如洗。
> 天空万籁寂,地迥孤云起。
> 深溪湛寒绿,对此清心耳。
> 安得扫苍苔,横琴写流水。

在这首诗中,诗人诗中充分展示了大自然的美景以及欣慰之情,与其他台阁题材的诗作相比,要清新的多。

(三)杨溥的诗歌

杨溥(1372—1446),字弘济,石首(今属湖北)人。"三杨"中入阁最晚的,正统九年至十一年(1444—1446)任当朝首辅,为明代贤相,时人称之为"南杨"。有《杨文定公全集》。

杨溥诗按题材大致可以分为应制诗、题物诗、咏怀诗、赠别诗、写景诗五种。应制诗是友人间酬唱应答或奉皇上之命所作的诗歌。这类诗有《万寿圣德诗》《麒麟诗》《奉使出德胜门》《瑞雪诗应制》《直弘文馆》《丙辰除日》《拜孝陵》《赐观九龙池》《元旦早朝》等,以反映馆阁生活、歌功颂德、"润饰太平"为主。

题物诗包括给图画、书房、住宅、松树及花中四君子梅兰竹菊题的诗。如《题雪竹》:

> 冉冉岁云暮,百草时已零。
> 此君独何似,雪际尤棱层。
> 翻思艳阳日,此屋管弦声。
> 但见繁华好,谁识此君清。
> 幽人有深趣,相好在平生。
> 披图忆安道,写我千古情。

在这首诗中,诗人赞扬了竹子清高、脱俗的品性,语言简淡雅致。诗人非常欣赏竹子的高风亮节和梅花傲立霜雪。所以写竹咏梅的诗占有将近三分之二。

咏怀诗是抒发诗人杨溥内心感受,表达自己情怀的诗,语言疏朗雅淡,感情真挚,如《离家泻怀》《赦后感怀四首》《途中漫兴》《感兴》《闲中泻怀》《岁暮书怀》《新正泻怀》《读周书有感》《途中有感》等。这类诗表达作者的思乡之情或对故友的怀念。

赠别诗在杨溥的诗集中占的份额比较多,内容多为勉励友人保持良好的节操,励精图治,建立政绩,做一个廉洁有为的清明官。这样的一些友朋赠答诗,尚能抒写些性灵,如《送归州太守复任》：

> 青年太守好风仪,眼底如今更觉稀。
> 典郡遥临巴子国,征帆重过吕公矶。
> 茶输官课秋前足,稻种山田火后肥。
> 南望乡关遥送客,归心应逐塞鸿飞。

这首诗作者送人复任,描写复任时的情景与思绪。类似的诗作还如《送刘批知县之任》的"科名士所重,循良古亦稀",《送徐训导》的"玉琢始成器,渊深斯有澜"。

杨溥还有一些描写景色的诗歌,文笔恬淡优美而又疏朗洒脱,富有代表性的是《题杨少傅五清卷》(五首)。

二、茶陵派诗歌

明初的台阁体诗文内容大多比较贫乏,题材常是"颂圣德,歌太平"。以李东阳为首的茶陵诗派诗人开始尝试着突破台阁体的束缚,他们的诗歌主题不限于宫廷生活,不仅有对个人真实情感的抒发,同时也力图表现更为广阔的社会生活,表达对下层劳苦大众的关怀。茶陵诗派论诗主张取法盛唐,推尊李、杜,反对台阁体的萎弱不振,带有复古倾向,但反对模拟剽窃,主张个人性情,强调法度音调。由于茶陵诗派是以李东阳为首,所以这里单对其诗歌创作进行阐述。

李东阳(1447—1516),字宾之,号西涯,茶陵(今属湖南)人,出生于北京。他18岁举进士、入翰林院,长达30年。弘治七年,步入内阁,历官礼部右侍郎、三阁大学士,也成了馆阁重臣,直至宰相。著有《怀麓堂集》。

李东阳以宰相的身份,奖掖后进,提倡以唐诗为师,以杜诗为师,企图以此来纠正肤浅空泛的台阁体。他的学唐全在音节、格调、用字上下功夫,在创作实践上没有完全摆脱台阁体的影响。如《庆成宴,次焦少字韵·其一》：

> 旌旗簇拥千人队,衮绣分明五色光。
> 干饮满斟皆圣语,共将涓滴报吾皇。

第七章　明代诗歌的发展与创作研究

诗歌用规整的韵律、华丽雍容的辞藻,描写了皇家宴会靡贵宏大的场面,展现出帝王天朝的盛隆和威严,颂咏了自己对皇恩浩大的感激之情。

李东阳的抒怀感叹诗如《寄彭民望》:

> 木叶下时惊岁晚,人情阅尽见交难。
> 长安旅食淹留地,惭愧先生苜蓿盘。

这首诗催人泪下,作者对友人彭民望的遭遇寄予了深切同情,表现了自己对朋友的一片真情。

李东阳曾三次离京外出,目睹了社会大不如前的景况,他触动很大,写出不少关心民生疾苦、抨击黑暗现象、抒写忧国忧民之情的佳作。如长篇七古《风雨叹》:

> 壬辰七月壬子日,大风东来吹海溢。
> 峥嵘巨浪高比山,水底长鲸作人立。
> 愁云压地湿不翻,六合惨淡迷乾坤。
> 阴阳九道错黑白,乌兔不敢东西奔。
> 里人仓皇神屡变,三十年前未曾见。
> 东村西舍喧呼遍,牒书走报州与县。
> 山胚谷汹豺虎嗥,万木尽拔乘波涛。
> 州沉岛没无所逃,顷刻性命轻鸿毛。
> 我方停舟在江皋,披衣踞床夜复昼。
> 忽掩青袍涕沾袖,举头观天恐天漏。
> 此时忧国况思家,不觉红颜坐凋瘦。
> 潼关以西兵气多,芦笳吹尘尘满河。
> 安得一洗空干戈?不然独破杜陵屋,
> 犹能不废啸与歌。世间万事不得意,
> 天寒岁暮空蹉跎。呜呼奈尔苍生何!

这首诗内容充实,格调高尚,气象阔大,颇有杜诗的风骨,特别是"天寒岁暮空蹉跎。呜呼奈尔苍生何!"的呼喊表现了诗人忧国忧民的情怀。《明诗别裁集》评他的诗云:"永乐以后诗,茶陵起而振之,如老鹤一鸣,喧啾俱废。后李、何继起,廓而大之,骎骎乎称一代之盛矣。"

第四节 前后七子的诗歌探索

一、前七子的诗歌

"前七子"是以李梦阳、何景明为核心的文学群体,成员有康海、边贡、王九思、徐祯卿、王廷相。他们的主要活动时期是弘治、正德年间(1488—1521)。《明史·文苑传》载:"弘治时,宰相李东阳主文柄,天下翕然宗之。梦阳独讥其萎弱,倡言文必秦汉,诗必盛唐,非是者弗道。"尽管前七子各成员之间的文学见解也有所差异,但却有鲜明的共同点:他们鄙弃西汉以下散文、中唐以下诗歌,主张文章学习秦汉,诗歌宗法盛唐,振臂一呼,应者云集,复古遂成为文学的潮流,这就是前七子的复古运动。这显然是在各种体制中,都择其高格以为标的,因为在他们看来,只有通过这种入门须正、直截根源的学习和模拟,才能使诗文创作走向正道,才能克服诗文"萎弱"的现象。他们对三杨攻击不遗余力。沈德潜在《明诗别裁集》中说:"永乐以还,尚台阁体,诸大老倡之,众人靡然和之,相习成风,而真诗渐亡矣。"限于篇幅,下面仅对李梦阳和何景明的诗歌进行简要研究。

(一)李梦阳的诗歌

李梦阳(1473—1530),字天赐,又字献吉,号空同子,原籍庆阳,徙居开封。弘治七年(1494)进士,任户部主事等职。他为官正直,曾鞭打寿宁侯张鹤龄,反对宦官刘瑾,数次下狱。与何景明、徐祯卿、边贡康海、王九思、王廷相号为七子,世称"前七子"。《明史》有传,著作有《空同集》。

李梦阳为文主张复古,以秦汉古文为宗,为诗主张宗法唐代,倡言"文必秦汉,诗必盛唐",论诗认为"诗至唐,古调亡矣"。他认为文学要重视真情,提出主情之论。他注重民间创作,指出"今真诗乃在民间"(李梦阳《诗集自序》)。他还批评自己的诗:"予之诗非真也,王子(叔武)所谓文人学子韵言耳,出之情寡而工之词多者也。"(《诗集自序》)这表明了他对诗歌发展的一种思考。李梦阳所提倡的复古包含着对真情的重视,显示出质朴与情真的特色。但他的诗模仿较多,难于传达出真情实感。

李梦阳的诗中有不少关心时事、反映现实的作品,或感抚时事,或托物抒情,顿挫纵横,笔力劲健,堪称佳作,如《出塞》诗:

第七章 明代诗歌的发展与创作研究

> 黄河白草莽萧萧,青海银州杀气遥。
> 关塞岂无秦日月,将军独数汉嫖姚。
> 往来饮马时寻窟,弓箭行人日在腰。
> 晨发灵州更西望,贺兰千嶂果云霄。

在这首诗中,通过对边塞的描写,表达了诗人的爱国之情,气势豪壮。又如《君马黄》:

> 君马黄,臣驷骊。
> 飞轩驶碱交路逵,锦衣有曜都且驰。
> 前径狭以斜,曲巷不容车。
> 攘臂叱前兵,掉头麾后驱,毁彼之庐行我舆。
> 大兵折屋梁,中兵摇楣栌,小兵无所为。
> 张势骂蛮奴,尔慎勿言谍者来,幸非君马汝不夷。

这首诗对宦官的骄横刻画得栩栩如生。因为"曲巷不容车",坐车的宦官竟然下令拆房毁屋,暴露了封建集团的罪恶。

再如《玄明宫行》:

> 今冬有人自京至,向我道说玄明宫。
> 木土侈丽谁办此,乃今遗臭京城东。
> 割夺面势创戳業,出入日月开骈幪。
> 矫托敢与天子竞,立观忍将双阙向。
> 前矻石柱双蟠龙,飞梁逶迤三彩虹。
> 宝构合沓殿其后,俨如山岳翔天中。
> 金银为堂玉布地,千门万户森相通。
> 光景闪烁倏忽异,云烟鬼怪芘香濛。
> 以东金榜祠更侈,树之松槚双梧桐。
> 溟池岛屿鼋鲤跃,孔雀翡翠兼黑熊。
> 那知势极有消歇,前日虎豹今沙虫。
> 窗扉自开卫不守,人时游玩摇玲珑。
> 陛隅龙兽折其角,近有盗换香炉铜。
> ……

这首诗铺叙了宦官住地的盛衰,既抨击了他们"搯克四海真困穷"的极穷奢欲,也说明了"人心嗟怒入骨髓"的义愤,更嘲讽了这些家伙顷刻烟消云灭的可悲下场。

李梦阳也有一些善学魏晋而能自写情愫的作品,如《白鹿洞遍游名迹》:

情高忽凌厉,步健轻巉缅。
葛弱亦须扪,崖滑每独践。
涉清爱重屡,探阻遗惊眩。
始兹陟五峰,遂憩松不巘。
岩桂纷始华,石耳翠可卷。
追想白鹿迹,伊人竟何遣。
触端绪自萦,薜荔况在眼。
慨叹意莫置,顾望日已晚。
夕湖浴岑峭,流光灭兰坂。
命酒写幽独,鸣琴且游衍。

这首诗时景时情,颇有些魏晋诗歌古朴、苍崛的风格。

李梦阳的古体七言叙事诗《石将军战场歌》雄健浑厚、流丽婉转,直追盛唐之风:

清风店南逢父老,告我己巳年间事。
店北犹存古战场,遗镞尚带勤王字。
忆昔蒙尘实惨怛,反覆势如风雨至。
紫荆关头昼吹角,杀气军声满幽朔。
胡儿饮马彰义门,烽火夜照燕山云。
内有于尚书,外有石将军。
石家官军若雷电,天清夜旷来酣战。
朝廷既失紫荆关,吾民岂保清风店。
牵爷负子无处逃,哭声震天风怒号。
儿女床头伏鼓角,野人屋上看旌旄。
将军此时挺戈出,杀敌不异草与蒿。
追北归来血洗刀,白日不动苍天高。
万里烟尘一剑扫,父子英雄古来少。
单于痛哭倒马关,羯奴半死飞狐道。
处处欢声噪鼓旗,家家牛酒犒王师。
应追汉室嫖姚将,还忆唐家郭子仪。
沉吟此事六十春,此地经过泪满巾。
黄云落日古骨白,沙砾惨淡愁行人。
行人来折战场柳,下马坐望居庸口。

第七章 明代诗歌的发展与创作研究

却忆千官迎驾初,千乘万骑下皇都。
乾坤得见中兴主,杀伐重开载造图。
姓名应勒云台上,如此战功天下无。
呜呼战功今已无,安得再生此辈西备胡!

这首诗塑造出一位血洗刀刃的石将军,表现出他的赫赫战功,笔力千钧,颂扬了土木之变中石亨的战功,希望今天能有石亨那样武艺超群的猛将御边抗敌,寄托了作者的爱国思想。

李梦阳的七律诗善于开阖变化,善于突兀作结,来开拓诗境,寄托深意,如《秋望》:

黄河水绕汉边墙,河上秋风雁几行。
客子过壕追野马,将军铗箭射天狼。
黄尘古渡迷飞挽,白月横空冷战场。
闻道朔方多勇略,只今谁是郭汾阳?

此诗皆纵横变化,跌宕有致,颇见功力,尤其是最后的诘问,更是耐人寻味。所以,王维桢认为:"七言律自杜甫以后,善于用顿挫倒插之法,惟梦阳一人。"《明诗别裁集》也认为:李梦阳"七言近体开合动荡,不拘故方,准之杜陵,几于具体"。

李梦阳的一些七律也写得兴象飘逸、风味盎然,比如《舟次》的"贪数岸花杯不记,已冲风雨缆犹牵",《春暮》的"荷因有暑先擎盖,柳为无寒渐脱绵"诗句用词精警而又自然,情趣横生而又不落俗套。

(二)何景明的诗歌

何景明(1483—1521),字仲默,号大复,河南信阳人,弘治十五年(1502)进士,十七年(1504)授中书舍人,与李梦阳同倡复古,是"前七子"代表人物,两人又同以诗文著称,世称"何、李"。著作有《大复集》。

何景明在提倡复古上与李梦阳相同,同是"文称左、迁;赋尚屈、宋;诗古体宗汉、魏;近律法李杜"。不同在于李梦阳主张"尺寸古法"(《与李空同论诗书》),而他主张学古要"领会神情""不仿形迹",重在内在精神。他批评李梦阳"刻意古范,铸形宿镆,而独守尺寸"。从诗歌创作来看,何景明比李梦阳的诗歌更清新可读,更有锐气;从创作特点上看,李诗雄浑,何诗清俊,各有所长。

何景明的诗能真实反映社会现实,抒怀感事,对当时社会种种弊端有着较为清醒的认识,并常在诗歌创作中加以揭露和表现。如《玄明宫行》:

君不见玄明宫中满荆棘,昔日富贵今寂寞。
祠园复为中贵取,遗构空传孽臣作。
雄模壮丽凌朝廷,远势连袤跨城郭。
忆昨己巳年来事,秉权自倚薰天势。
朝求天子苑,暮夺功臣第。
江艘海舶送花石,咸里侯门拥金币。
千人力尽万牛死,土木功成悲此地。
碧水穿池象溟渤,黄金作宫开日月。
虹蜺屈曲垂三梁,蛟龙盘拿抱双阙。
城中甲第更崔嵬,亲戚弟兄皆阀阅。
撼里歌钟宾客游,排门冠剑公卿谒。
生前千门与万户,死时不得一丘土。
石家游魂泣金谷,董相然脐叹塌坞。
宫前守卫无呵呼,真人道士三四徒。
……

这首诗对官吏窃权、作威作福的情况进行了生动的描述。

又如《岁晏行》:

旧岁已晏新岁逼,山城雪飞北风烈。
徭夫河边行且哭,沙寒水冰冻伤骨。
长官叫号吏驰突,府帖连催筑河卒。
一年征求不少蠲,贫家卖男富卖田。
白金纵有非地产,一两已值千铜钱。
往时人家有储粟,今岁人家饭不足。
饥鹤翻飞不畏人,老鸦鸣噪日近屋。
生男长成娶比邻,生女落地思嫁人。
官家私家各有务,百岁岂止疗一身。
近闻狐兔亦征及,列网持矰遍山城。
野人知田不知猎,蓬矢桑弓射不得。
嗟吁今昔岂异情,昔时新年歌满城。
明朝亦是新年到,北舍东邻闻哭声。

这首诗抨击了时政,表达了诗人对民生疾苦的关心。在诗中,诗人感喟征收租税,广及狐兔:"近闻狐兔亦征及,列网持矰遍山城。"字里行间充满了对民众的同情,风格也与唐人的新乐府相似。

第七章 明代诗歌的发展与创作研究

何景明也接受了"真诗在民间"的主张,从现实生活中汲取素材,创作了许多反映市民生活的佳作,如《捣衣》:

> 凉飙吹闺闼,夕露凄锦衾。
> 言念无衣客,岁暮芳寒侵。
> 皓腕约长袖,雅步饰鸣金。
> 寒机裂霜素,繁杵叩清砧。
> 哀音缘云发,断响随风沉。
> 顾影惜流月,仰盼悲横参。
> 路长魂屡徂,夜久力不任。
> 君子万里身,贱妾万里心。
> 灯前择妙匹,运思一何深。
> 裁以金剪刀,缝以素丝针。
> 愿为合欢带,得傍君衣襟。

整首诗以女子为远行丈夫做寒衣为切入点,表达了女子缠绵的相思之情。陈卧子云:"蕙心兰质,绮罗如在,元美所谓'却扇一顾'时也。"(《明诗别裁》)

何景明有意识地学习初唐四杰的诗作,如《明月篇》注意换韵自然,音节和畅:

> 长安月,离离出海峤。
> 遥见层城隐半轮,渐看阿阁衔初照。
> 潋滟黄金波,团圆白玉盘。
> 青天流景披红蕊,白露含辉氾紫兰。
> 紫兰红蕊西风起,九衢夹道秋如水。
> 锦幌高褰香雾开,琐闱斜映轻霞举。
> 雾沉霞落天宇开,万户千门月明里。
> 月明皎皎陌东西,柏寝岧峣望不迷。
> 侯家台榭光先满,戚里笙歌影乍低。
> 濯濯芙蓉生玉沼,娟娟杨柳覆金堤。
> 凤凰楼上吹箫女,蟋蟀堂中织锦妻。
> 别有深宫闭深院,年年岁岁愁相见。
> 金屋萤流长信阶,绮栊燕入昭阳殿。
> 赵女通宵侍御床,班姬此夕悲团扇。
> ……

在这首诗中,作者注意交错使用流走如珠的叙述句与富丽铺陈的排偶句,因而给人以宛转抑扬之感。类似这样宛转流畅、音节可歌的诗作还如《昔游篇》《三清山人歌》《忆昔行》《九川行》《今昔行送何燕泉》《柳絮歌》等。

何景明近体诗也颇见功力,诗风清远俊逸,如《武关》:

> 北转趋刘坝,西盘出武关。
> 微茫一线路,回合万重山。
> 天地几龙战,风云惟鸟还。
> 关门锁溪水,日夜送潺湲。

此诗将粗笔、细笔融合为一,凸显出一幅立体图画。其颔联的前句写细,后句写阔;其颈联的前句写阔,后句写细,如此相互交错,形象生动、饱满。其尾联的"锁""送"动词,韵味颇为悠长。

总体来说,前七子从复古入手来改变文学现状的态度也包含着某些弊端。他们过多地重视古人诗文法度格调,如李梦阳曾提出"文必有法式,然后中谐音度",又强调"高古者格,宛亮者调"的诗歌审美标准。这些都多多少少束缚了他们的创作手脚,影响了作品中作家情感自由充分的表达,难免要暴露出"刻意古范,铸形宿镆,而独守尺寸"的弊病。

二、后七子的诗歌

继"前七子"的复古运动之后,嘉靖中期李攀龙、王世贞为首的"后七子"进一步沿着"前七子"的道路前行。"后七子"是一个比较严密的文学宗派,以李攀龙、王世贞为主,还有谢榛、吴国伦、宗臣、徐中行、梁有誉。

"后七子"在文学上继承了复古理论,认为"高白西京,诗自天宝而下,俱无足观,于本朝独推李梦阳"(《明史·李攀龙传》),更加讲究法度、格调。"后七子"的主张一方面对维护文学的独立地位,强调文学的艺术特征起了极大的作用,另一方面复古的弊病也显得更加突出。下面仅对李攀龙和王世贞的诗歌创作进行简要分析。

(一)李攀龙的诗歌

李攀龙(1514—1570),字于鳞,号沧溟,山东历城人,嘉靖二十三年(1544)进士,授刑部主事,有《沧溟集》。其论文于明代独推李梦阳,认为古人之作已经备尽文章之法,因而只要"摭其摹而裁其衷,琢字成辞,属辞成篇",就可以写出好文章,而不要创新立意。

他的诗文有明显模仿痕迹,其诗如《古乐府》几乎篇篇模仿,因而他的乐

第七章 明代诗歌的发展与创作研究

府诗初看无一字句不精美,然不堪与古乐府并看。近体拟盛唐较有可取之处。一些七律、七绝音节高亢,声调流转,叙事抒情,比较自然。被称为"高华矜贵,脱弃凡庸"(沈德潜、周准《明诗别裁》卷八)。如七律《杪秋登太华山绝顶》:

> 缥渺真探白帝宫,三峰此日为谁雄。
> 苍龙半挂秦川雨,石马长嘶汉苑风。
> 地敞中原秋色尽,天开万里夕阳空。
> 平生突兀看人意,容尔深知造化功。

这首诗在登临怀古中表达了自己豪迈的情怀。《明诗别裁》评此诗"沧溟诗有虚响,有沉著,此沉著一路"。

又如《登黄榆马陵诸山是太行绝顶处》(其一):

> 太行山色倚巑岏,绝顶清秋万里看。
> 地坼黄河趋碣石,天回紫塞抱长安。
> 悲风大壑飞流折,白日千屋落木寒。
> 向夕振衣来朔雨,关门萧瑟罢凭栏。

这首诗为作者秋日登高之作,呈现的画面显得广阔壮观,气象高远,既刻画了凭高眺望的壮景,也写出了诗人开阔不凡的胸次,足见其一定的艺术功力。

李攀龙的五言律诗也有不少,这些诗尚能自写情愫。有时诗人要感时伤世、忧旱问饥:"难将忧旱意,涕泣向蒿莱"(《广阳山道中》);面对潦水,感慨万端:"潦水阴相积,蒹葭晚自寒"(《赵州道中》)。这说明诗人是能将涝、旱牢记心头的人。

(二)王世贞的诗歌

王世贞(1526—1590),字元美,号凤洲,亦称弇州山人、太仓人,嘉靖二十六年(1547)进士。他为官正直,不附权贵。严嵩对此十分嫉恨,吏部两拟提学皆不用,并调其为山东副使。隆庆二年(1568),王世贞起任大名府兵备副使,历任浙江左参政、湖广按察使等,累官至南京刑部尚书,后病归。他学识渊博,诗文以外,兼涉戏曲、词曲,著作甚丰,有《弇州山人四部稿》《弇州山人续稿》《弇山堂别集》《艺苑卮言》等。

王世贞在"后七子"中成就最高,诗文作品近400卷。《明史·王世贞传》说他"才最高,地望最显,声华意气,笼盖海内"。袁宏道认为他"不中于鳞之毒,所就当不止此"(《叙姜陆二公同适稿》)。王世贞在坚持复古理论的基础上,也有变化和修正,提出"师匠亦高,捃拾亦博",晚年提出"代不能废人,人不能废篇,篇不能废句"。

王世贞的创作虽有拟古之弊,但拟古之作比李攀龙等人精纯,气味雄厚,如《太保歌》写出了奸相严嵩炙手可热的声势"太保从东来,一步一风雷""一言忤太保,中堂生荆棘""太保百亿身,所至倏如扫",寄寓了作者的愤慨和厌恶。

王世贞的七言律绝也颇见功力,较有唐人风旨,如《书庚戌秋事》其一:

> 传闻边马塞回中,候火甘泉极望同。
> 风雨雕戈秋入塞,云霄玉几昼还宫。
> 书生自抱终军愤,国士谁讥魏绛功。
> 北望苍然天一色,汉家高碣倚寒空。

这首诗中描写了古战场的情景,"候火""甘泉""风雨""雕戈",令诗人产生了为国建功立业的雄心。

在王世贞的古诗、歌行中,颇有一些佳作,体现出了他的审美追求,如《伤卢柟》:

> 北风摧松柏,下与飞藿会。
> 词人厄阳九,卢生亦长逝。
> 桐棺不敛胫,寄殡空山寺。
> 蝼蚁与乌鸢,耽耽出其计。
> 酒家惜馀负,里社忻安食。
> 孤女空抱影,寡妾将收泪。
> 著书盈万言,一往恐失坠。
> 唯昔黎阳狱,弱羽困毛鸷。
> 幸脱雉经辰,未满鬼薪岁。
> 途穷百态攻,变触新语至。
> 词场四五侠,往往走馀锐。
> 大赋少见赏,小文仅易醉。
> 醉后骂坐归,还为室人詈。
> 我昔报生札,高材虚见忌。
> 自取造化馀,何关世途事。
> 呜呼卢生晚,竟无戢身地。
> 哭罢重吞声,皇天有新意。

第七章　明代诗歌的发展与创作研究

这首诗以感伤、真实的笔触,描绘了卢柟困厄的遭遇和他身后凄凉的境况,字里行间渗透了作者对这位生平不得志而过早夭折的才士所寄寓的同情,感情真挚。

又如《钦䲹行》:

> 飞来五色鸟,自名为凤凰。
> 千秋不一见,见者国祚昌。
> 响以钟鼓坐明堂,明堂饶梧竹,三日不鸣意何长?
> 晨不见凤凰,凤凰乃在东门之阴啄腐鼠,啾啾唧唧不得哺。
> 夕不见凤凰,凤凰乃在西门之阴媚苍鹰,愿尔肉攫分遗腥。
> 梧桐长苦寒,竹实长苦饥。
> 众鸟惊相顾,不知凤凰乃钦䲹。

在这首诗中,诗人让自封为"凤凰"的"钦䲹"自我出丑:晨在东门之阴啄腐鼠,夕在西门之阴媚苍鹰,梧桐不栖,竹实不食,这使"众鸟"认清了它的本来面目,使这个"五色鸟"臭不可闻。

王世贞晚年诗作往往不复检束,任意挥洒,有些诗作尚能做到语俗而意深,比如《弃官》《暮秋村居即事》。但绝大多数诗作的诗味不浓,是不足取的。

第五节　以"性灵说"为内核的公安派

对前后七子复古主义批评较为深刻的,是万历年间的"公安派"。由于其代表人物袁氏三兄弟(袁宗道、袁宏道、袁中道)是湖北公安人,所以得此名。

公安派提出文学发展的观点,对七子的复古主张加以驳斥,从根本上动摇了他们的理论基础。公安派的文学理论和创作成就以袁宏道为代表,一针见血地指出:所谓复古,不过是"剿袭"而已,即"句比字拟,务为牵合,弃目前之景,撼腐滥之辞……诗至此,抑可羞哉!"这些批判措辞尖锐,击中了复古派的要害。他并不是简单地反对复古,而是觉得复古如限于"剿袭",仅仅在形式上求得与古人相似,终会使创作走向失败。袁宏道认为诗一代胜于一代,不必厚古薄今,而"文之不能不古而今也,时使之也"。因此他极力主张"诗穷新极变"。袁中道也看到变是势之必然,要求文学随着时代的变化而变化。他们提倡变进,是从源头上遏制复古派的剿拟恶习,以发展的观点看文学发展,以创新的意识要求文学创作。公安派并不是一般地反对向古人学习,而是提倡师心独创精神。

公安派并不止于痛斥剽拟恶习并提倡时文和俗文学,以对复古派进行矫正,他们还开出了一个匡救文风的方子,这就是袁宏道在《叙小修诗》(《袁中郎全集》卷上)中称赞其弟袁中道诗的名言:

> 大都独抒性灵,不拘格套,非从自己胸臆流出,不肯下笔。有时情与境会,顷刻千言,如水东注,令人夺魄。其间有佳处,亦有疵处。佳处自不必言,即疵处亦多本色独造语。然予则极喜其疵处,而所谓佳者,尚不能不以粉饰蹈袭为恨,以为未能尽脱近代文人气习故也。①

"独抒性灵,不拘格套,非从自己胸臆流出,不肯下笔。"性灵即是"不可造",出自性灵则千古常新,出自剽拟则脱手成旧。独抒性灵,不拘格套的具体表现是有趣、新奇。推崇"独抒性灵,不拘格套",就是从诗歌创作的角度,强调真实表现作者个性化思想情感的重要性,反对各种人为的约束以及"粉饰蹈袭"。由于倡导求新求变和独抒性灵,不拘格套,公安派追求浅易本色的文风,甚至不避鄙俗平俚。文学毕竟是一种艺术创造,粗制滥造如果同俚俗这一审美追求混为一谈,同样会致使风华扫地,所以无论是在当时和后世,都有人对公安派的文风进行批评。不过公安三袁的作品虽有浅俗率易之失,却力避模拟剽窃之弊。矫枉过正的失误在所难免,但较之以模拟代替创作的复古派,其价值应当得到充分肯定。

一、袁宏道的诗歌

袁宏道(1568—1610),字中郎,号石公,少有文名,万历二十(1592)年进士。他深得李贽的赏识,不喜为官,多次辞官闲居,有《袁中郎全集》。在"三袁"中他的影响最大,是公安派的领袖。钱谦益评其为"中郎之论出,王、李之云雾一扫,天下之文人才士始知疏沦心灵,搜剔慧性,以涤荡模拟涂泽之病,其功伟亦"。袁宏道认为时代是变化的,文学也应随时代的变化而变化。"古有古之时,今有今之时""世道既变,文亦因之"。认为:"代有升降,而法不相沿,各极其变,各穷其趣,所以可贵。"因此,他提出了性灵说,认为人各有各的性灵,只要是"信口而出,信口而谈""发人所未发,句法调法字法",从自己胸中流出,就能写出自己的真面目。正是从这种思想出

---

① 袁行霈.中国文学史(第二版)(第二卷)[M].北京:高等教育出版社,2005:173.

第七章　明代诗歌的发展与创作研究

发,袁宏道非常重视民间文学,对于小说、戏剧和民歌等通俗文学的创作和品评充满了热情。

袁宏道是公安派的主将和领袖,他认为无论是诗歌还是散文,都需要独抒性灵,不拘格套,因此在诗歌的创作实践中,他常常随意而出。如《初至绍兴》一诗:

> 闻说山阴县,今来始一过。
> 船方尖履小,士比鲫鱼多。
> 聚积山如市,交光水似罗。
> 家家开老酒,只少唱吴歌。

这首诗以轻松舒展的笔调描写了山阴当地的风土人情,饶有生活意趣,语言通俗活泼,宛如一幅富有山阴特色的风俗画。

又如《戏题斋壁》:

> 一作刀笔吏,通身埋故纸。
> 鞭笞惨容颜,簿领枯心髓。
> 奔走疲马牛,跪拜羞奴婢。
> 复衣炎日中,赤面霜风里。
> 心若捕鼠猫,身似近膻蚁。
> 举眼尽无欢,垂头私自鄙。
> 南山一顷豆,可以没馀齿。
> 千锺曲与糟,百城经若史。
> 结庐甑箪峰,系艇车台水。
> 至理本无非,从心即为是。
> 岂不爱热官,思之烂熟尔。

这首诗从不同的侧面形象地描绘了为官所受的辛苦屈辱,倾吐了繁重而压抑的仕宦生活给诗人带来的苦闷,并流露出想要挣脱官场束缚而寄身自由自在的田园生活的愿望。

再如《过惠山作》:

> 柳色渐舒枝渐齐,流莺涩涩弄春啼。
> 花溪水赤香鱼子,荒草牙青倦马啼。
> 鹧鸟不行终恋侣,鹁鸠无屋懒呼妻。
> 一瓶暖贮惠泉酒,过得层峦日又低。

这首诗对惠山的景色进行了描写,表达了诗人对山景的热爱。

袁宏道还有一类诗反映他对官场的厌恶,如《乞归不得》:

> 不放陶潜去,空陈李密情。
> 有怀惭狗马,无路达神明。
> 竹影交愁字,莺啼作怨声。
> 但凭因果在,陨血誓来生。

这首诗表达了诗人乞归不得的无奈和忧郁的心境,反映了诗人对自由的向往,以及不同流俗的人生态度。

总体来说,袁宏道的诗歌创作能够"变板重为轻巧,变粉饰为本色",能够面对当时的现实,直抒胸臆,体现出了一定的忧患意识。

二、袁宗道的诗歌

袁宗道(1560—1600),字伯修,号石浦,万历十四年(1586)会试第一,官至右庶子,有《白苏斋集》,在袁氏三兄弟中他才气最弱。在当时"后七子"复古主张盛行一时之际,独推崇白居易和苏轼。论文反对"后七子"的模拟字句,认为文章应该以"辞达"为主,时代和语言都是发展变化的,"时有古今,语言亦有古今"。

袁宗道以清新、自然甚至于俚俗的语言,语气较为连贯的句式,比较清楚地凸显出所要表达的个人情思。如《雪中共惟长舅氏饮酒》:

> 盆梅香里倒清卮,闻听群乌噪冻枝。
> 饱后茶勋真易策,雪中酒戒最难持。
> 炉心香烬灰成字,纸尾书慵笔任欹。
> 共话当年骑竹事,如今双鬓各成丝。

这首诗中既没有密集的意象,也没有含蓄的诗味,一切皆写得清晰、明朗,所抒写的是个人的身边琐事,所抒发的是个人的情感思绪。这种清新自然的诗风,给人以耳目一新的感受。

三、袁中道的诗歌

袁中道(1570—1624),字小修,少有文名,豪迈任侠,万历四十四年(1616)进士,官至南京吏部郎中。袁中道性好游览,足迹遍天下,所作游记清新隽永,有《珂雪斋集》。袁中道论诗也主张"性灵",反对模拟,认为"天下

第七章 明代诗歌的发展与创作研究

无百年不变的文章",为诗要"各出手眼,各为机局,以达其所欲言",其文学理论与袁宗道和袁宏道相补充,成为"公安派"的核心思想。

与袁宏道一样,袁中道的作品也大多是畅抒襟怀之作,感情色彩浓厚。他的诗多写游历生活,基调豪爽放逸,强烈而自然地刻画出诗人落拓不羁的气度和怀才不遇的抑郁心情,但也有一些平和之作,如《听泉》其一:

> 一月在寒松,两山如昼朗。
> 欣然起成行,树影写石上。
> 独立巉岩间,侧耳听泉响。
> 远听语犹微,近听涛渐长。
> 忽然发大声,天地皆萧爽。
> 清韵入肺肝,濯我十年想。

这首诗所勾勒的画面清新轻俊,一个寒意侵人而月光皎洁的夜晚,诗人独自徜徉在山岩间,侧耳倾听潺湲山泉的流水声,尽情领略自然的妙趣。这首诗写景与抒情融为一体,较好地刻画出沉浸于自然美之中的诗人悠闲愉悦的心境。

袁中道的写景诗歌写得也不错,如《西游》:

> 湾环穷野径,忽到水中央。
> 喹雨鱼儿集,梢波燕子忙。
> 马来沙耀雪,人坐草粘香。
> 为爱溪流急,移尊向石梁。

整首诗描写了西湖的景色,清新秀美。

袁中道以文为主,尤其是人物传记,可以与中郎相伴。如《李温陵传》写得穷尽其态:

> 本狷洁自厉,操若冰霜人也,而深恶枯清自矜,刻薄琐细者,谓其害必在子孙。本屏绝声色,视情欲如粪土人也,而爱怜光景,于花月儿女之情状亦极其赏玩,若借以文其寂寞。本多怪少可,与物不和人也,而于士之有一长一能者,倾注爱慕,自以为不如。本息机忘世,槁木死灰人也,而于古之忠臣义士、侠儿剑客,存亡雅谊,生死交情,读其遗事,为之咋指研案,投袂而起,泣泪横流,痛哭滂沱而不自禁。若夫骨坚金石,气薄云天;言有触而必吐,意无往而不伸。排搨胜己,跌宕王公,孔文举调魏武若稚子,嵇叔夜视钟会如奴隶。鸟巢可复,不改其凤味,鸾翮可铩,不驯其龙性,斯所由焚

芝锄蕙,衔刀若卢者也。嗟乎!才太高,气太豪,不能埋照涸俗,卒就囹圄,惭柳下而愧孙登,可惜也夫!可戒也夫!

文中对李贽的评价突出了他才高、气豪,而又狷介不群的个性,终致身陷囹圄遭遇,非常真实,倾注了作者的情感。

第六节　倡导幽深孤峭诗风的竟陵派

继公安派之后,以钟惺、谭元春为代表的竟陵派崛起于文坛。钟惺、谭元春均为湖北竟陵人,因此得名竟陵派。在文学观念上,竟陵派受到过公安派的影响,提出重"真诗",重"性灵"。钟惺以为,诗家当"求古人真诗所在,真诗者,精神所为也"。谭元春则表示:"夫真有性灵之言,常浮出纸上,决不与众言伍。"这些主张都是竟陵派重视作家个人情性流露的体现,可以说是公安派文学论调的延续。但是与公安派不同的是,竟陵派以"自出眼光"为旨,提出"灵心"与"厚"的关系,说"厚"出于"灵心",以"清新入厚",则可除"有痕好尽"之病。而且竟陵派和公安派的文学趣味还是存在着差异。竟陵派看重向古人学习,钟惺、谭元春二人就曾合作编选《诗归》,主张"引古人之精神,以接后人之心目",达到一种所谓"灵"而"厚"的创作境界。而且竟陵派也不满于公安派空疏浮浅、近平近俚的弊端,欲作矫公安派之失的诤友,于是提出以"察其幽情单绪,孤行静寄于喧杂之中,而乃以其虚怀定力,独往冥游于寥廓之外"的创作要求,即在总体上追求一种幽深奇僻、孤往独来的文学审美情趣,同公安派浅率轻直的风格相对立。在这种思想指导下,他们创作的作品一味追求"幽情单绪","独往冥游于寥廓之外",于是便走向了冷僻艰涩,脱离了现实,到达另一个极端。

一、钟惺的诗歌

钟惺(1574—1625),字伯敬,号退谷,又号止公居士。祖籍江西永丰,后迁竟陵(今湖北天门),万历三十八年进士,官至福建提学金事,有《隐秀轩集》。《明史·文苑传》说:"自宏道矫王、李之弊,倡以清真,惺复矫其弊,变而为幽深孤峭。"

竟陵派追求"深幽孤峭"的诗境,他们的诗重心理感受,境界小,主观性强,将诗歌引入险怪、孤寒之路,缩小了文学的表现视野,是明文学思潮的另一种反映。

第七章 明代诗歌的发展与创作研究

钟惺的诗的确体现了其"幽情单绪"的追求,江南张泽、华淑,闽人蔡复一等,倾心附和,把钟惺奉为"深幽孤峭之宗"。如以下两首诗:

宿乌龙潭
渊静息群有,孤月无声入。
冥漠抱天光,吾见晦明一。
寒影何默然,守此如恐失。
空翠润飞潜,中宵万象湿。

夜归
落日下山径,草堂人未归。
砌虫泣凉露,篱犬吠残晖。
霜静月逾皎,烟生墟更微。
入秋知几日,邻杵数声稀。

前一首诗描绘出了一幅万籁俱寂、孤月独照、寒影默然的宿地图景,给人以幽寂、凄清与峻寒的感觉;后一首诗选取落日、残晖、霜、烟等,也营造了一个凄凉的氛围。

钟惺诗歌的语言运用以选词与句式的新颖取胜。如《三月三日雨中登雨花台》中的"可怜三月草,未了六朝春",《夜》中的"戏拈生灭后,静阅寂喧香",《乌龙潭吴太学林亭》中的"蜂狂花约束,莺过柳遮留",《月》中的"岸迫衔江浅,山行出峡残",《舟晓》中的"鸦鸣半树日,虫乱一汀香"。这些诗句,或错杂时空,或巧用通感,或意境孤峭,或构思小巧。这样的语言,对形成钟惺幽深孤峭的艺术风格起了重要作用。

二、谭元春的诗歌

谭元春(1586—1637),字友夏,号鹄湾,又号寒河,天启七年,42岁的他才中乡试第一名,此后会试不利,52岁还入京会试,猝死于客店中。有《谭友夏合集》。钟惺与谭元春合编了《唐诗归》,选隋以前的诗为《古诗归》,希望以古人精神影响后人,影响很大,他们二人也成为竟陵派的领袖。

谭元春作诗比钟惺更为"孤迥",如《登清凉台》:

台与夕阳平,来时值晚晴。
隔江山欲动,潜壑树无声。
渔艇归遥浦,庵僧近掩荆。
烟岚生处处,半抹石头城。

整首诗幽深淡远,为谭诗的代表作。

又如《咏九峰山泉》:

　　自是名山里,清泉日夜流。
　　初生如欲动,稍远不知休。
　　气冷谷中草,影吹溪上楸。
　　无人常此汲,空令一桥幽。

这首诗以山泉为吟咏对象,含有一种清冷、幽峭的味道。这充分反映了竟陵派作家所要追求的"幽情单绪""奇情孤诣"的创作境界。其他的如《瓶梅》"香来清静里,韵在寂寥时",《泰和庵坐泉》"鱼出声中立,花开影外吹",也都体现出"孤怀""孤诣",反映出谭元春诗"孤迥"的特点。

第八章 清代诗歌的发展与创作研究

清代诗歌是古代诗歌的光辉总结,是古典诗歌的再度辉煌,其成就突出,与唐诗和宋诗一道成为我国诗史上的三大高峰。清代诗歌越来越受到后人的重视。

第一节 清初遗民诗

清代入关以后,实行残酷的封建统治和民族压迫,引起了全国人民风起云涌的反抗,各地抗清斗争持续了40年。这样的时代背景唤起了汉族的民族意识与文人的创作才情,给文学注入了新的生命。富有民族精神和忠君思想的遗民诗人的沉痛作品,体现了那个时代的主旋律。这段时期,许多诗人创作出了富有时代精神的诗歌作品。卓尔堪的《明遗民诗》辑录作者400余人,诗歌近3000首,其中以气节著称的是顾炎武、黄宗羲、王夫之三人。

一、顾炎武的诗歌

顾炎武(1613—1682),初名继绅,更名绛,入清后名炎武,字宁人,人称亭林先生,江苏昆山人。早年参加复社,明亡后积极参加抗清活动,后长期游学北方,考察山川,访求豪杰,图谋恢复。他多次拒绝清政府的收买,受到监视,并曾因为文字狱而被囚禁,但他始终不屈,始终坚持自己的信仰,表现了崇高的民族节操。晚年终老于陕西华阴。著有《亭林诗文集》,另有《日知录》《天下郡国利病书》等论著。

顾炎武提倡"文须有益于天下"(《日知录》卷七),"凡文之不关《六经》之旨、当世之务者,一切不为"(《亭林文集》卷四)。顾炎武的文学思想贯穿着有益世用的基本精神,他认为诗歌的根本是"言志",就是要表达与政治、教化紧密相连的诗人的意志怀抱,"文须有益于天下",重实用而轻虚妄。同时他也崇尚性情,"诗主性情,不贵奇巧"(《日知录》)。顾炎武存诗400余首,大部分是五言诗,以拟古、咏怀、游览、即景为题材,抒写爱国情怀及民族情感。如《精卫》:

> 万事有不平,尔何空自苦?
> 长将一寸身,衔木到终古。
> 我愿平东海,身沉心不改。
> 大海无平期,我心无绝时。
> 呜呼!
> 君不见西山衔木众鸟多,
> 鹊来燕去自成窠。

这首诗政治色彩极为强烈,讽刺了专营安乐窝的燕雀之辈,表示"我愿平东海,身沉心不改"的决心。

又如《秋山》:

> 秋山复秋山,秋雨连山殷。
> 昨日战江口,今日战山边。
> 已闻右甄溃,复见左拒残。
> 旌旗埋地中,梯冲舞城端。
> 一朝长平败,伏尸遍冈峦。
> 北去三百舸,舸舸好红颜。
> 吴口拥橐驼,鸣笳入燕关。
> 昔时鄢郢人,犹在城南间。

作者在这首诗中历数了江阴、昆山、嘉定等处抗清失败以及被屠杀劫掠的惨状,同时也赞扬了那些壮烈殉国的士大夫和为国捐躯的将士。

再如《海上》:

> 其一
> 长看白日下芜城,又见孤云海上生。
> 感慨河山追失计,艰难戎马发深情。
> 埋轮拗镞周千亩,蔓草枯杨汉二京。
> 今日大梁非旧国,夷门愁杀老侯嬴。
>
> 其二
> 满地关河一望哀,彻天烽火照胥台。
> 名王白门江东去,故国降幡海上来。

第八章 清代诗歌的发展与创作研究

秦望云空阳鸟散,冶山天远朔风回。
楼船见说军容盛,左次犹虚授铖才。
其三
日入空山海气侵,秋光千里自登临。
十年天地干戈老,四海苍生吊哭深。
水涌神山来白鸟,云浮仙阙见黄金。
此中何处无人世,只恐难酬烈士心。
其四
南营乍浦北南沙,终古提封属汉家。
万里风烟通日本,一军旗鼓向天涯。
楼船已奉征蛮敕,博望空乘泛海槎。
愁绝王师看不到,寒涛东起日西斜。

这四首诗以凝练沉重之笔,抒发登高望海的悲壮情怀,苍劲质实。诗中洋溢着决心报国、抗清复明的坚强信念。

顾炎武怀有非凡的抱负,他说"生无一锥土,常有四海心"(《秋雨》)。即使到了50岁,仍然不堕凌云之志:"路远不须愁日暮,老年终自望河清"(《五十初度》);"苍龙日暮还行雨,老树春深更著花(《又酬傅处士次韵》)"。

顾炎武的诗歌不但抒发了自己的爱国之情,还着力讽刺了明末官员的不思进取,卑躬屈膝,比如《妲人怨》两首:

其一
伤春愁绝泣春风,发乱如油唇又红。
不是长干轻薄子,如何歌笑入新丰?
其二
云鬟玉髻对春愁,不语当窗娇半羞。
柳絮飞花无限思,教侬何物得消忧?

诗中讽刺降清的官员们如"长干轻薄子",如随风飘扬的"柳絮飞花";而诗中对"伤春愁绝泣春风"的美人之描写,则是借用传统的"香草美人之喻"的表现手法来抒发其怀念故国的思想感情。

随着实践的消逝和希望的幻灭,顾炎武逐渐认识到了局势,知道自己的希望永远无法实现了,他感伤沉郁的情绪稍增,但他不灰心,至死犹坚,所以他所作的诗仍然雄浑有力,慷慨悲壮。如《五十初度时在昌平》:

227

> 居然濩落念无成,陾驷流萍度此生。
> 远路不须愁日暮,老年终自望河清。
> 常随黄鹄翔山影,惯听青骢别塞声。
> 举目陵京犹旧国,可能钟鼎一扬名。

总体来说,顾炎武的诗在当时影响很大,为一代清诗树立了笃实、高阔的峰标。顾诗在清代评价很高,沈德潜说:"词必已出,事必精当,风霜之气,松柏之质,二者兼有。就诗品论,亦不肯作第二流人。"(《明诗别裁》卷11)。

二、黄宗羲的诗歌

黄宗羲(1610—1695),字太冲,号梨洲,浙江余姚人,明末清初著名史学家,学界称其为梨洲先生。他博学多识,著述宏富,哲学、经学、文学、史学无所不窥。他还是一个爱国者,曾积极起兵抗清。黄宗羲的主要著作有《明夷待访录》《明儒学案》《南雷文案》《南雷文定》《南雷诗历》等。他论诗主张"诗以道性情"(《黄梨洲文集·景州诗集序》),他说"情者可以贯金石,动鬼神"(《黄孚先诗序》),强调写诗注重现实,他比较推崇杜诗。对于古今风格各异的诗人,黄宗羲认为应该持有"有品藻而无折中"的态度,认为对各种风格的作家都应该在了解其风格的基础上广泛地借鉴和学习,他认为"论诗者但当辨其真伪,不当拘以家数"(《诗历题辞》)。同时他也强调了艺术的独创精神,认为"文之美恶视道合离",认为文必原本经术,始可谓之正路,同时主张以诗补史。他的诗感情真挚,沉着朴素,具有爱国主义情怀,如《卧病旬日未已,闲书所感》:

> 此地那堪再度年,此身惭愧在灯前。
> 梦中失哭儿呼我,天末招魂鸟降筵。
> 好友多从忠节传,人情不尽绝交篇。
> 于今屈指几回死,未死犹然被病眠。

这首诗作抒发了亡国之痛及思念殉难好友之情。抗清斗争失败后,黄宗羲仍心怀故国,诗中多抒发亡国之痛,怀旧之感。

又如《山居杂咏》:

> 锋镝牢囚取决过,依然不废我弦歌。
> 死犹未肯输心去,贫亦岂能奈我何!

第八章 清代诗歌的发展与创作研究

　　廿两棉花装破被,三根松木煮空锅。
　　一冬也是堂堂地,岂信人间胜著多。

　　这首诗充分表现了诗人对抗逆境的顽强意志和坚持道德操守的民族气节,表达了诗人乐观主义的精神和追求正义的决心。
　　黄宗羲的诗歌创作也常常借咏古来抒情,如《钓台》:

　　曾注西台恸哭记,摩挲老眼见崔嵬。
　　当时朱鸟魂间返,今日谁人雪后来。
　　江上愁心丝百尺,平生奇险浪千堆。
　　欲修故事如皋羽,同志方吴安在哉!

　　这首诗以南宋谢皋羽翱登严子陵钓台哭祭民族英雄文天祥的事迹为背景,诗人有感于郑成功、张苍水北征失败,觉察到完成抗清事业胜利的难度越来越大了,再要想仿效谢翱的机会恐怕是不可多得了,但是诗人并没有消沉。全诗诗风沉重、压抑而悲壮,表达了一种不甘失败的不屈意志。
　　晚年的黄宗羲也没有淡化掉自己的意志,如《书事》其三:

　　昨夕松对短风檠,病中无语不酸情。
　　月光今夜偏无赖,江北山头分外明。

　　这首诗以拟人手法,用月光偏照江北讽刺了投靠满清者,流露出了强烈的民族意识。

三、王夫之的诗歌

　　王夫之(1619—1692),字而农,号姜斋,湖南衡阳人,卓越的思想家。他曾从永历桂王举兵抗清,南明灭后隐居衡阳石船山埋首著述,世称船山先生。
　　王夫之论诗重视诗歌的抒情功能,认为"诗以道情",认为诗歌的作用是"陶冶性情,别有风致"。王夫之从意约辞尽、尚柔韧、重情韵等几个方面对诗歌的表现手法进行认知。他的创作受楚辞影响,常借物抒怀,其诗往往追怀往事,感慨平生,透露故国之思和恢复之志,如《杂诗四首》之四:

　　悲风动中夜,边马嘶且惊。
　　壮士匣中刀,犹作风雨鸣。
　　飞将不见期,萧条阻北征。

> 关河空杳霭,烟草转纵横。
> 披衣视良夜,河汉已西倾。
> 国忧今未释,何用慰平生。

该诗把一个英雄壮士无法实现报国的情绪表达得淋漓尽致。

在爱国主义思想的支配下,王夫之曾经参加过多次反清复明的斗争,但是屡遭挫折,但他以朴素的唯物辩证法的思想,观察社会,相信民族的复兴总是有希望的,这在他的《又雪同欧子直》一诗中可以清楚地体现出来:

> 溪边林外转霏微,几处新莺禁不飞。
> 即次青春欺白发,丁宁酒力试寒威。
> 连天朔雪悲明月,昨日西清忆落晖。
> 为报春光多蕴藉,来朝一倍报芳菲。

由于亲身经历了家破国亡之乱,饱受了亲人离合之悲,王夫之心中充满了遗民的悲愤之情,坚决反对凶残的民族压迫,表现出了如屈原一般的爱国之心。

王夫之在常年的流亡生涯中,与下层群众有比较广泛的接触,所以更了解民生疾苦,如《后所旅行辛酉》其二:

> 厨获根,采获苗,蔗苗已长根粉消。
> 雹如弹九雨如簌,荷锄空望青山哭。
> 大家仓庾皆封闭,悬望开仓如开凿。
> 辇金输官援新例,红丝锦袍春风丽。
> 摇鞭笑指荒烟际,错落何为被苍翠。

这首诗写出了靠天吃饭的老百姓的疾苦,对他们的生活给予了同情。

总体来说,王夫之在诗歌创作方面的成就是巨大的,王夫之抒写爱国情怀的诗篇,既表现了他的故国孤忠,又体现出了他的高风亮节。王夫之对自己所憧憬的未来的美好信念一直到老都没有动摇过。他七十岁时,还写下了《敝筑土室,授童子读,题曰蕉畦,口占示之戊辰》。

第二节 江左诗的创作

清初诗坛上,钱谦益、吴伟业是明末就有诗名,入清后又保持着相当影响的诗人,他们和龚鼎孳被称为"江左三大家"。在诗歌创作上,他们总体上

第八章 清代诗歌的发展与创作研究

取法盛唐、中唐诸家,博采众长,从而自成一家。在这里,我们主要对钱谦益、吴伟业的诗歌创作进行赏析。

一、钱谦益的诗歌

钱谦益(1582—1664),字受之,号牧斋,江南常熟人,万历进士,官至礼部尚书,清攻陷南京变节降清,仍为礼部侍郎,不久辞归。有《初学集》《有学集》及《投笔集》。

钱谦益思想性格比较复杂,他本以"清流"自居,却降清污节,降清之后又从事反清活动。他这种进退维谷患得患失的行为,反映了明清之际文人的矛盾心态。钱谦益在清初诗坛的地位很高,被认为是开风气之先的人物,"宗伯诗适当诗派中衰之际,实开熙朝风气之先。"(凌凤祥《初学集序》)他开创了虞山诗派。他论诗反对严羽的"妙悟"说,认为是"无知妄论"(《唐诗英华序》),提出注重"学问",讲究"学殖之所酝酿"(《汤义仍先生文集序》),"经之以经史"(《周孝逸文稿序》)。钱谦益编辑明代诗歌集《列朝诗集》,并在其中提出自己的一些诗歌主张,既反对前后七子的复古主张,又提出纠正公安派的不足,他主张用"学问"来反对"复古",用"学问"来收敛性情,实际上是诗歌创作中的倒退。

钱谦益的诗歌以抒情见长,他的人生历尽坎坷,其诗中多能反映其内心的真情实感,尤其是经历故国沧桑身世荣辱的巨大变故,更使他的诗歌深挚、幽怨,颇见其志。如《十一月初六日召对文华殿,旋奉严旨革职待罪,感恩述事》其二:

> 破帽青衫又一回,当筵舞袖任他猜。
> 平生自分为人役,流俗相尊作党魁。
> 明日孔融应便去,当年王式悔轻来。
> 宵来吉梦还知否,万树青山早放梅。

诗人对自己失意的心态描写得十分深挚。入清之后,他的一些作品也大胆地述其情志,感叹兴亡,主要是悼念亡明,指斥新朝暴行,如《金陵秋兴八首次草堂韵》其一:

> 龙虎新军旧羽林,八公草木气森森。
> 楼船荡日三江涌,石马嘶风九域阴。
> 扫穴金陵还地肺,埋胡紫塞慰天心。
> 长干女唱平辽曲,万户秋声息捣砧。

这首诗以欣喜若狂之情写水师的军威和民众的支持,表达了强烈的反清复明的愿望,气势宏大,慷慨昂扬。

又如《西湖杂感二十首》其二:

潋艳西湖水一方,吴根越角两茫茫。
孤山鹤去花如雪,葛岭鹃啼月似霜。
油壁轻车来北里,梨园小部奏西厢。
而今纵会空王法,知是前尘也断肠。

《西湖杂感二十首》皆是诗人触景生情之作,既有诗人的悔恨,也有诗人的失国之痛,写得哀感顽艳,沉郁苍楚。

除了政治意味浓厚的诗歌,钱谦益还有一些意境优美的山水景物诗,显示出诗人多样的艺术才华。比如《宿桃源庵作短歌题壁示药谷主人佘抢仲》:

天都诸峰屏障开,白龙潭水绿浪回。
浴罢汤池瞑投宿,流泉午夜如崩雷。
溪山至此非常调,主人卜筑领其要。
刻疏云气排窗棂,穿穴烟岚置堂奥。
山中辛夷花放荣,世上桃李俱落英。
却笑仙源迷子骥,还缘药谷访容成。
老僧三年不出户,盖头莫为诛茅误。
雨后黄山更奇绝,看我清鞋去时路。

诗人游览黄山,天都诸峰、白龙潭水、流泉云气、辛夷桃李,犹如在仙境一般,为读者展示了大自然的神奇与瑰丽。

总体来说,钱谦益的诗歌得杜甫之苍凉激越,沉着雄厚;兼有李商隐之婉约,典丽宏深;又据宋诗之宏肆奔放,纵横雄健,成为融通唐宋并自成一家的诗坛领袖。

二、吴伟业的诗歌

吴伟业(1609—1671),字骏公,号梅村,太仓人(今属江苏),明进士,复社重要成员。崇祯四年(1631)吴伟业考中科举,并以会试第一、殿试第二登榜眼之位,历任翰林院编修、东宫讲读官、南京国子监司业等职。后事清,做国子监祭酒,不久辞归,有《梅村家藏稿》。吴伟业学识渊博,著述甚多,不但

第八章 清代诗歌的发展与创作研究

工诗能文,而且熟悉音律,喜欢度曲填词绘画,杂剧传奇也无一不精。

吴伟业论诗与钱谦益不同,他反对钱谦益对前后七子及公安派的评价,他批评七子的追随者:"吾只患今之学盛唐者,粗疏鲁莽,不能标古人之赤帜,特排突竟陵以为名高,以彼虚矫之气,浮游之响,不二十年嗒然其消歇,必反为竟陵之所乘。"(《与宋尚木论诗拐》)对于袁宏道则主张"学其发抒性灵,而力塞后来俚易之习"(《阮集之诗序》),在创作实践中,吴伟业更是取得出色的成就。

吴伟业的诗,辞藻美丽,尤长于七言歌行。及乎国变,身经丧乱,发之于诗,风格一变,暮年萧瑟,论者比之为庾信,如《临东参军》《琵琶行》《松山哀》《圆圆曲》等。最为著名的是他的《圆圆曲》:

> 鼎湖当日弃人间,破敌收京下玉关。
> 恸哭六军俱缟素,冲冠一怒为红颜。
> 红颜流落非吾恋,逆贼天亡自荒宴。
> 电扫黄巾定黑山,哭罢君亲再相见。
> 相见初经田窦家,侯门歌舞出如花。
> 许将戚里空侯伎,等取将军油壁车。
> 家本姑苏浣花里,圆圆小字娇罗绮。
> 梦向夫差苑里游,宫娥拥入君王起。
> 前身合是采莲人,门前一片横塘水。
> 横塘双桨去如飞,何处豪家强载归?
> 此际岂知非薄命,此时只有泪沾衣。
> 熏天意气连宫掖,明眸皓齿无人惜。
> 夺归永巷闭良家,教就新声倾座客。
> 座客飞觞红日暮,一曲哀弦向谁诉?
> 白皙通侯最少年,拣取花枝屡回顾。
> 早携娇鸟出樊笼,待得银河几时渡?
> 恨杀军书抵死催,苦留后约将人误。
> 相约恩深相见难,一朝蚁贼满长安。
> 可怜思妇楼头柳,认作天边粉絮看。
> 便索绿珠围内第,强呼绛树出雕栏。
> 若非将士全师胜,争得蛾眉匹马还。
> 蛾眉马上传呼进,云鬟不整惊魂定。
> 蜡烛迎来在战场,啼妆满面残红印。
> 专征萧鼓向秦川,金牛道上车千乘。

斜谷云深起画楼,散关月落开妆镜。
传来消息满江乡,乌桕红经十度霜。
教曲伎师怜尚在,浣沙女伴忆同行。
旧巢共是衔泥燕,飞上枝头变凤凰。
长向尊前悲老大,有人夫婿擅侯王。
当时只受声名累,贵戚名豪尽延致。
一斛珠连万斛愁,关山漂泊腰支细。
错怨狂风扬落花,无边春色来天地。
尝闻倾国与倾城,翻使周郎受重名。
妻子岂应关大计,英雄无奈是多情。
全家白骨成灰土,一代红妆照汗青。
君不见馆娃初起鸳鸯宿,越女如花看不足。
香径尘生鸟自啼,渫廊人去苔空绿。
换羽移宫万里愁,珠歌翠舞古梁州。
为君别唱吴宫曲,汉水东南日夜流。

《圆圆曲》写明末清初大动荡时代,名妓陈圆圆的坎坷经历。陈圆圆先被送给崇祯皇帝,后归吴三桂,转被刘宗敏据为己有,吴三桂因此引清兵入关。在这一系列过程中,陈圆圆始终作为一个主线,但她却无法获得人格尊严,始终作为一个附属品而存在。另一个关键人物吴三桂出于一己之私,沦为千古罪人。这首诗细致地描绘了吴三桂和陈圆圆的悲剧,全诗规模宏大,将个人命运与国家命运交织在一起,一代史实和人物相辉映,使情节波澜曲折,富于传奇色彩。

吴伟业的诗歌不仅具有宏大的历史叙说,他还密切关注社会现实,描绘在战乱中人民的疾苦以再现时代的社会生活,如《捉船行》:

官差捉船为载兵,大船买脱中船行。
中船芦港且潜避,小船无知唱歌去。
郡符昨下吏如虎,快桨追风摇急橹。
村人露肘捉头来,背似土牛耐鞭苦。
苦辞船小要何用?争执汹汹路人拥。
前头船见不敢行,晓事篙题敛钱送。
船户家家坏十千,官司查点侯如年。
发回仍索常行费,另派门摊云雇船。
君不见官舫蒙哦无用处,打彭插旗马头住。

在这首诗中,诗人对清军捉民船载兵勒索百姓的官差的野蛮行径进行了批判。

除了叙事诗外,吴伟业也有很多优秀的抒情诗、写景诗,如《梅村》:

> 枳篱茅舍掩苍苔,乞竹分花手自栽。
> 不好诣人贪客过,惯迟作答爱书来。
> 闲窗听雨摊诗卷,独树看云上啸台。
> 桑落酒香卢橘美,钓船斜系草堂开。

这首诗为诗人咏其居所,也是自我的写照,表现了诗人高洁的情怀。

总体来说,吴传业最为擅长歌行体,艺术风格也较成熟,《四库全书总目提要》中说:"格律本乎四杰而情韵为深,叙述类乎香山而风华为胜。"

第三节 王士禛的"神韵说"及以唐音为准的"格调说"

一、王士禛的"神韵说"

王士禛的"神韵说",渊源于南朝钟嵘《诗品》的"滋味说"、唐司空图《二十四诗品》的"韵味说"、宋严羽的《沧浪诗话》"兴趣说""妙悟说"的诗歌美学理论。他为神韵说标举了四点。

第一,典。典即典雅,强调诗人之诗和学人之诗的统一。

第二,远。神韵说的核心,即要求诗歌要有悠然淡远的意境,含蓄空灵,余味不尽。

第三,谐音律。纯从诗歌的音乐性着眼,要求诗作声调谐律。

第四,丽以则。要求诗歌既要写得绮丽而摇荡性情,又要不失正则,符合"温柔敦厚"的诗教。

王士禛在提出"神韵说"的同时,又陆续编选了《唐诗七言律神韵集》《十种唐诗选》《唐贤三昧集》等选本,风行天下,使"神韵说"广为流传。

王士禛(1634—1711),字贻上,号阮亭,别号渔洋山人,山东新城人,顺治十二年进士,官至刑部尚书,有《带经堂全集》。王士禛继钱谦益、吴伟业之后成为诗坛盟主50年,他不仅在诗歌方面具有很高的成就,在诗歌理论上也具有卓越的建树,著有《带经堂集》《池北偶谈》《渔阳诗话》《分甘余话》

等。他的各种论诗之语被编为《带经堂诗话》。

王世禛审美趣味倾向王孟,他说:"风怀澄淡推韦柳,佳处多从五字求。"(《论诗绝句》)他的诗歌创作也努力追求这种意境,如《江上》:

　　萧条秋雨夕,苍茫楚江晦。
　　时见一舟行,濛濛水云外。

诗境空渺迷离,自认为得味外之味。
又如《真州绝句》:

　　江干多是钓人居,柳陌菱塘一带疏。
　　好是日斜风定后,半江红树卖鲈鱼。

这些诗歌意境悠远,语言清丽,作者用寥寥数笔就勾画出一幅幅清净幽冷的画面,颇有意外之意,味外之味。
再如《青山》:

　　晨雨过青山,漠漠寒烟织。
　　不见秣陵城,坐爱秋江色。

这类小诗都有其天然情致。
王士禛诗作也并非都是"神韵"之作,也有大量反映民生疾苦的诗篇,如他早期的《养马行》《春不雨》《蚕租行》等篇。即使他早期的成名之作《秋柳四首》,虽已有"神韵"之致,也多少表现了历史感。

其一
秋来何处最销魂?残照西风白下门。
他日差池春燕影,只今憔悴晚烟痕。
愁生陌上黄骢曲,梦远江南乌夜村。
莫听临风三弄笛,玉关哀怨总难论。
其二
娟娟凉露欲为霜,万缕千条拂玉塘。
浦里青荷中妇镜,江干黄竹女儿箱。
空怜板渚隋堤水,不见琅琊大道王。
若过洛阳风景地,含情重问永丰坊。

第八章　清代诗歌的发展与创作研究

其三
东风作絮糁春衣,太息萧条景物非。
扶荔宫中花事近,灵和殿里昔人稀。
相逢南雁皆愁侣,好语西乌莫夜飞。
往日风流问枚叔,梁园回首素心违。

其四
桃根桃叶镇相怜,眺尽平芜欲化烟。
秋色向人犹旖旎,春闺曾与致缠绵。
新愁帝子悲今日,旧事公孙忆往年。
记否青门珠络鼓,松枝相映夕阳边。

这一组诗是王士禛的成名之作,诗中博取秋柳凋伤的自然意象和历史兴废的人事意象,把对秋柳的感伤推向了历史、空间的无限,使人感到秋柳无时不关情,秋柳无处不销魂,秋柳无人不伤神,表达了易代之后人们普遍的物是人非、盛景难住的幻灭感。

又如《登白帝城》:

赤甲白盐相向生,丹青绝壁斗峥嵘。
千江一线虎须口,万里孤帆鱼复城。
跃马雄图馀垒迹,卧龙遗庙枕潮声。
飞楼直上闻哀角,落日涛头气不平。

诗中凭吊历史古迹,刻画名城形胜,抒发兴亡感慨,声情悲壮,风格接近杜甫。

总体来说,王士禛在清初诗坛地位极高,他的"神韵说"风靡一时,但也遭到了一些人的反对。

二、以唐音为准的"格调说"

格调,就是要重视唐诗那种格律、声调,康、乾时期的格调诗以沈德潜为领袖、以其格调说诗论为中心。总体来说,"格调说"的主要风格不外乎"温柔敦厚"四个字。也就是说,作家在写诗时应该尽可能和颜悦色,不要将诗写得太过直白,充满讽刺意味。格调诗的代表诗人是沈德潜。

沈德潜(1673—1769),字确士,号归愚,江苏长洲人,出身贫寒,五代未仕。他从23岁起就继承父业,以授徒教馆为生,过了四十多年的教馆生活。虽然自己的处境并不理想,但他并没有自暴自弃、放弃学习,相反,他在为生活奔波之余,勤奋读书,16岁前就已经通读了《韩非子》《左传》《尉缭子》等书。沈德潜年轻时曾受业于叶燮,他的诗论在一定程度上受叶燮的影响,但是他在诗歌理论上背离了叶燮,重新提倡格调说。他对钱谦益贬低王世贞等人表示极为不满,并说:"披沙大有良金在,正格终难黜两家。"(《论明诗十二断句》)。他强调作诗者应该"学古"和"论法",并根据"去淫滥,以归雅正"的原则,在诗歌的体、格、声、调等各个方面都制定了许多规则。沈德潜一生都非常热衷于功名,但是就是这样一个满腹才学的读书人,竟然多次府试不中。沈德潜从22岁参加乡试起,总共参加了17次科举考试,最终在乾隆四年(1739)才中进士,时年67岁。由于他所倡导的"格调说"对加强清王朝的封建统治极为有利。所以沈德潜的晚年受到了乾隆帝的宠遇,相互唱和,官运亨通,显赫一时,影响甚大。年高归里时加赠礼部尚书及太子太傅衔。卒后追赠太子太师,赐祭葬,谥文悫。

沈德潜著有《沈归愚诗文全集》,并编选《古诗源》《唐诗别裁》《明诗别裁》《国朝诗别裁》等书。沈德潜论诗尊盛唐,主格调,推崇明七子,对公安派、竟陵派、王士禛等俱表不满。他论诗认为诗应起到一定的教化作用,他在《说诗晬语》中开宗明义指出:"诗之为道,可以理性情,善伦物,感鬼神,设教邦国,应对诸侯,用如此其重也。"正因如此,在诗歌内容方面就应言之有物,他说:"诗必原本性情,关乎人伦日用及古今成败兴衰之故者,方为可存,所谓其言有物也。"(《清诗别裁集·凡例》)这里"言之有物"必反映古今成败兴衰,而对于"嘲风雪,弄花草"(《说诗晬语》)的作品,他是极力反对的。另外,他尊唐贬宋,说:"唐诗蕴藉,宋诗发露,蕴藉则韵流言出,发露则意尽言中。"(《清诗别裁集·凡例》)即他主张平和、含蓄,反对发露。但沈德潜并不排斥诗歌的感情成分,他强调诗歌宜有感而发,所作才能动人;反之,尽管美丽的藻饰,也是苍白无力的。除"神韵"之外,他还提出了重视"风格""气骨"等主张,主要以唐诗为标准,认为唐人之诗"既多兴象,复备风骨"。

沈德潜的诗歌创作古体慕汉魏,近体法盛唐,大量诗作歌咏升平,平庸无奇。有一些反映现实的作品,如《凿冰行》(节选):

> 月寒霜清水生骨,夜半胶黏厚盈尺。
> 鸣金四野鸠壮丁,晓打冰凌双足赤。
> 白椎乱下河腹开,一片玻璃细分坼。
> 大声苍崖崩巨石,小声戈矛互舂击。
> 水深没髁衣露肘,手足皴裂无人色。

第八章　清代诗歌的发展与创作研究

又如《后凿冰行》(节选):

> 海氛既息海鲜盛,洋客贩鲜轻性命。
> 舳舻载冰入沧海,冰贾如金未能平。
> 吴中窖户惯射利,岁岁藏冰互相庆。
> 每当腊月河流坚,水面削平似明镜。
> 五更号令鸠穷民,赤足层冰立难定。
> 冲寒掊击裂十指,入水支撑割双胫。
> 大声惊破天吴宫,百丈鳞鳞河腹迸。
> 岸旁观者谁氏子,锦服狐裘气豪横。
> 欢呼拍手诧奇绝,水战水嬉无此胜。
> 吁嗟观者何不仁,令我转益忧心怲。
> 半死换得青铜钱,忘躯谋食岂天性?
> 至今穷民多夭札,存者纷纷软足病。

诗中真实地揭露了洋客、窖户(藏冰商家)不顾穷人死活残酷剥削他们的情景,斥责了旁观富人的无情,真正学到了杜诗的精神。

他的怀古诗写得也不错,如《过真州》:

> 扬州西去真州路,万树重杨绕岸栽。
> 野店酒香帆尽落,寒塘鱼散鹭初回。
> 晓风残月屯田墓,零露浮云魏帝台。
> 此夕临江动离思,白沙亭畔笛声哀。

该诗意趣淡雅,声韵谐朗,法式严密,情思含蕴,不失为一首有格调的诗。

沈德潜的诗很多都是为统治者歌功颂德的作品。如《制府来》《晓经平江路》等虽然反映了一些社会现实,但又常常带有封建统治阶级的说教内容。

第四节　继承公安派遗志的"性灵说"

"性灵"指的是性情、灵感、个性、灵机,即诗人必须具有的主观创作条件,当一个诗人有了创作灵感,将自己的真性情写出来,就是一首好诗。性灵说的核心是强调诗歌创作要直接抒发诗人的心灵,表现真情实感,认为诗歌的本质就是表达感情的,是人的感情的自然流露。公安派性灵说的核心理论"独抒性灵,不拘格套",以及开始提出"心机震撼之后,灵机逼极而通"(袁中道《陈无异寄生篇序》)的创作灵感说,对袁枚的影响更大。在前人这些有关"性灵"说的基础上,袁枚形成了比较完整系统的"性灵说"诗歌理论。袁枚倡导性灵说纠正了神韵说的空泛,同时也突破了诗坛上流行的格调说、肌理说的藩篱,对文学观念的解放具有极大的促进作用,使诗歌创作向表现人之感情的轴心回归。

与其他诗歌理论相比,性灵说具有自己的特点,这些特点主要表现在以下几个方面:

第一,性灵说要求诗歌能自由地表现诗人的个性,真实地体现自己的欲望感情。

第二,性灵说从真实直率地表达感情的要求出发,在诗歌艺术上提倡自然清新、平易流畅之美,反对雕章琢句、堆砌典故,反对以学问为诗。

第三,性灵说由于把能否抒发真情实感作为评价诗歌优劣的标准,因此打破了传统的轻视民间文学的封建阶级偏见,大大提高了通俗文学的地位。

性灵诗以袁枚为领袖,倡和者有号称"乾隆三大家"之一的赵翼,还有蒋士铨以及张问陶等,另外还有视为性灵派外围的郑燮、黄景仁等。限于篇幅,下面仅对袁枚的诗歌创作进行简要介绍。

袁枚(1716—1797),字子才,号简斋,又号随园老人,浙江钱塘人。他少年得志,中进士,入翰林,后出为地方官。乾隆十九年辞官,寓居于南京小仓山的随园,以诗文自娱,与赵翼、蒋士铨齐名,并称"江右三大家",又工骈文,有《小仓山房集》《随园诗话》及笔记小说《子不语》。

袁枚主张标新立异,无视传统,论诗主张"性灵",他说:"诗人者,不失其赤子之心者也"(《随园诗话》)。他认为性情是诗的根本,作诗要存真性情,要有个性,"性情之外本无诗"(《寄怀钱屿沙方伯予告归里》)。他反对模拟,也不赞成宗唐、宗宋的派别之争。他对古今诗人,对各个流派,各种风格的诗"无所不爱""无所偏好",认为只要表现性情即为好诗。在具体创作中,他强调"才"的重要性。他认为"作诗如作史也,才、学、识三者宜兼,而才为尤先""诗人无才,不能役典籍,运心灵"(《蒋心余藏园诗序》)。袁枚这种以直抒"性情"为基础建立起来的诗歌理论,冲破了传统与时代风尚,对复古派、考据派等诗歌主张给予有力的冲击,为清诗开创了新局面。

袁枚的诗歌创作贯穿了其"性灵说"的精神,具有自己鲜明的特色。他的诗表现了民主精神和市民意识。如《别常宁》:

第八章 清代诗歌的发展与创作研究

> 六千里外一奴星,送我依依远出城。
> 知己那须分贵贱,穷途容易感心情。
> 漓江此后何年到,别泪临歧为汝倾。
> 但听郎君消息好,早持僮约赴神京。

这首诗是他写给叔父家僮仆的,该诗情感真挚,十分动人,由此可见他主仆平等的思想观念。

又如《水西亭夜坐》:

> 明月爱流水,一轮池上明。
> 水亦爱明月,金波彻底清。
> 感此玄化理,形骸付空冥。
> 坐久并忘我,何处尘虑樱?
> 钟声偶然来,起念知三更。
> 当我起念时,天亦微云生。

这首诗富含韵味,意境空冥。

袁枚的诗歌语言通俗自然,大量运用口语,如《还葵巷旧宅》:

> 学舍窗犹开北面,桂花枝已过西厅。
> 惊窥日影先生至,高诵书声阿母听。

这首诗以白描为主,灵心妙舌,生动有趣。

袁枚也有关爱民生的诗,如《马嵬》其二:

> 莫唱当年《长恨歌》,人间亦自有银河。
> 石壕村里夫妻别,泪比长生殿上多!

这首诗表现了诗人对民生疾苦的关切和同情。

袁枚还有一部分小诗则以清新灵巧见长,如《苔》:

> 各有心情在,随渠爱暖凉。
> 青苔问红叶,何物是斜阳?

在极简淡的勾画中,蕴含了对自然生命的多样品性的欣赏、赞美。正如其《遣兴》诗所云:"夕阳芳草寻常物,解用都为绝妙词。"

第五节 肌理诗的创作和同光体诗派的出现

一、肌理诗的创作

"肌理说"主张诗人"正本探源",博学通经,以考据家的学问和古文家的义理入诗,在作品中充实地表现符合儒家传统的思想及性情,使诗歌创作达到踏实充盈的境地。翁方纲为"肌理说"的创始人。

翁方纲(1733—1818),字正三,一字忠叙,号覃溪,大兴(今属北京市)人。清代著名书法家、文学家、金石学家,20岁举进士。曾先后主持各地学政,官至内阁学士。他六七十岁时还能在灯下作细书,翁方纲每过一岁,就会用西瓜子写下四个楷字,五十岁后写"万寿无疆",六十岁后写"天子万年",到了七十岁后则写"天下太平"。在他去世的那一年元旦,翁方纲在用第七粒西瓜子写东西时,眼睛因疲劳看不清东西了,他感叹地说:"吾其衰也!"不久便去世了。翁方纲著有《复初斋全集》《石洲诗活》等。

翁方纲作诗共 2800 余首,可分两大类。一类多是七言古诗,把经史、金石的考据勘研写进诗中的"学问诗"。这类诗几乎可以作为学术文章来读,往往佶屈聱牙,毫无诗味。如《汉石经残字歌》:

> 石经未及洪家半,尚抵吴菜籀书换。
> 龙图晋玉虽旧闻,魏公资州余几段。
> 鸿都学开后三年,皇义篇章未点窜。
> 正始那误邯郸淳,隶分先估张怀瓘。
> 黄晁援据正宜审,蔡马姓名还可按。
> 六经七经孰淆讹,一字三字精剖判。
> 迩来邹平与北平,《商书》《鲁论》珍漫漶。
> 如到讲堂筵几度,我昔丰碑丈尽算。
> 表里隶书果征实,章句异同兼综贯。
> 洪释篇行记聘礼,今我诸经俨陈灿。
> 《春秋》严颜《诗》盍毛,只少义交象与象。
> 书云孝于复友于,鼠食黍苗三岁贯。
> 近人板本据娄机,追想饶州简初汗。
> 鄱阳石泐五百年,中郎听远焦桐爨。

第八章　清代诗歌的发展与创作研究

  岂惟西江补典故，龙光紫气卿云缦。
  方今圣人崇实学，六籍中天森炳焕。
  群言壹禀醇乎醇，如日方升旦复旦。
  诸生切磋函雅故，不独雕琢工文翰。
  宫墙斋庑探星宿，清庙明堂列圭瓒。
  凤皇一羽麟一角，琪树芝华非近玩。
  妍经奚必古本执，朴学幸勿承师畔。
  河海方将测原委，质厚先须植根干。
  越州石氏证蓬莱，余论何人续《东观》。
  摩挲小阁一纪余，甫得南州映芹泮。
  偏傍或禆笺传诂，参检直到周秦汉。
  踟蹰凝立语学官，桂露秋香手勤盥。

  这样的诗枯燥乏味，毫无诗意，所以遭到了广大诗人，尤其是性灵说诗派诗人的反对和嘲笑。作为一个诗人，翁方纲也清楚地知道诗歌应该言志传情，他之所以一味强调以学问、考据为诗，原因可能是在清廷屡兴文字狱的情况下，去迎合最高统治者提倡读书穷经、考据博物的产物，因而他受到统治者的垂青，也受到许多官僚士大夫的认同与肯定。
  另一类是记述作者的生活行踪、世态见闻或写山水景物的诗。其中一些近体诗，偶有佳作，如《栖霞道中示谢蕴山》：

  尚记城东并辔归，诗情先逐晓云飞。
  重阳细雨迟黄菊，六代精蓝冷翠微。
  远眺合教青眼共，深谈喜未素心违。
  洞天且莫题名姓，苔藓濛濛恐湿衣。

二、同光体诗派的出现

  光绪年间，诗坛上出现了以陈三立、陈衍等为代表的一个诗歌流派，被称为同光体诗派。关于"同光体"名称的由来，陈衍《沈乙庵诗序》云："丙戌（1886）在都门，苏堪（郑孝胥）告余，有嘉兴沈子培（沈曾植）者能为同光体。同光体者，余与苏戡戏目同光以来诗人不专宗盛唐者。""同光体"的取名并不严谨，实际上这个流派的创作活动主要在光绪至民国初年时期。同光体诗派以"不墨守盛唐"为宗旨。道咸时期，清王朝进入内忧外患的乱世，而产生于康乾盛世的神韵、格调说诗派，标榜盛唐雅正和平之音，显然不适应乱世之象,于是一批诗人如程恩泽、何绍基、郑珍、祁寯藻、莫友芝、曾国藩、江湜等,绍接前期宋诗派的余风,兴起了宋诗运动。到了同光体诗人时,他们又进一步发展了宋诗运动的诗歌理论,反对专宗盛唐诗,不仅学习宋诗,而且将韩愈、孟郊等一些唐代诗人的创作也纳入学习的范围之中,打破崇唐崇宋之间的界限,力求诗歌创作的艺术技巧,关注表现形式的曲折性和多层次,因而他们的诗深婉拗峭,耐于咀嚼,富于余味。

(一)陈三立的诗歌

陈三立(1852—1937),字伯严,号散原,江西义宁(今江西修水)人。光绪十五年(1889)间进士,曾任吏部主事。他是湖南巡抚陈宝箴之子,早年曾帮助父亲在湖南网罗人才、推扬新政、提倡新学,积极支持康有为、梁启超的改良运动,并参加了"戊戌变法",与谭嗣同、丁惠康、吴保初并称为"四公子"。变法失败后,父子两人以"招引奸邪"的罪名被革职,遂从新潮流中退出,参禅礼佛,写诗自慰,后来,他还参与了一些社会活动,兴办有利于国民生计的事业。清亡后,他既不参与保皇复辟,也不投身革命,以遗老自居。1937年,抗日战争爆发,北平沦陷,日伪政权对他百计劝说,企图要他效忠日伪,遭到他言辞斥逐,后绝食而死,表现出崇高的民族气节。著有《散原精舍诗》《散原精舍诗续集》《散原精舍诗别集》等。

陈三立是同光体诗人首领,写过不少反帝诗歌,如《书感》:

八骏西游问劫灰,关河中断有余哀。
更闻谢敌诛晁错,尽觉求贤始郭隗。
补衮经纶留草昧,干霄芽蘖满蒿莱。
飘零旧日巢堂燕,犹盼花时啄蕊回。

又如《次韵和义门感旧闻》:

谁云茶苦食梅酸,谁觉唇亡觉齿寒。
累卵之危今至此,两言而决恐皆难。
连鸡形势朝昏见,搏兔工夫汗血乾。
元圃瑶池何处所,月明知恋鹊巢安。

这些诗歌都写出了对八国联军入侵的悲愤心情。

而《园馆夜集闻俄罗斯日本战争甚亟感赋》《小除后二日闻俄日海战已成作》《短歌寄杨叔玖时杨为江西巡抚令人红十字会观日俄战局》等诗,则对日俄两帝国在中国挑起战端表示愤慨。

第八章　清代诗歌的发展与创作研究

陈三立的诗中还反映了他出世与入世的矛盾心态,如《黄公度京卿南海南人境庐寄书并附近诗感赋》:

> 天荒地变吾仍在,花冷山深汝奈何!
> 万里书疑随雁鹜,几年梦欲饱蛟鼍。
> 孤吟自媚空阶庭,残泪犹翻大海波。
> 谁信钟声隔人境,还分新月到岩阿。

这首诗反映了诗人的矛盾心态,一方面政治上的打击使他灰心丧气,佛道思想又引导着他脱离现实生活;另一方面作为一个有着民族气节的知识分子,面对国难,他又不甘心袖手而去,左右为难。

陈三立也有写自然景色的诗,如《十一月十四夜发南昌江舟行》:

> 露气如微虫,波势如卧牛。
> 明月如茧素,裹我江上舟。

这首诗以一种主观移情方法造成陌生化的效果,突出了诗人为客观环境所窒息的主观感受。这种感受和表达方法,与传统已多少有些不同。

总体来说,陈三立的诗风主要取法于黄庭坚和江西诗派,并能得其神理。故其诗取境奇奥,选句瘦硬,追求一种精思锼刻、奇崛不俗而又能达于自然,不见斧凿痕迹的境界。

(二)陈衍的诗歌

陈衍(1856—1937),字叔伊,号石遗,福建侯官(今福州)人。光绪年间的举人,赞同变法维新,戊戌变法失败后,曾做过两湖总督张之洞的幕客。后担任学部主事、京师大学堂教习等职。清亡后,在各个大学讲授,晚年还曾与章炳麟、金天翮共同倡议举办国学会,任无锡国学专修学校教授。著有《石遗室诗集》《石遗室诗话》32卷及《续编》10卷等,编有《近代诗钞》《宋诗精华录》等。

陈衍的诗歌创作起初宗法梅尧臣、王安石,后学习白居易、杨万里,曲折用笔,骨力清健,爽朗平淡,以新词、俗语入诗。他的诗歌以游览诗居多,如《水帘洞歌》:

> 水帘之水一百丈,宽窄一丈而强焉。
> 纟互如偪阳布忽悬,迸如晋阳决汾川。
> 白如玉气出于阗,又如海水立屹然。
> 我来雨后万道汇奔泉,观之忘返谓之连。

洞彻上下与中边,大风卷云吹之偏。
忽而白龙蜿蜒下九天,忽而一群堕鹤这蹁跹,
忽而长虹俯饮于九渊,忽白猿连背之相牵。
颇觉尽态而极妍,不知天台之右桥。
雁宕之龙湫,黄山之天都,
匡庐之开先,奇观数者谁居前。
行将胜览求其全,一一尽著之于篇。

这首诗描绘武夷山水帘洞的壮观景象,连用奇特的比喻来描绘瀑布的雄奇变幻,形式奇特,句式参差变化,用语雄健,气势磅礴,标志着他诗歌艺术的成熟。

第六节　清末爱国诗派的诗歌创作

清末时期,随着西方列强用坚船利炮打开中国封闭的国门,以龚自珍、魏源、张维屏等人为代表的爱国进步文人、志士开始登上诗坛。他们的诗歌反映了鸦片战争前后黑暗的社会现实,抒写了自己强烈的爱国情感和民族义愤,表现了爱国志士和广大人民卫国抗敌的斗争,富有爱国主义的精神。

一、龚自珍的诗歌

龚自珍(1792—1841),字尔玉,又字理人,号定盦,浙江仁和(今杭州)人,道光九年进士,曾任内阁中书礼部主事等官,48岁辞官南归,两年后暴卒于江苏丹阳云阳书院。龚自珍出生于仕宦之家,母亲为清代著名学者段玉裁之女。其思想受戴震影响,但面对外国资本主义侵略势力,深感封建国家危机。30岁前后,接受今文经学《春秋》公羊学派影响,从刘逢禄学习。但又能抛弃谶纬五行恶习,主张经世致用,为天地东西南北之学,致力于典章制度和边疆民族地理的研究,对现实重大问题发振聋发聩之论。龚自珍一生著述丰富,著有《定盦文集》,今人辑有《龚自珍全集》,是开近代风气的重要思想家和文学家。

在诗歌理论方面,龚自珍的"尊情贵真"论值得重视。"尊情贵真"有着深刻的思想内涵,有着强烈的要求个性解放摆脱传统束缚的忧患意识。其《长短言自序》中写道:

第八章　清代诗歌的发展与创作研究

情之为物也,亦尝有意乎锄之矣;锄之不能,而反宥之;宥之不已,而反尊之。龚子之为《长短言》何为者耶?其殆尊情者耶?情孰为尊?无住为尊,无寄为尊,无境而有境为尊,无指而有指为尊,无哀乐而有哀乐为尊。情孰为畅?畅于声音。声音如何?消瘖以终之。如之何其消瘖以终之?曰:先小咽之,乃小飞之,又大挫之,乃大飞之,始孤盘之,闷闷以柔之,空阔以纵游之,而极于哀,哀而极于瘖,则散矣毕矣。人之闲居也,泊然以和,顽然以无恩仇,闻是声也,忽然而起,非乐非怨,上九天,下九渊,将使巫求之,而卒不自喻其所以然。畴昔之年,凡予求为声音之妙盖如是。是非欲尊情者耶?且惟其尊之,是以为《宥情》之书一通;且惟其宥之,是以十五年锄之而卒不克。请问之,是声音之所引如何?则曰:悲哉!予岂不自知?凡声音之性,引而上者为道,引而下者为非道;引而之于旦阳者为道,引而之于暮夜者为非道;道则有出离之乐,非道则有沉沦陷溺之患。虽曰无住,予之住也大矣;虽曰无寄,予之寄也将不出矣。然则昔之年,为此长短言也何为?今之年,序之又何为?曰:爱书而已矣。

龚自珍主张尊情,即所谓"无住为尊,无寄为尊,无境而有境为尊,无指而有指为尊,无哀乐而有哀乐为尊"。"无住"指不执着于狭隘的感情限制,甚至超出儒、佛各家的情性格局;"无寄"就是要注重情感本身;"无境而有境为尊"是指并不刻意去营造某个境界而自有境界;"无指而有指"是说,并不一定要事先有所指而自有其所指;"无哀乐而自有哀乐"是说,不从主观哀乐出发而自有哀乐。总之,龚自珍对情所尊是真正的尊崇,突破了传统文化中"情"的伦理内涵,也扩大了自我界域,转向具体地看待"情"的过程与行动。

龚自珍现存诗 600 多首,大多数是中年以后的作品,其中作于道光十九年(1839)、龚氏辞官返家之时的《己亥杂诗》就有 315 首。龚自珍的诗歌发自真情,缘于外感,其作品大多着眼于现实社会内容,针对政治腐败,他认为诗歌应当发挥讽刺世道、记录历史、抒发感情的功能,所以诗歌能述事、议论、抒情集为一体。如《夜坐》(其一):

春夜伤心坐画屏,不如放眼入青冥。
一山突起丘陵妒,万籁无言帝座灵。
塞上似腾奇女气,江东久殒少微星。
从来不蓄湘累问,唤出嫦娥诗与听。

这首诗反映了诗人对自身遭遇的感慨和自身理想抱负的抒发,表现了他深沉的犹豫和孤独感。

又如《咏史》：

> 金粉东南十五州，万重恩怨属名流。
> 牢盆狎客操全算，团扇才人踞上游。
> 避席畏闻文字狱，著书都为稻粱谋。
> 田横五百人安在，难道归来尽列侯？

这首诗咏南朝旧事，讽刺江南名士臣服于清王朝，庸俗苟安，发出了田横五百壮士今何在的感叹。而诗人对士林堕落的反思也是深刻的，统治者的高压和利诱正是士风不振的原因。《己亥杂诗》第123首写道：

> 不论盐铁不筹河，独倚东南涕泪多。
> 国赋三升民一斗，屠牛那不胜栽禾！

诗人批判赋税沉重、百姓破产的社会现实，却只能独立于江南一隅，为生民太息涕泪。尽管诗人"不论盐铁不筹河"，但他的感伤与山河大地共振，可见诗人的心灵上并不游离于国家版图。

《己亥杂诗》第125首中，诗人以超人的气魄劝勉天公，鼓动风雷，振发神州之生气：

> 九州生气恃风雷，万马齐喑究可哀。
> 我劝天公重抖擞，不拘一格降人才。

从诗中看来，面对"万马齐喑"的社会局面，他发出的呐喊也是霹雳之声，孤独而有力。诗人为什么有此豪情，这与他独特的自我观念相关，他崇尚自我，将"情"放在了本体位置上。于是，他的许多抒情诗显示出了同宇宙天地浑然一体的气质，但又不同于传统的天人合一境界。如《秋心三首》其一：

> 秋心如海复如潮，但有秋魂不可招。
> 漠漠郁金香在臂，亭亭古玉佩当腰。
> 气寒西北何人剑，声满东南几处箫。
> 斗大明星烂无数，长天一月坠林梢。

诗中刻画的自我形象气冲斗牛，有着万古的惆怅，超凡的高洁，但又充满着扭转乾坤的气魄。这样的情感和思想与其哲学思想是不可分的。

总体来说，龚自珍的诗想象丰富诡奇，恣意而行，气势磅礴。文辞瑰丽，

第八章　清代诗歌的发展与创作研究

善用类比,众体兼备,在清末诗坛上标新立异,独树一帜,产生了极为深远的社会影响。

二、魏源的诗歌

魏源(1794—1857),字默深,湖南邵阳人。29岁中举,此后担任贺长龄等人幕僚,为贺编撰《皇朝经世文编》,从事经世之学,投身时务政事改革。鸦片战争爆发,他投入卫国斗争,又在林则徐的《四洲志》的基础上编著《海国图志》,提出"以夷攻夷""以夷款夷""师夷长技以制夷"的方针。道光二十五年(1852),52岁的魏源始中进士,其后在江苏做地方官,晚年皈依于佛教。

魏源古学深厚,又极具革命精神,形成了独特的哲学与社会政治思想。他在本体论方面,提出"以天为本,以天为归"的思想(《默觚上·学篇一》),他说:

> 万事莫不有本。众人与圣人皆何所本乎?人之生也,有形神、有魂魄。于魂魄合离聚散,谓之生死;于其生死,谓之人鬼;于其魂魄、灵蠢、寿夭、苦乐、清浊,谓之升降;于其升降,谓之劝戒。虽然,其聚散、合离、升降、劝戒,以何为本,以何为归乎?曰:以天为本,以天为归……大本本天,大归归天,天故为群言极。

无论是众人还是圣人都来自于天,回归于天,这里的天是本体,但不是精神实体,而是与人不分的。由此,魏源发展出意志论哲学,他在《默觚上·学篇八》说:

> 匹夫确然其志,天子不能与之富,上帝不能使之寿,此立命之君子,岂命所拘者乎?人定胜天,既可转贵富寿为贫贱夭,则贫贱夭亦可转为贵富……祈天永命,此造命之君子,岂天所拘者乎?

魏源认为,人若保持清明,必然志气如神,求道易悟,行事易成,也就是说,人是自由的,存在超出天命的可能。魏源的"造命"论与龚自珍崇尚"心之力"都重视人的自尊、超凡、自由的意志力,具有激励人心的重要作用。

魏源现存诗900多首,深刻反映了嘉庆、道光年间的政治和社会现实,他揭露政治弊端,讴歌爱国精神,描写祖国壮丽河山。魏源的创作与教化和政事相关,其笔触直击当代主要矛盾。如《寰海》其九揭露靖逆将军奕山的投降行径:

> 城上旌旗城下盟,怒潮已作落潮声。
> 阴疑阳战玄黄血,电挟雷攻水火并。
> 鼓角岂真天上降,琛珠合向海王倾。
> 全凭宝气销兵气,此夕蛟宫万丈明。

奕山在广州战败,以巨额赎城费向英军乞降。汉代周亚夫出奇兵平吴楚七国之乱,人"以为将军从天而下",诗中用这个典故反讥奕山哪里是奇兵制胜,不过是凭金银买降,对照鲜明,讥讽有力。

又如《都中吟》13首集中揭露中央朝廷及京师政事之弊端。《寰海》《寰海后》《秋兴后》等诗,反映鸦片战争的战事情况,追溯战争失败原因,揭露统治阶级的昏庸腐败。

魏源也写了一些山水诗,他的山水诗大都写名山大川,以奇伟壮丽的景色为主,但也有一些幽美的山水画面,富有意境神韵,如《三湘棹歌》,其《蒸湘》一首曰:

> 溪山雨后湘烟起,杨柳愁杀鹭鸥喜。
> 棹歌一声天地绿,回首浯溪已十里。
> 雨前方恨湘水平,雨后又嫌湘水奔。
> 浓于酒更碧于云,熨不能平剪不分。
> 水复山重行未尽,压来七十二峰影。
> 篙篙打碎碧玉屏,家家汲得桃花井。

这首诗将雨后行舟蒸湘所见的景色及其独特感受,传神地表现出来,境界清奇,形象鲜明。但他写山水,有时过于追求形似,一似地貌写生,则不免缺少诗情画意。

三、张维屏的诗歌

张维屏(1780—1859),字子树,号南山,广东番禺人。道光二年(1822)进士,曾任县令及代理南康知府。道光十六年(1836)归隐。著有《张南山全集》。

张维屏早期的诗作,多写个人生活情怀,曾与龚自珍、林则徐、魏源等结宣南诗社。晚年辞官隐居广州时,目睹英国侵略军的暴行,诗风一变为慷慨雄健,写下了一些格调高昂、具有强烈爱国精神的诗篇,歌颂了中国人民反对侵略的正义斗争,不乏名篇,如《三元里》:

第八章　清代诗歌的发展与创作研究

　　三元里前声若雷,千众万众同时来;
　　因义生愤愤生勇,乡民合力强徒摧。
　　家室田庐须保卫,不待鼓声群作气;
　　妇女齐心亦健儿,犁锄在手皆兵器。
　　乡分远近旗斑斓,什队百队沿溪山。
　　众夷相视忽变色,黑旗死仗难生还!
　　夷兵所恃惟枪炮,人心合处天心到。
　　晴空骤雨忽倾盆,凶夷无所施其暴。
　　岂特火器无所施,夷足不惯行滑泥;
　　下者田塍苦踯躅,高者冈阜愁颠挤。
　　中有夷酋貌尤丑,象皮作甲裹身厚。
　　一戈已摏长狄喉,十日犹悬郅支首。
　　纷然欲遁无双翅,歼厥渠魁真易事。
　　不解何由巨网开,枯鱼竟得攸然逝。
　　魏绛和戎且解忧,风人慷慨赋同仇。
　　如何全盛金瓯日,却类金缯岁币谋?

　　这首诗写于道光二十一年(1841),以发生在广州的三元里人民自发的武装抗英斗争为主要内容,描绘了三元里人们英勇反抗外来侵略者的英勇事迹,歌颂了三元里人民的战斗精神和爱国热情,同时谴责了统治者的妥协行径。全诗气势雄健,痛快淋漓,富有爱国主义激情。

　　总体来说,张维屏的诗歌擅长以白描写真情实景,语言明白晓畅而又含蓄凝练,又突破传统题材、拓展诗境,引新事物入诗,对后世具有积极意义。

参考文献

[1]徐宗才.中国古代文学简史[M].北京:北京语言大学出版社,2017.
[2]韩传达,隋慧娟.中国古代文学基础[M].北京:北京大学出版社,2006.
[3]马积高,黄钧.中国古代文学史[M].北京:人民文学出版社,2009.
[4]梁晓云.中国古代文学纲要[M].北京:旅游教育出版社,2016.
[5]郭预衡.中国古代文学史简编[M].上海:上海古籍出版社,2003.
[6]胡国瑞.魏晋南北朝文学史[M].上海:上海文艺出版社,2004.
[7]袁行霈.中国文学史[M].北京:高等教育出版社,2010.
[8]吴怀东.唐诗流派通论[M].北京:新华出版社,2004.
[9]钱基博.明代文学史[M].北京:中华书局,1993.
[10]丁放.金元明清诗词理论史[M].2版.合肥:安徽大学出版社,2000.
[11]丁富生,王育红.中国古代文学新编[M].南京:南京大学出版社,2016.
[12]斗南.历史文化常识全知道[M].北京:中国华侨出版社,2015.
[13]杜红亮,郑新安.大学语文[M].北京:北京航空航天大学出版社,2011.
[14]方铭,杜晓勤,沈文凡.中国文学史[M].长春:长春出版社,2013.
[15]芳园.国学知识一本全:分门别类介绍传统国学文化[M].天津:天津人民出版社,2015.
[16]房开江.宋诗[M].上海:上海古籍出版社,2011.
[17]葛晓音.唐诗宋词十五讲[M].2版.北京:北京大学出版社,2013.
[18]陈炎.中国审美文化史:唐宋卷[M].3版.上海:上海古籍出版社,2013.
[19]程千帆.两宋文学史[M].石家庄:河北教育出版社,2000.
[20]楚兰,荆苎.长江流域的古典诗词[M].武汉:长江出版社,2015.
[21]蔡东洲,金生杨.中国传统文化要略[M].成都:巴蜀书社,2012.
[22]蔡镇楚.中国古代文学批评史[M].长沙:岳麓书社,1999.
[23]蔡智敏,姜联众.文学与思想的70座高峰[M].南昌:二十一世纪出版社,2015.

[24]曹础基.中国古代文学:第三册[M].广州:广东高等教育出版社,2008.

[25]陈居渊.清代诗歌与王学[M].上海:上海人民出版社,2015.

[26]陈书良.湖湘文库:湖南文学史[M].长沙:湖南教育出版社,2008.

[27]郭丹,陈节.精编中国古代文学史[M].杭州:浙江大学出版社,2012.

[28]郭绍虞.宋诗话辑佚[M].北京:中华书局,1980.

[29]郭因.安徽文化通览简编[M].合肥:安徽人民出版社,2014.

[30]胡大浚,王为群.杜甫诗歌研读[M].兰州:甘肃人民出版社,2011.

[31]黄昭寅.唐宋诗词述要[M].北京:中央编译出版社,2013.

[32]霍松林.历代好诗诠评[M].西安:陕西师范大学出版总社有限公司,2010.

[33]蒋寅.大历诗人研究[M].北京:北京大学出版社,2007.

[34]江建高.神龙诗文集[M].北京:北京燕山出版社,2007.

[35]冷成金.唐诗宋词研究[M].北京:中国人民大学出版社,2005.

[36]彭丙成.中国文学史:唐宋时期[M].武汉:华中师范大学出版社,1988.

[37]漆绪邦.中国散文通史:下册[M].北京:首都师范大学出版社,2014.

[38]阮忠.两汉诗歌与传统文化[M].北京:三联书店,2012.

[39]阮忠.唐宋诗风流别史[M].武汉:武汉出版社,1997.

[40]沈军山.滦平历史与考古[M].北京:文物出版社,2014.

[41]沈松勤.宋代政治与文学研究[M].北京:商务印书馆,2010.

[42]韩兆琦.唐诗精讲[M].北京:中国青年出版社,2017.

[43]赫广霖.宋初诗派研究[M].济南:齐鲁书社,2008.

[44]胡栢彰,宁婷婷.青少年必知的100个诗歌典故[M].合肥:安徽科学技术出版社,2014.

[45]冷成金.中国古代文学史:隋唐五代宋辽金卷[M].北京:中国人民大学出版社,2003.

[46]马贺兰,李桂奎.大学语文讲读[M].上海:上海财经大学出版社,2009.

[47]马清福.东北文学史[M].沈阳:春风文艺出版社,1992.

[48]马庆洲,李飞跃,郭金雪.初唐四杰[M].北京:中华书局,2010.

[49]司马周.茶陵派与明中期文坛研究[M].长沙:湖南人民出版社,2010.

[50]谭玉良.苏轼研究[M].成都:电子科技大学出版社,2002.

[51]陶文鹏.历代爱国诗歌选译[M].北京:北京工业大学出版社,2010.
[52]李敬一.先秦两汉文学史[M].武汉:武汉大学出版社,2009.
[53]李敬一.休闲唐诗鉴赏辞典[M].北京:商务印书馆,2015.
[54]李世英.唐宋诗歌导读[M].北京:中国社会出版社,2005.
[55]刘大杰.中国文学发展史:上卷[M].北京:商务印书馆,2015.
[56]聂立申.金代名士党怀英研究[M].长春:吉林大学出版社,2012.
[57]史言喜,梁文娟.中国历代文学简史:下册[M].郑州:河南科学技术出版社,2014.
[58]刘廷乾.江苏明代作家研究[M].南京:东南大学出版社,2010.
[59]陆步亭.中国通史:全民阅读提升版[M].北京:中国华侨出版社,2015.
[60]汪国林.宋初白体诗研究[M].上海:上海古籍出版社,2017.
[61]汪旭.唐诗全解[M].北京:万卷出版公司,2015.
[62]严修.陆游诗词[M].北京:中国国际广播出版社,2011.
[63]偃月公子.不是不念 只是不见:宋诗里的最美时光[M].北京:北京联合出版公司,2014.
[64]余恕诚.唐诗风貌[M].修订本.北京:中华书局,2010.
[65]王振军,宋向阳.中外文学精品导读[M].北京:中国广播影视出版社,2016.
[66]史仲文.唐宋诗词史[M].北京:中国社会出版社,2011.
[67]刘亮,张影洁,朱蓓.唐宋诗复变论[M].海口:海南出版社,2008.
[68]刘乃昌.两宋文化与诗词发展论略[M].2版.济南:山东大学出版社,2009.
[69]刘乃昌.唐宋诗词一百问[M].济南:山东科学技术出版社,1993.
[70]刘斯奋,刘斯翰.宋诗[M].广州:暨南大学出版社,2016.
[71]魏建,王勇.中国文学:第3册[M].济南:齐鲁书社,2002.
[72]吴畏.中国古代诗歌文化探究[M].贵阳:贵州大学出版社,2009.
[73]吴兆路,罗书华.中国文学史:明清卷[M].长春:长春出版社,2013.
[74]吴之振,等.宋诗钞·小畜集钞序[M].北京:中华书局,1986.
[75]许总.唐宋诗体派论[M].南昌:江西人民出版社,2008.
[76]伍宝娟.李白女性题材诗研究[M].北京:中央编译出版社,2016.
[77]张颢瀚.古诗词赋观止:上[M].南京:南京大学出版社,2015.
[78]曾枣庄.中国古代文体学:下卷[M].上海:上海人民出版社;上海书店出版社,2012.
[79]詹锳.唐诗[M].上海:上海古籍出版社,1979.

[80]王运熙,等.李白精讲[M].上海:复旦大学出版社,2008.

[81]张建业,中国诗歌简史[M].北京:中国青年出版社,1986.

[82]张进德,王利锁.中国古代文学史:下册[M].郑州:河南大学出版社,2012.

[83]张晶.辽金元诗歌史论[M].长春:吉林教育出版社,1995.

[84]张三夕.诗歌与经验:中国古典诗歌论稿[M].长沙:岳麓书社,2008.

[85]张馨心.高适研究论稿[M].北京:民族出版社,2014.

[86]张珍.世界最美的诗歌[M].上海:立信会计出版社,2012.

[87]章尚正.中国山水文学研究[M].北京:学林出版社,1997.

[88]赵敏.宋代晚唐体诗歌研究[M].成都:巴蜀书社,2008.

[89]赵敏俐.两汉诗歌研究[M].北京:商务印书馆,2011.

[90]张涤云.中国诗歌通论[M].杭州:浙江大学出版社,2006.

[91]张国伟.中国诗歌发展史:上册[M].石家庄:河北教育出版社,2015.

[92]汪涌豪,骆玉明.中国诗学:第2卷[M].上海:东方出版中心,2008.

[93]王夫之.唐诗选评[M].北京:文化艺术出版社,1997.

[94]王筱芸.文学与认同:蒙元西游、北游文学与蒙元王朝认同建构研究[M].石家庄:河北教育出版社,2014.

[95]赵仁珪.文史知识文库:宋诗纵横[M].北京:中华书局,1994.

[96]赵艳驰,杨超,彭彦录.中国古代诗歌艺术[M].长春:吉林人民出版社,2014.

[97]杨国栋.先贤神韵[M].福州:海峡文艺出版社,2012.

[98]杨敬敬.最美古诗词全鉴[M].北京:中国纺织出版社,2017.

[99]杨立群.中国古代文学专题[M].3版.北京:对外经济贸易大学出版社,2015.

[100]张晶.辽金元文学论稿[M].北京:北京广播学院出版社,2004.

[101]张晶.中国古代文学通论:辽金元卷[M].沈阳:辽宁人民出版社,2005.

[102]张瑞君.李白精神与诗歌艺术新探[M].上海:上海古籍出版社,2012.

[103]台静农.中国文学史:上册[M].上海:上海古籍出版社,2012.

[104]肖东发.诗的国度[M].北京:现代出版社,2015.

[105]周啸天.中国分体文学史:诗歌卷[M].3版.上海:上海古籍出版社,2014.

[106]周扬,等.中国文学史通览[M].上海:东方出版中心,1994.

[107][加]叶嘉莹.古诗词课[M].北京:生活·读书·新知三联书店,2018.

[108]周建忠.中国古代文学史:下册[M].南京:南京大学出版社,2005.

[109]周啸天.唐诗鉴赏辞典[M].北京:商务印书馆,2012.

[110]郑孟彤.建安风流人物[M].太原:山西人民出版社,1989.

[111]章新建.曹丕[M].合肥:安徽人民出版社,1982.

[112]韩洪举.中国古代文学史略:上册[M].太原:北岳文艺出版社,2016.

[113][美]宇文所安.初唐诗[M].贾晋华,译.北京:生活·读书·新知三联书店,2014.

[114]刘燕燕."大历十才子"研究[D].内蒙古大学,2006.